Matina Bewarder
Andreas Merke

Fiete schwant Böses

Nordkrimis

Husum

Umschlagillustration: Kim Schmidt

Die Deutsche Bibliothek - CIP-Einheitsaufnahme

Ein Titeldatensatz für diese Publikation ist bei
der Deutschen Bibliothek erhältlich

Satz: Fotosatz Husum GmbH
Druck und Verarbeitung: Husum Druck- und Verlagsgesellschaft
Postfach 1480, D-25804 Husum – www.verlagsgruppe.de

ISBN 3-88042-951-0

Prolog

Dunst stieg an jenem Sommermorgen vom sorgfältig manikürten Rasen des Schrevenparks im Herzen der schleswig-holsteinischen Landeshauptstadt auf. In der Nacht hatte es geregnet, aber jetzt schien die Sonne von einem strahlend blauen Himmel und weckte die Hoffnung auf einen schönen Tag, was einem Wunder glich, hatte doch gerade die Kieler Woche begonnen und damit eine Zeit, in der es normalerweise wie aus Kübeln zu schütten pflegte, als ob irgendwelche grimmigen höheren Mächte – höher jedenfalls als Heide Simonis – die Veranstaltung boykottieren wollten. So mancher Kieler hatte sich bereits die Frage gestellt, warum die Stadtväter dieses international bekannte Seglerfest, nach Auffassung vieler *das* Ereignis in Norddeutschland überhaupt, in ihrer grenzenlosen Weisheit ausgerechnet auf die letzte Juniwoche gelegt hatten, in der der Sommer in diesen Breitengraden so ungefähr seit der Eiszeit eine Verschnaufpause einzulegen pflegte, ehe er sich nach einem letzten kläglichen Aufbäumen schließlich spätestens Ende August vollends verabschiedete. Doch wenn man den Wetterfröschen Glauben schenken durfte, konnten Touristen und Einheimische sich in diesem Jahr darauf freuen, ausnahmsweise einmal trockenen Hauptes über die Spiellinie flanieren und sich ohne Regenmantel und Gummistiefel an den unzähligen imposanten Segelschiffen erfreuen zu können, die wieder aus aller Herren Länder nach Kiel gekommen waren, um sich von Hunderttausenden von interessierten Besuchern feiern zu lassen.

Auch Holger Hink – mittelgroß, untersetzt, mit schütterem blonden Haar und einem nicht zu übersehenden Doppelkinn – war dankbar für die ungewohnte »Dürre«. Trotz der frühen Stunde drehte er bereits seine dritte Runde um den Schrevenpark. Wie von einer inneren Feder getrieben, setzte er rhythmisch, wenn auch recht schwerfällig, einen Fuß vor den anderen, während sein Herz zunehmend schneller pumpte und der Schweiß ihm in Strömen über das hochrote Gesicht rann. Man hätte meinen können, der junge Mann sei dem immer mehr um sich greifenden Fitnesswahn verfallen und lief, um etwas für seine Gesundheit zu tun.

Aber dem war nicht so; ganz und gar nicht.

Um der Wahrheit die Ehre zu geben, verabscheute Holger diese verfluchte Rennerei aus ganzer Seele, ebenso wie er die Diät hasste, die er nun schon seit sechs Tagen, sieben Stunden und achtzehn Minuten mit solch eiserner Konsequenz hielt, dass er sich inzwischen bereits beim bloßen Anblick eines Salatkopfes elend fühlte. Überhaupt hätte er um diese Zeit viel lieber wie gewöhnlich in seinem Lieblingscafé gesessen und bei einem üppigen Frühstück aus fettigen Croissants, Marmelade, Wurst und Milchkaffee mit reichlich Zucker die *Kieler Nachrichten* studiert, um sich anschließend in aller Ruhe eine bis drei *Marlboros* durch die Lungen zu ziehen, statt seinen Körper dieser Tortur auszusetzen. Allerdings gab es einen guten Grund, warum er das nicht tat.

Die Neue im Büro.

Sie hieß Vanessa. Ein wirklich heißer Feger mit irrem Fahrgestell, beeindruckendem Dekolleté und den längsten Beinen, die er je gesehen hatte. Allein der Gedanke an sie erhöhte Holgers ohnehin schon bedenklichen Pulsschlag noch weiter, während sich in seiner Lendengegend ein verräterisches Ziehen einstellte, und für einen Augenblick gelang es ihm sogar, die unerfreuliche Aussicht zu verdrängen, bei dem für heute Abend geplanten Holstenbummel mit seinen Kumpels auf ein kühles Blondes verzichten zu müssen, sollte die morgendliche Plackerei nicht vergebens gewesen sein.

Dabei fand Holger, dass er eigentlich eine ganz passable Erscheinung war, ein richtiger Kerl eben, an den eine Frau sich anlehnen konnte; keiner von diesen Magermilch-Warmduschern, wie man sie ständig in der Werbung zu sehen bekam und die bei jedem anständigen norddeutschen Herbststurm Gefahr liefen, auf Nimmerwiedersehen davon geweht zu werden. Zu seinem Leidwesen hatte Vanessa jedoch durchblicken lassen, dass sie eher auf Männer stand, die den größten Teil ihres Körpergewichts nicht in Form eines Bierbauchs vor sich herschoben, sondern mit so was wie Bizeps und Waschbrettbauch gesegnet waren. Also quälte er sich entgegen seiner innersten Überzeugung mit Jogging und Diät ab in der Hoffnung, bei Vanessa landen zu können, sobald er zwanzig oder dreißig Pfund abgespeckt hatte; dann würde sie seinem Charme einfach nicht länger widerstehen können.

Während Holger weiterhin seine Runden drehte, bemüht, nicht in die Hinterlassenschaften der im Park so zahlreich vorhandenen Wasservögel zu treten, malte er sich aus, wie seine Stammtischbrüder aus den *Überseestuben* ihn beneiden würden, wenn er mit dieser Wuchtbrumme an der Seite in der Kneipe auftauchte, und ihr Zähneknirschen war schon jetzt Musik in seinen Ohren. Gleichwohl, er wollte auf jeden Fall vermeiden, dass etwas von seinen sportlichen Aktivitäten öffentlich bekannt wurde, schließlich hatte er einen Ruf zu verlieren, und niemand sollte ihm nachsagen können, dass er sich für eine *Frau* zum Hanswurst machte. Aus diesem Grund kam er stets in den frühen Morgenstunden hierher, noch ehe die Bewohner des gegenüberliegenden Seniorenheims »Haus Abendruh« die Bänke und die überarbeiteten Studenten der nahe gelegenen Christian-Albrechts-Universität die Rasenflächen des Parks überschwemmen konnten. Zu dieser Zeit hatte er die Anlage noch ganz für sich und lief nicht Gefahr, von jemandem dabei beobachtet zu werden, wie er in seiner kurzen roten Turnhose und einen stramm über dem Bauch gespannten Muskelshirt mit der Aufschrift »Wo früher meine Leber war, ist heute eine Minibar!« schwitzend und keuchend durch die Tundra stolperte. Bloß das Schnattern der Gänse und Enten, die den Teich des Parks zu ihrer Heimstatt erkoren hatten, durchbrach die morgendliche Stille.

Als er nach einer Weile eine weitere mühselige Runde hinter sich gebracht hatte, spürte Holger, wie seine Beine zusehends schwerer wurden. Seine Waden schmerzten, als hätte er gerade tausend Kilometer auf dem Trimmrad hinter sich, und das Hühnerauge an seinem linken kleinen Zeh – ein erster »Erfolg« seiner Mühen – drohte ihn schier umzubringen, was ihn nach einer Minute tapferer weiterer Selbstkasteiung zu dem beinahe schon frevelhaften Gedanken verleitete, ob irgendeine Frau auf Erden, wie scharf ihre Kurven auch immer sein mochten, diese elende Schufterei wirklich wert sein konnte.

Vor Anstrengung prustend wie ein Walross, schaute er sich nach einer Bank um, wo er wieder ein wenig zu Atem kommen konnte. Als er schließlich eine Sitzmöglichkeit entdeckte, ließ er sich schwerfällig darauf nieder. Das Holz knarrte verdächtig unter der Last seiner knapp zweihundert Pfund Lebendgewicht, und einmal mehr wurde ihm mit schmerzlicher Gewissheit bewusst, dass seine Radikalkur, abgesehen von den Blasen an seinen Füßen und einem schier unbändigen Hass auf alle, die täglich mehr als sechshundertdreißig Kalorien zu sich nehmen durften, unterm Strich bislang noch nicht allzu viel gebracht hatte.

Während er darauf wartete, dass sein rasender Puls wieder unter die Zweihundertermarke sank, ließ er den Blick über die verwaisten Rasenflächen des Parks und den kleinen Teich gleiten, der sich daran anschloss. Im Mittelpunkt des knapp dreißig Meter durchmessenden

Gewässers lag eine kleine Insel, kaum zwanzig Schritte im Durchmesser, die durch eine weiße Holzbrücke mit dem »Festland« verbunden war. Bei gutem Wetter war dies ein bevorzugter Ort von Pensionären, die trotz der überall aufgestellten Verbotsschilder nicht davon abzubringen waren, dort die Enten zu füttern und so dazu beitrugen, dass der Teich sich in heißen Sommern in einen unappetitlichen Tümpel verwandelte, der im wahrsten Sinne des Wortes zum Himmel stank. Nun jedoch war die »Insel«, abgesehen von ein paar Schwänen und Gänsen, die es sich dicht aneinander gedrängt darauf gemütlich gemacht hatten, verwaist.

Oder doch nicht?

Unwillkürlich kniff Holger die Augen zu schmalen Schlitzen zusammen, als er zwischen den Vögeln etwas zu erkennen glaubte, das auf den ersten Blick einem Bündel zerlumpter, wahllos hingeworfener Kleider glich, bis er nach ein paar Sekunden erkannte, dass es eher die Umrisse eines Menschen waren.

Vielleicht ein Penner, ging es dem jungen Mann durch den Kopf, irgendein Schnapsbruder, der sich hier im Park ein ruhiges Plätzchen gesucht hatte, um seinen *Küstennebel*-Rausch auszuschlafen ...

Dummer Fehler, dachte Holger. *Gaaanz dummer Fehler ...*

Denn wenn er eins noch weniger leiden konnte als Jogging, kohlensäurearmes Mineralwasser und diese verfluchten Salate, war es solches arbeitsscheues Gesindel, das glaubte, sich auf seine Kosten – immerhin war er Steuerzahler! – einen faulen Lenz machen zu können.

Im Sitzen bückte er sich und hob einen Kieselstein vom Weg auf. Er wog das Steinchen einen Moment lang abschätzend in der Hand, die Augen auf die Insel im Teich gerichtet, bevor mit einem Mal ein böses Grinsen sein pausbäckiges Antlitz teilte. Innerlich kichernd holte er aus und warf den Stein nach dem Obdachlosen – allerdings erst, nachdem er sich vergewissert hatte, dass ihn niemand beobachtete.

Der Kiesel traf mitten zwischen die Vögel und ließ die Enten aufgeschreckt nach allen Seiten davon stieben, als wäre eine Granate in ihrer Mitte detoniert. Schnatternd und gackernd brachte das Federvieh sich in Sicherheit und gab den Blick frei auf das, was dort inmitten von Federn und Gänsedreck auf der Erde lag.

Es war tatsächlich ein Penner.

Bäuchlings lag er da, das eine Bein ausgestreckt, das andere ein bisschen angezogen, und rührte sich trotz des Höllentheaters, das die Vögel veranstalteten, nicht. Das an sich wäre für Holger zwar noch lange kein Grund zur Besorgnis gewesen, schließlich war das ja bloß ein Obdachloser, ein Schmarotzer am Busen des Sozialstaats, doch irgendetwas war an der reglosen Gestalt, das ihn mit Unbehagen erfüllte. Zunächst vermochte er den Grund hierfür nicht in Worte zu fassen, bis ihm mit einem Mal bewusst wurde, was es war, das ihm so sauer aufstieß.

Der Penner trug ein Kleid; blassgelb, geblümt.

Eine Frau, dachte er verblüfft. *Das ist 'ne Frau ...*

Und obgleich er für Stadtstreicher und derlei »Abschaum« nichts übrig hatte als Verachtung, reichte diese Erkenntnis dennoch aus, dass Holger beschloss, die Sache mal aus der Nähe in Augenschein zu nehmen. Immerhin war es möglich, dass die Frau Hilfe brauchte, und die Dienste barmherziger Samariter wurden schließlich seit biblischen Zeiten großzügig honoriert. Abgesehen davon bot ihm dieser unerwartete Zwischenfall einen höchst willkommenen Anlass, seinen Lauf, zumindest für den Moment, nicht fortsetzen zu müssen.

Noch immer ein wenig außer Atem, stemmte Holger sich mit knackenden Kniegelenken in die Höhe, um sich unsicher der weißen Holzbrücke zu nähern. Als er einen Augenblick später über die schmutzigen Holzbohlen schritt, durchschnitt das melodische Schlagen der Turmuhr der nahe gelegenen Lutherkirche die andächtige Stille, während sich auf der anderen Seite des Parks einige Gestalten in grünen Overalls, offensichtlich Bedienstete der Stadt, daran machten, die Blumenrabatten zu harken und den Müll zusammenzufegen, den irgendwelche Umweltferkel einfach achtlos in die Büsche geworfen hatten.

Holgers Auftauchen auf dem Eiland sorgte bei den Vögeln neuerlich für Aufregung, und einen bangen Augenblick lang fürchtete er, von einem der Schwäne, der sich bedrohlich fauchend und mit den Flügeln schlagend einige Schritte entfernt aufplusterte, angegriffen zu werden. Dann jedoch beruhigte sich das Tier wieder, und Holger wandte seine Aufmerksamkeit der Frau auf dem Boden zu, die sich nach wie vor nicht rührte.

Ungelenk sank er neben ihr in die Knie und musterte sie eingehend. Ihr Kleid war von Dreck und Entenmist verschmutzt, sodass er eine Sekunde zögerte, sie anzufassen, ehe er sich schließlich einen Ruck gab, nach ihrer Schulter griff und sie sanft schüttelte.

»He, Sie«, sprach er sie mit seltsam belegter Stimme an. »Fräulein ...«

Keine Reaktion.

Seine Unruhe wuchs sprunghaft an. Er versuchte von neuem, die Frau wach zu rütteln, aber sie rührte sich selbst dann nicht, als Holger sie in einem Anflug reinen Heldenmutes ungeschickt auf den Rücken drehte, so dass er ihr Gesicht sehen konnte.

Ihr Gesicht – und ihre Augen.

Ihre großen, weit aufgerissenen Augen, die trüb und leer wie Gallertkugeln zum strahlend blauen Frühmorgenhimmel über dem Schrevenpark empor starrten ...

Kapitel 1

Als Friedrich Petersen an diesem Morgen mit der Regionalbahn aus Flensburg nach gut einstündiger Fahrt, die er in Gesellschaft einer grölenden, biertrinkenden Meute Teenager verbracht hatte, deren Haare in allen Farben des Regenbogens schimmerten, endlich im Kieler Bahnhof ankam, war seine Laune nicht die beste, was nicht weiter verwunderlich war, hatten seine jugendlichen Begleiter ihn doch lautstark auf den neuesten Stand in Sachen Punkmusik gebracht; eine Lektion, die selbst tolerantere Menschen als Fiete auf eine harte Probe gestellt hätte, weshalb der alte Mann doppelt froh war, als der Zug schließlich mit einem unsanften Ruck zum Stehen kam und die Türen sich mit dem Zischen von Druckluft öffneten.

Der ehemalige Lokalreporter des *Flensburger Tageblatts* stieg die Stufen des graffitiverzierten Waggons hinab, einen kleinen, schäbig aussehenden Lederkoffer in der Rechten und seinen ständigen Begleiter Struller, ein wurstähnliches, struppiges Etwas, das laut Ahnenpass ein Drahthaardackel sein sollte, unter dem linken Arm.

Mit seinem karierten Tweedanzug, dessen oberstes Knopfloch von einer Nelke geziert wurde, seiner beinahe propellergroßen Fliege und der obligatorischen Schiebermütze, die auch schon bessere Tage gesehen hatte, war der rüstige Rentner ein echter Hingucker, und nicht wenige der auf dem Bahnsteig ausharrenden Reisenden bedachten ihn mit einem belustigten Blick, was Fiete jedoch nicht im Geringsten störte; im Gegenteil. Er mochte es, im Mittelpunkt zu stehen, was zu seinem Leidwesen jedoch viel zu selten der Fall war.

Vor dem Waggon blieb er stehen und sah sich um. Er hatte gehofft, seine Tochter Anna, die seit einiger Zeit hier in Kiel Medizin studierte, würde ihn bei seiner Ankunft am Bahnsteig empfangen. Doch er wurde enttäuscht, was er im Grunde auch nichts anders erwartet hatte, da Anna noch nie viel von Pünktlichkeit gehalten hatte, eine Tugend, die Fiete, ein Kavalier der alten Schule, nicht nur bei seiner Tochter vermisste, sondern bei den meisten jungen Leuten heutzutage, für die die alten Werte nichts mehr zählten. Alles, worum es ging, war, Spaß zu haben oder *Fun*, wie man das Neudeutsch nannte.

»Tja, Struller, so wie ich unsere Anna kenne, wird das wohl noch 'ne Weile dauern ...« Fiete seufzte missmutig, setzte den Dackel auf dem Boden ab und begann, Struller im Schlepp, den Bahnsteig entlangzuschlendern, während er beiläufig den Bahnhof in Augenschein nahm. Allerdings stellte er rasch fest, dass es hier außer einer Würstchenbude, einem Kiosk und einem Buchladen nicht viel gab, was den Reisenden ihren Aufenthalt irgendwie hätte versüßen können. Lediglich das *CAP*, ein Gastronomie- und Unterhaltungszentrum, das unmittelbar an den Bahnhof angrenzte, weckte vorübergehend sein Interesse. Eine schrille Werbetafel neben dem Eingang verkündete, dass man sich hier mit *Big Mäcs, Cheeseburgern* und anderen »Leckereien« von *McDonald's* versorgen oder sich im *CinemaxX* die neuesten Filme anschauen konnte, da Fiete aber weder etwas für die segensreiche Erfindung des amerikanischen Fast Food noch für die neuesten Streifen aus Hollywood übrig hatte, in denen es seiner Meinung nach ohnehin ausschließlich um Sex und Gewalt ging, wandte er sich nach einer Weile der anderen Seite des Bahnhofs zu, von wo aus man einen wunderbaren Blick auf den ZOB und die auf der gegenüberliegenden Seite des Sophienblatts gelegene Einkaufspassage namens *Sophienhof* hatte. Er lehnte sich gegen die Wand, stellte die Tasche ab und verfolgte mit halbgarem Interesse das rege Treiben, bis ihn plötzlich jemand laut kreischend, einem Wirbelwind gleich, von hinten ansprang und umarmte.

»Hi, Paps! Hoffentlich hast du nicht allzu lange warten müssen. Wir wären ja schon eher da gewesen, aber der Verkehr während der Kieler Woche ist einfach mörderisch, und dann hatte Hannes' Wagen auch noch Startschwierigkeiten ...« Anna schaffte es, die Ansprache zu beenden, ohne zwischendurch auch nur einmal innezuhalten, um Luft zu holen.

»*Hannes? Wir?*« Fiete war verwirrt und bemüht, nach dieser stürmischen Begrüßung seiner Tochter das Gleichgewicht wieder zu finden. Dennoch hatte er das Gefühl, irgendetwas Wichtiges verpasst zu haben; beispielsweise, wer um alles in der Welt *Hannes* war.

Anna, die ein hautenges bauchfreies Shirt und einen mit großen Blumen bedruckten kurzen Wickelrock trug, der mehr offenbarte als er verbarg, hatte die grellrot gefärbten, schulterlangen Haare zu einer Hochsteckfrisur im Stil der späten Sechziger aufgetürmt und blickte ihn aus ihren großen braunen Augen mit ihrer besten Kleinmädchen-Miene an. »Hab ich etwa vergessen, dir von meinem neuen Freund zu erzählen? Ich war mir eigentlich ganz sicher, dass ...« Sie winkte ab. »Naja, was soll's? Also, Paps, das ist jedenfalls Hannes!«

Fiete, der seine Rente darauf verwettet hätte, den Namen *Hannes* oder auch bloß ein phonetisch ähnlich klingendes Wort noch niemals zuvor aus Annas Mund gehört zu haben, blickte zunächst seine Tochter und dann den jungen Mann, der mit Annas tatkräftiger Unterstützung in sein Blickfeld geschoben wurde, wenig wohlwollend an. Daran, dass Anna regelmäßig mit neuen Männern liiert war, hatte er sich ja inzwischen gewöhnt, doch selbst gemessen an den absonderlichen Vögeln, mit denen sie sich bislang rumgetrieben hatte, war das vor ihm stehende Exemplar der männlichen Spezies ein absolutes Unikum.

Fiete verschlug es fast die Sprache.

Hannes, dessen Haare mindestens so lang wie die von Anna und in einem dezenten Metallic-Blau gehalten waren, war ein dürrer, baumlanger Kerl, der mit einem Paar verwaschener Jeans und einem ausgeleierten *Greenpeace*-T-Shirt bekleidet war. Seine Ohren waren von unzähligen Ringen durchbohrt, und sowohl Hals als auch Handgelenke wurden von jeder Menge Lederbänder und Ketten geziert. Seine Füße steckten, der Tatsache zum Trotz, dass es Ende Juni war und das Thermometer bereits um diese noch relativ frühe Stunde über fünfundzwanzig Grad anzeigte, in dicken Wollsocken und *Birkenstock*sandalen. Kurzum, Hannes schien Fiete ganz genau *der* Typ Mann zu sein, den er auf gar keinen Fall zum Schwiegersohn haben wollte.

Wahrscheinlich einer dieser grünen Umweltaktivisten, mutmaßte Fiete, einer von diesen Kerlen, deren Lebenszweck allein darin besteht, über Ozonlöcher zu lamentieren und Atomtransporte zu sabotieren, und vielleicht zum ersten Mal war der Pensionär dankbar für die Wankelmütigkeit seiner Tochter, da sich Anna, ihrer Gewohnheit entsprechend, in einigen Wochen garantiert nach einem Nachfolger umsehen würde; zumindest hoffte er das.

Zögernd ergriff er Hannes' Hand und brachte zähneknirschend ein »Moin, Moin« über die Lippen, während Struller ein leises Knurren vernehmen ließ, wobei nicht klar erkennbar war, ob sein Unmut dem jungen Mann galt oder ob er einfach bloß beleidigt war, weil niemand ihm Beachtung schenkte.

»Ach, Paps, nun mach doch nicht so'n Gesicht!«, flüsterte Anna ihrem Vater fast flehend ins Ohr, wusste sie doch, dass Fiete zuweilen eine ziemlich spitze Zunge haben konnte, besonders, wenn es darum ging, unliebsame Bekannte seiner Tochter zu vergraulen. »Tu mir den Gefallen und versuch wenigstens, mit Hannes auszukommen, okay?« Ohne seine Antwort abzuwarten, hob sie Struller vom Boden hoch, drückte ihn an sich und sagte laut in die Runde: »Wir dachten uns, wir zeigen dir erst mal den Sophienhof. Da könnt ihr Männer euch ein bisschen beschnuppern. Was hältst du davon?« Sie sah ihren Vater beinahe herausfordernd an.

Fiete überlegte, ob er das sagen sollte, was ihm auf der Zunge lag, doch ihm war klar, dass er danach gleich wieder in den Zug steigen und nach Hause zurückfahren konnte, deshalb schluckte er es hinunter und versuchte es stattdessen mit einem gequältem Lächeln. »Warum nicht? Ich für meinen Teil hab derzeit nix Besseres vor ...«

Sie gingen durch eine gläserne Fußgängerüberführung, vorbei an einigen Obdachlosen, die sich hier mitsamt ihrer Hunde häuslich eingerichtet hatten, und kamen kurz darauf zu der riesigen, aus roten Backsteinen erbauten Einkaufspassage im Zentrum der Landeshauptstadt, in der sich die verschiedensten Geschäfte – von der schicken Boutique über den Teeladen bis hin zum Zoofachgeschäft – niedergelassen hatten. Bereits am Vormittag herrschte hier geschäftiges Treiben. Hunderte von Menschen in sommerlichen Shorts, Kleidern, Leggings und viel zu engen T-Shirts eilten, mit Plastiktüten bepackt, durch die Flure und gaben sich alle Mühe, die Wirtschaft anzukurbeln, indem sie ihre Girokonten überzogen.

Anna, gefolgt von Fiete und Hannes, der, in der Hoffnung, den knatschigen Alten seiner Freundin wohlwollend zu stimmen, den Koffer des Pensionärs schleppte, steuerte zielstrebig ein etwa in der Mitte der Passage gelegenes Eiscafé an, das den vielversprechenden Namen *Engelchen* trug. Nahezu sämtliche Tische waren besetzt. Die Kellnerinnen hatten alle Mühe, mit der einen Hand die Bestellungen der Neuankömmlinge zu notieren, während sie mit der anderen Kaffee, Kuchen und Sandwiches servierten. Dennoch gelang es Hannes wie durch ein Wunder, einen Tisch ausfindig zu machen, und nach etwa einer halben Stunde Wartezeit, die Fiete damit verbrachte, mit finsterer Miene den in den unterschiedlichsten Sprachen geführten Unterhaltungen ihrer Tischnachbarn zu lauschen, Annas anklagenden Blick dabei geflissentlich ignorierend, kam sogar eine der Kellnerinnen zu ihnen.

»Tut mir Leid, dass Sie warten mussten«, entschuldigte sich die junge Frau, eine große Blondine, die in Anbetracht der ungewohnten Menschenmenge, die alljährlich zur Kieler Woche über die sonst eher beschauliche Stadt inklusive ihrer Cafés und Restaurants hereinschwappte, sichtlich genervt war. »Was darf ich Ihnen denn bringen?«

»Für mich 'n Pott Kaffee und ein Truthahnsandwich«, entschied Fiete nach einem raschen Blick auf die Karte.

Anna, wie immer besorgt um ihre Figur, bestellte lediglich einen Cappuccino.

»Und der junge Mann?« Fragend schaute die Kellnerin Hannes an, nicht sicher, was sie von diesem absonderlich aussehenden und zudem scheinbar hypernervösen Burschen halten sollte, dem das Unbehagen überdeutlich ins Gesicht geschrieben stand.

»Ich?« Hannes, der in der letzten halben Stunde vergeblich bemüht gewesen war, sich in Luft aufzulösen, blinzelte, als würde er aus einem tiefen Traum erwachen, und begann hektisch in der Karte zu blättern. »Haben Sie vielleicht auch irgendwas Vegetarisches? Einen Salat oder so?«

Fiete stöhnte innerlich auf.

Auch das noch!

Ein Körnerfresser!

Als hätte er es geahnt ...

Der Reporter hatte alle Mühe, sich ein spöttisches – ein weniger wohlwollend gesinnter Beobachter hätte gesagt: bösartiges – Grinsen zu verkneifen, als die Kellnerin Hannes verständnislos anschaute und ihm leicht gereizt mitteilte, dass sie mit einem Salatteller zwar nicht dienen könne, das Briesandwich aber überaus empfehlenswert sei, sehr lecker und garantiert fleischlos.

Hannes rutschte unruhig auf seinem Stuhl herum. »Naja, dann bringen Sie mir eben eins von diesen Käse-Dingern und dazu 'n großen Milchkaffee, wenn das geht.«

Die Kellnerin schenkte ihm ein Lächeln, das die Augen nicht erreichte. »Aber selbstverständlich, der Herr ...«

Während die Blondine, nun noch genervter als vorher, auf dem Absatz kehrtmachte und davoneilte, um den Wünschen ihrer Gäste nachzukommen, wandte Hannes sich an Anna und Fiete und meinte pikiert: »Also, ich finde, die könnten hier ruhig ein bisschen mehr Rücksicht auf uns Vegetarier nehmen. Immerhin erkennen immer mehr Menschen die Vorzüge einer gesunden, fleischlosen Nahrung.«

Hatte Hannes bei dieser Äußerung auf die Zustimmung seines Schwiegervaters in spe gehofft, so hatte er sich geschnitten. Fiete waren sein Schnitzel, seine Rouladen und sein Döner mit reichlich geschnetzeltem Lammfleisch, den er in Flensburg immer bei Yusuf im *Orient-Grill* in der Neustadt einzunehmen pflegte, mindestens so heilig wie dem Papst das Zölibat oder dem Kanzler seine Zigarren, und er war nicht gewillt, sich diese Gaumenfreuden von einem dahergelaufenen Öko madig machen zu lassen, an dem die Erfindung des Kamms vollkommen vorbeigegangen war. Dennoch hielt der Ex-Reporter sich mit entsprechenden Kommentaren zurück und beschloss stattdessen, dass es nun an der Zeit war, einige Informationen über den jungen Mann zu sammeln, um seine Schwachpunkte in Erfahrung zu bringen, um anschließend zum Angriff überzugehen.

Während er die am Nachbartisch sitzende Gruppe älterer Damen beobachtete, von denen eine sich mit einer abenteuerlichen Hutkreation in einem Traum von Pink geschmückt hatte, fragte Fiete so beiläufig wie möglich:

»Sagen Sie mal, Hannes, was machen Sie eigentlich so beruflich?«

Hausbesetzer, Berufsdemonstrant oder gar *Künstler*?

Eigentlich machte das für Fiete keinerlei Unterschied, da er bereits beschlossen hatte, eine engere Bindung zwischen diesem langhaarigen Späthippie und seiner Anna zu verhindern, immerhin hatte er den Wunsch nach Enkelkindern noch immer nicht endgültig zu Grabe getragen, und allein der Gedanke an die aus dieser Liaison hervorgehende Nachkommenschaft – schmuddelig, mit verrotzter Nase, Secondhand-Klamotten und, was zu befürchten stand, blauen Haaren – ließ ihn bis ins Mark erschauern.

»Hannes studiert Chemie«, beeilte sich Anna zu erklären, ehe Hannes die Möglichkeit hatte, etwas Falsches zu sagen und Fiete so Munition für seinen Feldzug zu liefern. »Er ist im letzten Semester und bereitet sich auf sein Examen vor, das er, wie es aussieht, mit Bestnote bestehen wird.«

»Ach, Sie *studieren*?« Eigentlich war Fiete nicht besonders überrascht, das zu hören, da Hannes bei näherer Betrachtung exakt dem Bild eines arbeitsfaulen Dauerstudenten entsprach, der sich so lange an der Uni rumdrückte und Bafög bezog, bis die Rente in nicht mehr allzu weiter Ferne lag. »Und was haben Sie nach dem Studium vor?«

Hannes strich mit der Hand seinen wild wuchernden Backenbart glatt. »Also, eigentlich würde ich am liebsten für eine der großen Umweltorganisationen arbeiten. Sie wissen schon: *Greenpeace, Robin Wood*, was in der Richtung.« Er unterbrach sich, als die Kellnerin am Tisch erschien und servierte, um dann, in seinem Milchkaffee rührend, fortzufahren: »Vielleicht bleibe ich aber auch noch 'ne Weile an der Uni. Ich arbeite da nämlich derzeit zusammen mit ein paar anderen Leute an einem Riesenprojekt; wir sind dabei, komplett umweltverträglichen

Haartöner auf Naturbasis zu entwickeln. Alles ganz und gar natürlich, ohne irgendwelche schädlichen chemischen Substanzen.«

»Interessant.« Fiete trank einen Schluck Kaffee und fragte sich, ob die unmögliche Farbe von Hannes' Haar womöglich auf ein fehlgeschlagenes Experiment zurückzuführen war.

»Bei seinen guten Noten stehen Hannes viele Möglichkeiten offen, auch in der Industrie«, betonte Anna, die gerade dabei war, das Sandwich ihres Vaters an Struller zu verfüttern, was vor Fietes innerem Auge unwillkürlich das Bild heraufbeschwor, wie dieser selbstlose Umweltaktivist im weißen Arbeitskittel, die Mähne unter einem Haarnetz verborgen, in einem Labor bei *Hoechst* oder *Bayer* schuftete, und wieder hatte er alle Mühe, ein spöttisches Grinsen zu unterdrücken. Gleichwohl, er hielt sich zurück, trank in Ruhe seinen Kaffee aus und war zutiefst verblüfft, weil Hannes es sich nicht nehmen ließ, die Rechnung zu begleichen, als die Zeit des Aufbruchs schließlich gekommen war. Doch wenn er gedacht hatte, nun endlich erlöst zu sein, hatte er sich geschnitten, denn statt nach Hause zu fahren, hielt Anna sie zu einem Bummel durch den *Sophienhof* an. Fiete fügte sich wohl oder übel in sein Schicksal und sah sich mit den beiden jungen Leuten die Schaufenster an, was sich letztlich sogar als vergleichsweise vergnügliche Angelegenheit erwies. Das lag allerdings nicht so sehr an Fietes Begleitung, sondern an der Fülle unterschiedlichster Läden, die es hier gab. Ein kleiner Spielwarenladen, über dessen Tür ein großer brauner Bär saß, der zu Strullers unbändigem Vergnügen unablässig Seifenblasen produzierte, hatte es Fiete besonders angetan. Hier hätte er stundenlang stehen und sich die Regale mit altmodischem Holzspielzeug, Teddybären und Marionetten anschauen können. Aber Anna, ohne jedes Verständnis für die kindliche Begeisterung ihres Vaters, drängte zum

Weitergehen und dirigierte Fiete stattdessen – natürlich rein zufällig – zu einem exklusiven Herrenausstatter, dessen Auslage, ganz im Geiste der Kieler Woche, die neuesten maritimen Trends für den modebewussten Herren zeigte. Aber, Annas Versuch, Fiete zu einem schicken, etwas zeitgemäßeren Outfit zu überreden, scheiterte, nicht bloß, weil ihr alter Herr ein ebensolcher Sturkopf war wie sie, sondern auch, weil Fiete überraschend Schützenhilfe von Hannes erhielt, der – selbst kompromissloser Individualist – Verständnis für den etwas skurrilen, um nicht zu sagen: schrulligen Geschmack des Pensionärs zeigte. »Himmel, Anna, jetzt lass deinen Vater doch mit deinem Modefimmel in Ruhe! Ich hab' schon zig Mal versucht, dir zu erklären, dass nicht alle so auf die neuesten Trends abfahren wie du. Ich finde, du solltest da dringend etwas toleranter werden.«

»Ja, Kleines«, pflichtete Fiete dem jungen Mann mit einem verschmitzten Grinsen bei und fügte scheinheilig hinzu: »Du solltest wirklich versuchen, in dieser Beziehung an dir zu arbeiten.«

Anna bedachte Fiete mit einem bösen Blick. »Wenn du dich weiter zum Gespött der Leute machen willst, von mir aus. Wir müssen jetzt ohnehin nach Hause. Außerdem muss Struller bestimmt mal für kleine Vierbeiner, und das sollte er nicht unbedingt hier erledigen.«

»Ich bring euch schnell rum«, schlug Hannes vor. »Ich muss sowieso noch zur Uni und anschließend zum Treffen der *Freunde des norddeutschen Waldes* in der *Bazille.* Liegt also auf'm Weg.«

Fiete überlegte, was er von diesem Angebot halten sollte. Einerseits war es während der Kieler Woche mit Sicherheit nicht einfach, ein Taxi zu bekommen, und er verspürte auch wenig Verlangen, mit einem der hoffnungslos überfüllten öffentlichen Busse zu fahren, in denen er es sich zwischen kreischenden Kindern, schwitzenden Urlaubern und unermüdlich brabbelnden Hausfrauen bequem machen durfte. Andererseits schreckte er instinktiv davor zurück, sich vorzustellen, was für ein Vehikel Hannes sein Eigen nennen mochte. Vielleicht war es doch besser – und vor allem: *sicherer* –, sich um ein Taxi zu bemühen ...

Doch Anna kam ihm zuvor, noch ehe er seine Bedenken äußern konnte. »Klasse Idee! Du bist ein echter Schatz, Hannes!« Sie warf sich ihm so enthusiastisch an den Hals und drückte ihm mit solcher Inbrunst einen Kuss auf den Mund, als hegte sie die Hoffnung, er würde sich vielleicht doch noch von einem Frosch in einen Prinzen verwandeln.

Fiete verdrehte verstohlen die Augen. Das hatte ihm gerade noch gefehlt! Aber womöglich hatten sie ja Glück und Hannes' Karre sprang nicht an – zumindest war das der Gedanke, an den er sich klammerte, während er den beiden jungen Leuten, Struller auf dem Arm, in Richtung Parkdeck folgte.

Er war froh, als sie bei den Kassenautomaten anlangten, denn die Passage füllte sich nun zusehends. Es wimmelte geradezu vor Menschen – hauptsächlich Touristen und junge Männer in Marineuniformen, die anscheinend die Gelegenheit nutzten, um einige Mitbringsel für die lieben Daheimgebliebenen zu erstehen. Fiete jedenfalls atmete trotz der Autoabgase erleichtert auf, als sie endlich das Parkdeck betraten und das Stimmengewirr des *Sophienhofs* hinter sich ließen. Allerdings währte seine Freude nur kurz, denn gleich darauf standen sie vor dem, was Hannes in seinem jugendlichen Leichtsinn als sein »Auto« bezeichnete, und mit einem Schlag wurden Fietes schlimmste Befürchtungen Wirklichkeit.

Bei dem Gefährt handelte es sich um eine Ente – nach Fietes vorsichtiger Schätzung Baujahr 1965 oder noch älter –, die bloß noch von der üppig von Hand aufgetragenen lila Farbe und den zahlreichen Öko-Stickern zusammengehalten wurde, die das Heck, die Türen, ja sogar die Windschutzscheibe des Wagens zierten. Die Reifen waren völlig abgefahren, während dort, wo sich in der Regel die vordere Stoßstange befand, nur Leere gähnte.

Fiete bezweifelte sehr, dass das Auto verkehrstauglich war, und fragte sich, wie viel Bakschisch Hannes wohl hatte locker machen müssen, um diese Rostlaube durch den TÜV zu bekommen.

»Interessanter Wagen, den Sie da haben«, bemerkte Fiete in Richtung des jungen Mannes, der eben den vergeblichen Versuch unternahm, den Kofferraum zu öffnen. »Sie haben doch sicher einen *Katalysator*, oder?«

Was wohl die *Freunde des norddeutschen Waldes* von diesem Gefährt halten mochten? Mit Sicherheit schädigte dieses Auto das bisschen Umwelt, das sein Besitzer zu retten versuchte, doppelt und dreifach. Und wie nicht anders zu erwarten, drückte Hannes sich denn auch mit einem verschämten Grinsen um eine konkrete Antwort herum. Stattdessen öffnete er mit einem energischen Ruck eine der hinteren Türen, stellte den Koffer auf der Rückbank ab und forderte Fiete mit einer einladenden Handbewegung auf, Platz zu nehmen.

»Bitte, steigen Sie doch ein, Herr Petersen. Und keine Angst: Jimmy mag vielleicht nicht der Schönsten einer sein, aber er hat mich bislang immer ans Ziel gebracht.«

Fiete legte die Stirn in Falten. »Jimmy?«

Hannes deutete auf sein Auto. »Ich hab den Wagen nach Jim Bohlen benannt, einem der Mitbegründer von *Greenpeace*, um ihm so meinen Respekt zu erweisen.«

»Ah«, machte Fiete, sah von weiteren Bemerkungen ab und musterte den Wagen argwöhnisch, nicht sicher, ob er dieses Wagnis tatsächlich eingehen sollte, immerhin war er nicht so alt geworden, um nun auf dem Rücksitz einer Klapperkiste das Zeitliche zu segnen, die »Jimmy« hieß.

»Jetzt mach schon, Paps! Steig endlich ein!« Annas Stimme klang gereizt; offenbar wollte sie der Situation ein Ende bereiten, bevor ihr Vater noch mehr zynische Spitzen gegen Hannes anbringen konnte. Wie um mit leuchtendem Beispiel voranzugehen, setzte sie sich auf den Beifahrersitz und schlug mit einem vernehmlichen Krachen die Tür zu. Dabei war sie nicht halb so mürrisch, wie sie sich nach außen hin gab; um der Wahrheit Genüge zu tun, war sie sogar richtig erleichtert, denn das erste Treffen zwischen ihrem Vater und Hannes war wesentlich glimpflicher abgelaufen, als sie befürchtet hatte.

Paps wird eben allmählich alt ...

Aber da irrte sie.

Seine siebenundsechzig Lenze hatten Fiete keinesfalls zahm werden lassen. Er hatte nur beschlossen, einen günstigeren Moment abzuwarten, um diesem höchst unerwünschten Verhältnis ein Ende zu bereiten; da ihm klar geworden war, dass er hierbei mit größter Bedachtsamkeit zu Werke gehen musste, wollte er Anna nicht gegen sich aufbringen.

Mit einem resignierten Seufzen zwängte er sich vorsichtig auf die Rückbank der Ente, während Struller, der seinem Herrchen mit einem Sprung folgte, sich auf seinem Schoß zusammenrollte und augenblicklich in tiefen Schlummer verfiel.

Der Glückliche, dachte Fiete voller Neid, kraulte dem Hund gedankenverloren das Nackenfell und versuchte zu verdrängen, was jetzt kommen würde.

Nachdem Hannes mit brachialer Gewalt die Fahrertür geöffnet hatte, warf er sich schwungvoll hinters Steuer, fummelte am Radio herum – das Einzige, das in dieser vorsintflutlichen Karre neueren Datums zu sein schien –, drehte die Lautstärke voll auf und nickte zufrieden, als ein schreckliches Geheul wie das Wehklagen und Wimmern tausend gepeinigter Seelen die Trommelfelle des alten Mannes marterten.

This is the end ...

»Das sind die *Doors*«, brüllte Hannes Fiete über die Schulter zu, während er den Zündschlüssel umdrehte und gleichzeitig nach Leibeskräften auf das Gaspedal trat, sodass der Motor gequält aufheulte wie ein getretenes Tier. »Echt geile Band. Übrigens einer meiner Lieblingssongs. Hört man leider viel zu selten im Radio.«

»Was Sie nicht sagen«, brummte Fiete und wünschte aus ganzer Seele, er hätte doch den Bus genommen.

Vorne legte Hannes krachend den Rückwärtsgang ein. Die Ente machte einen scheinbar unkontrollierten Satz nach hinten und kam nur wenige Zentimeter vor einem Porsche zum Stehen, was außer Fiete jedoch niemanden aufregte. Vielmehr schien Hannes hocherfreut, dass der Wagen so problemlos angesprungen war, und während er in halsbrecherischem Tempo, mit quietschenden Reifen, den Ausgang des Parkhauses ansteuerte, stimmte er, scheinbar bester Laune, lauthals in den Gesang aus dem Radio ein.

This is the end, this is the end, my friend.

Er ahnte nicht, dass er Fiete damit aus tiefster Seele sprach, denn in Anbetracht der selbstmörderischen Fahrweise des Öko-Terroristen kam der alte Herr nicht umhin, sich zu fragen, ob sie wohl je bei der Wohnung seiner Tochter ankommen würden.

Kapitel 2

Sie *kamen* an.

Allerdings dauerte die Fahrt zu Annas Wohnung, die nahe dem Blücherplatz im nördlichen Teil der Stadt gelegen war, um einiges länger als erwartet, da anlässlich der Kieler Woche viele Straßen im Zentrum gesperrt waren, vor allem um den Berliner Platz herum und in der Nähe des Hafens, wo unzählige Imbissstände und große Bühnen aufgebaut worden waren, auf denen unzählige bekannte und weniger bekannte Gruppen bis spät in die Nacht hinein Livemusik darboten.

Trotz des Umstands, dass Hannes sich über die Einhaltung geltender Verkehrsregeln nicht allzu viele Gedanken zu machen schien und, wenn es sein musste, auch die eine oder andere rote Ampel großzügig außer Acht ließ, kamen sie nur langsam voran, zumal sich der Verkehr nicht bloß auf den gesperrten Straßen dahinschleppte, sondern ganz allgemein gemütlich vor sich hindümpelte. Berufspendler, Einheimische und Touristen schlichen Stoßstange an Stoßstange in der flirrenden Hitze dahin, und die zahlreichen Baustellen, die alljährlich auf wundersame Weise ausgerechnet vor der Kieler Woche wie Pilze aus dem Boden schossen, trugen auch nicht unbedingt dazu bei, die Situation zu entspannen.

Trotzdem nahm Fiete, obgleich er normalerweise eine angeborene Abneigung gegen verstopfte Straßen, schlechte Autofahrer und rücksichtslose Fußgänger hatte, dies alles ausgesprochen gelassen hin, ja, er war beinahe dankbar dafür, dass es so langsam voranging, zwangen die Umstände Hannes doch dazu, seinen Rallyestil etwas zu mäßigen.

Als sie schließlich am Blücherplatz anlangten, faltete der Rentner sich mit einem Seufzer der Erleichterung von der Rückbank der Ente und schickte voll Dankbarkeit ein Stoßgebet gen Himmel, diese Höllenfahrt lebend überstanden zu haben.

Hannes öffnete Anna die Tür, kratzte sich am Kopf und meinte zu Fiete: »Tja, ich muss jetzt zwar gleich weiter, aber lassen Sie mich noch sagen, wie sehr es mich gefreut hat, Sie kennen zu lernen, Herr Petersen, und dass ich hoffe, dass wir uns recht bald wieder sehen.«

»Wird sich wohl nicht vermeiden lassen«, murmelte Fiete. Laut sagte er: »Es war auch für mich überaus *interessant*, Sie zu treffen, Hannes.« Er schaffte es sogar, etwas auf seine Züge zu zaubern, das man wohlwollend als kleines Lächeln hätte interpretieren können, das jedoch gleich wieder verschwand, als der junge Mann es sich nicht nehmen ließ, den alten Herrn in einem Anflug von Heldenmut in den Arm zu nehmen und flüchtig zu drücken.

Allerdings blieb Fiete keine Zeit zu protestieren, denn im nächsten Moment quetschte sich Hannes bereits wieder hinter das Steuer seines Vehikels. »Ich ruf dich an, Süße!«, rief er Anna zu, die ihm einen Kussmund zuhauchte, während Hannes den Motor aufbrummen ließ und mit quietschenden Pneus in Richtung Universität davonbrauste.

Sie blieben, wo sie waren, bis die Ente im Verkehrsgedränge nicht mehr auszumachen war. Dann nahm Anna Fietes Koffer und ging auf die Eingangstür des großen Jugendstilhauses zu, vor dem Hannes gehalten hatte, während ihr Vater sich die Zeit nahm, die Fassade des Baus in Augenschein zu nehmen.

Das Haus musste einst sehr imposant gewesen sein. Die Fassade wurde geschmückt von zahlreichen Verzierungen; steinerne Blüten rankten gen Himmel, umrahmten die Fenster und die große Eingangstür, von der nun aber die Farbe abblätterte. An den Ecken des Gebäudes befanden sich kleine Türmchen, an denen im Laufe der

Jahrzehnte Efeu emporgekrochen war, was dem Haus ein gewisses wildromantisches, fast geheimnisvolles Flair verlieh.

Hier also lebte seine Tochter.

Es war das erste Mal, seit Anna hier eingezogen war, dass der Pensionär nach Kiel kam, und er musste zugeben, es hatte ihn mit einiger Sorge erfüllt, als sie ihm erzählte, sie wolle sich in einer Frauen-WG einquartieren – immerhin hörte man immer wieder davon, wie unmoralisch es in diesen Wohngemeinschaften zuging, und dann auch noch ausschließlich Frauen ...

Hätte Anna nicht einen so regen Männerverschleiß gehabt, wären ihm schlaflose Nächte sicher gewesen.

»Komm schon, Paps, worauf wartest du?« Anna stand in der Eingangstür und winkte ihn ungeduldig zu sich. Als er sich in Bewegung setzte und zu ihr kam, fügte sie hinzu: »Ach, bevor ich's vergesse: Sei bitte nett zu den Mädels, ja? Die sind in Ordnung, glaub mir.«

»Hast du etwa Angst, dein weiser alter Vater könnte dich blamieren?« Fiete tat empört und machte ein beleidigtes Gesicht, während er sich, Struller auf dem Arm, die steilen Stufen des etwas heruntergekommen wirkenden Treppenhauses bis in den vierten Stock hochquälte.

»Ach, komm, Paps, du weißt genau, was ich meine. Manchmal hast du so eine Art ...«

Er sah sie scheinheilig an. »Was denn für eine *Art*?«

»Naja, also ...« Anna suchte nach den richtigen Worten. »Sagen wir mal so, hin und wieder benimmst du dich wie die Axt im Walde. Außerdem verbreitest du manchmal eine Stimmung, gegen die Opas Beerdigung ein echter Brüller war, was den Unterhaltungswert angeht.«

Fiete blinzelte. »Unglaublich«, raunte er mit gespielter Fassungslosigkeit. »Und diese Schlange habe ich jahrelang an meinem Busen genährt.«

»Du hast keinen Busen«, merkte Anna an, kramte in der Tasche nach dem Schlüssel und öffnete die Wohnungstür, bevor Fiete Gelegenheit zu einer angemessen unflätigen Erwiderung hatte.

Dann stand Fiete im Flur der großen Fünfzimmerwohnung, dessen grellgelbe Wände in ihm unwillkürlich den Wunsch nach einer Sonnenbrille weckten. Er setzte Struller sanft auf dem Fußboden ab und betrachtete das Poster, das genau gegenüber der Eingangstür hing; es zeigte eine Frau mittleren Alters mit verkniffenem Gesicht und Brille, die nicht aussah, als hätte vor ihr jemals ein Mann ohne finanzielle Entlohnung die Hosen runtergelassen.

Anna trat neben ihn. »Das ist Alice Schwarzer«, klärte sie ihren Vater auf. »Eine irre Frau, findest du nicht?«

Fiete wusste nicht recht, was er sagen sollte. Natürlich kannte er Frau Schwarzer, und er hatte auch nichts gegen sie persönlich, aber mit den Ideen, die sie vertrat, konnte er beim besten Willen nichts anfangen. Allerdings nährte der Umstand, dass ihr Konterfei hier in Übergröße an der Wand hing, seine Bedenken bezüglich einer Frauen-WG.

Feministinnen …

Fiete schüttelte sich innerlich und überlegte, ob es nicht vielleicht besser wäre, sich ein Hotelzimmer zu nehmen, so wie er es zunächst geplant hatte, bevor Anna ihn überredete, doch bei ihr zu übernachten.

Anna bekam von seinen Zweifeln nichts mit. »Die anderen sind bestimmt in der Küche«, sagte sie. »Sie freuen sich schon auf dich und haben tagelang überlegt, was sie dir zu Ehren kochen sollen.« Damit griff sie nach seinem Arm und schleifte ihn hinter sich her wie einen Sack Kartoffeln.

Zwei der jungen Frauen, mit denen Anna sich die Wohnung teilte, saßen tatsächlich in der großen, sonnendurchfluteten Wohnküche. Allerdings schienen sie nicht allzu erfreut über seinen Besuch. Im Gegenteil, beide waren völlig in Tränen aufgelöst, die geröteten Gesichter verquollen, als hätten sie stundenlang geheult.

Anna blieb so abrupt stehen, als wäre sie gegen eine unsichtbare Wand gelaufen. »Sophia, Helene, was ist denn los? Warum weint ihr?« Schlagartig war sie ganz blass um die Nase geworden. Zögerlich setzte sie sich in Bewegung, trat auf die beiden Frauen zu, hielt dann allerdings in einigen Schritten Entfernung inne.

Eine der Frauen, eine dürre Rothaarige mit unzähligen Sommersprossen, sprang auf, lief auf Anna zu und fiel ihr laut schluchzend um den Hals. »Oh, Anna, es ist was Schreckliches passiert ...« Ihre Stimme versagte. Sie begann erneut zu weinen. Ihr schmaler Körper bebte unkontrolliert.

Anna hielt ihre Freundin fest an sich gedrückt. »Was ... Was ist passiert?«, fragte sie unsicher, obwohl sie ganz und gar nicht den Eindruck erweckte, als wollte sie das wirklich wissen.

»K-Karen ...«, weinte die Dürre.

»Was ist mit Karen, Sophia?«

»Sie ist tot!«, sprudelte es nun aus der Frau heraus. »Tot! Die Polizei war gerade hier. Sie haben sie im Schrevenpark gefunden. Auf der kleinen Insel ...«

Anna wurde noch bleicher, und für einen Moment fürchtete Fiete, sie würde ohnmächtig werden. Wortlos ließ sie von der Rothaarigen ab und ließ sich stumm auf einen der Küchenstühle gleiten. Ihre Miene drückte die widersprüchlichsten Gefühle aus, als sie sich vergegenwärtigte, was Sophias Worte zu bedeuten hatten.

Karen – tot?

Wie um alles in der Welt konnte das sein? Wie konnte Karen tot sein, wo sie doch gestern Mittag noch zusammen gegessen, ferngesehen und gelacht hatten?

Der Rentner war ebenfalls zutiefst entsetzt. Karen war die Vierte im Bunde der Frauen-WG und die Einzige, die er bislang persönlich kennen gelernt hatte, als Anna und sie ihn vor ein paar Wochen in Flensburg besucht hatten.

Eine junge, attraktive Frau ...

Er setzte sich ebenfalls, und für einen Moment herrschte völliges Schweigen in der Küche. Bloß das Ticken eines alten Weckers durchdrang von irgendwoher die Stille; wahrscheinlich kam es aus einem der Zimmer der Mädchen. Nicht, dass es eine Rolle gespielt hätte. Im Angesicht des Todes spielte *nichts mehr* eine Rolle.

Anna starrte fassungslos vor sich hin. »Aber ... Warum?«, fand sie schließlich ihre Stimme wieder. »Gestern Nachmittag ging es ihr doch noch gut! Sophia, nun sag schon was!« Fast flehend sah sie die Rothaarige an; insgeheim hoffte sie wohl, dass dies alles bloß ein blöder Scherz war.

Doch Sophia machte ihre Hoffnung zunichte. »Die Polizei sagt, es war Selbstmord«, erklärte sie zwischen zwei tiefen Schluchzern und wischte sich mit dem Handrücken die Nase. »Man hat in ihrer Handtasche mehrere leere Röllchen Schlaftabletten gefunden.«

»Die wollten von uns wissen, wann wir sie zuletzt gesehen haben und wer ihre Angehörigen sind«, fiel ihr Helene ins Wort. Sie war klein und zierlich. Vormals waren ihre langen schwarzen Haare wohl zu einem Dutt zusammengesteckt gewesen, jetzt aber fielen ihr die Strähnen lose ins verheulte Gesicht. »Sie haben auch gefragt, warum Karen das getan haben könnte; warum sie sich umgebracht hat ...« Ihre Worte wurden immer leiser und brachen schließlich ab.

Sophia schniefte in ein zerknülltes Papiertaschentuch, das sie aus der Brusttasche ihrer pinkfarbenen Latzhose gezogen hatte. »Was sollten wir denen denn sagen?« Es war keine Frage, auf die sie eine Antwort erwartete. »Wir hatten doch keine Ahnung, dass sie sowas vorhatte! Woher hätten wir das denn wissen sollen? Hätten wir auch nur den leisesten Verdacht gehabt, hätten wir doch versucht, ihr zu helfen!« Sie würgte ihr Taschentuch. »Warum hat sich bloß nichts gesagt! Sie hätte mit uns doch über alles reden können! Verflucht und zugenäht, wir waren *Freundinnen*!« Jetzt mischte sich Wut unter ihre Trauer; Wut darüber, dass Karen ihnen keine Chance gegeben hatte, ihr zu helfen und sie von dieser Irrsinnstat abzubringen.

Auch Anna konnte es einfach nicht fassen.

»Warum?« Die Frage schien an sie selbst gerichtet. »Ich meine, ich kapier das einfach nicht. Warum um alles in der Welt hat sie das getan? Es gab dafür doch gar keinen Grund für! Sie stand kurz vor dem Abschluss ihres Studiums. Sie machte bereits Pläne für die Zeit nach der Uni. Sie sah super aus, und gerade in den letzten Wochen schien sie besonders gut aufgelegt zu sein. Tut mir Leid, aber mir will das einfach nicht in den Kopf. Ich begreif's nicht ...«

»Du hast Recht«, sagte Sophia. »Sie war in letzter Zeit wirklich sehr fröhlich und unternehmungslustig. Ich dachte, das hätte was mit ihrem neuen Typen zu tun.« Sie schnäuzte sich lautstark und schaute traurig zum Küchenfenster hinaus, hinunter auf den grün bewachsenen Hinterhof, wo einige Kinder kreischend Ball spielten.

Anna stand auf, ging – sichtlich um Fassung bemüht – zur Spüle und füllte einen alten, verbeulten Kessel mit Wasser. »Ich mach uns erst mal Tee. Ich denke, den können wir jetzt alle gut gebrauchen.«

Helene nickte dankbar, während Sophia, die immer noch aus dem Fenster starrte, wie ein Mantra wieder und wieder dasselbe vor sich hinmurmelte: »Warum?«

Dieselbe Frage stellte sich auch Fiete, der die letzten Minuten schweigend dagesessen und zugehört hatte. Genau wie den Freundinnen wollte ihm nicht einleuchten, warum eine erfolgreiche junge Frau wie Karen sich plötzlich und für ihre Umgebung vollkommen unerwartet das Leben nahm. Einen solchen Entschluss fasste man schließlich nicht einfach morgens am Frühstückstisch, zwischen Brötchen und Zeitung. So einem Schritt ging immer irgendetwas voraus – Liebeskummer, Schulden, Stress mit den Arbeitskollegen …

Kein Mensch stand morgens auf und beschloss aus heiterem Himmel, sich umzubringen.

Nachdenklich beobachtete Fiete die winzigen Staubflocken, die im durchs Küchenfenster hereinfallenden Sonnenlicht zu einer für ihn unhörbaren Melodie tanzten.

Was, wenn die Polizei sich irrte?

Was, wenn es gar kein Selbstmord gewesen war?

Und obwohl es dafür nicht den geringsten Anhaltspunkt gab, schwante Fiete instinktiv Böses.

Kapitel 3

Fiete war seltsam benommen. In den gut vierzig Jahren seiner Tätigkeit als Lokalreporter beim *Flensburger Tageblatt* war er viel herumgekommen und hatte einiges gesehen, wovon nur ein verschwindend geringer Teil erfreulich gewesen war, aber der Tod eines derart jungen Menschen ging ihm noch immer so nahe wie kaum etwas anderes.

Er beschloss, einen Spaziergang zu machen, nicht nur, um seine aufgewühlten Gedanken zu ordnen, sondern auch, weil ihm dies Gelegenheit gab, der bedrückenden Atmosphäre in der Küche für eine Weile zu entkommen und an der frischen Luft wieder einen klaren Kopf zu bekommen. Außerdem war es ohnehin an der Zeit, Struller seinem Namen Ehre machen zu lassen, zumal er annahm, dass die drei jungen Frauen ein wenig unter sich sein wollten, um den Verlust ihrer Freundin ungestört zu betrauern. Also setzte Fiete seine Schiebermütze auf, rückte seine Fliege zurecht und machte sich mit dem Dackel im Schlepp auf den Weg.

Da er sich in Kiel nicht besonders gut auskannte und auch kein bestimmtes Ziel hatte, folgte der Rentner zunächst einer Kindergartengruppe, die lachend und singend just in dem Moment an Annas Haus vorbeikam, in dem er aus der Tür trat. Die Kleinen hatten es nicht eilig, was Struller Gelegenheit gab, ausgiebig an jedem Stein und jedem Busch zu schnuppern und hier und da ein paar Duftmarken zu hinterlassen, schließlich sollten alle wissen, dass es einen neuen Boss im Revier gab.

Unterdessen stellte sein Herrchen verblüfft fest, dass es in der Gegend um den Blücherplatz viele schöne, liebevoll restaurierte alte Häuser gab. Offenbar war dieser Teil der Stadt von den Zerstörungen des Zweiten Weltkriegs weitgehend verschont geblieben.

Fiete konnte sich gut vorstellen, wie es hier früher ausgesehen haben musste. Er sah förmlich die Kutschen und Automobile vor sich, welche die prachtvolle zweispurige Straße entlangfuhren, während elegante Damen mit Sonnenschirmen und Kindern an der Hand auf den Gehwegen flanierten.

Er seufzte.

Irgendwie war damals alles besser; oder wenn schon nicht besser, so doch zumindest *anders*.

»Dürfen wir den Hund mal streicheln? *Bitteeeeee!*«

»Hm?« Er wurde jäh aus seinen Gedanken gerissen, als das schrille Quäken einer Kinderstimme an sein Ohr drang.

Vor ihm standen drei kleine Knirpse, die ihn mit großen, erwartungsvollen Kulleraugen anschauten. Offenbar gehörten sie zu der Kindergartentruppe.

»Beißt deeer?«

»Na, und ob«, erwiderte Fiete. Als die Kinder daraufhin ängstlich zurückwichen, fügte er lächelnd hinzu: »Allerdings bloß die bösen Jungs. Ihr habt von Struller also nichts zu befürchten.«

»*Struller*?« Ungläubig starrten die Jungen erst Fiete und dann den Hund an, ehe sie sich breit grinsend daran machten, dem Dackel mit ihren dicken Händchen unbeholfen den Kopf und die Flanke zu tätscheln.

Als kurz darauf eine der Erzieherinnen kam und die Kinder ermahnte, endlich weiterzugehen, liefen sie schnell zu den anderen Störenfrieden zurück, wobei sie sich lauthals lachend mehrfach umdrehten und mit dem Finger auf den Dackel zeigten. Irgendwie schienen sie den Namen »Struller« überaus amüsant zu finden.

Sie gingen weiter und gelangten einige Minuten später auf eine viel befahrene Geschäfts- und Einkaufsstraße, wo Fiete die Kinder im Getümmel aus den Augen verlor. Er hatte keine Ahnung, wo er war; auch das Straßenschild mit der Aufschrift Holtenauer Straße half ihm da nicht viel weiter.

Gleichwohl, Fiete machte sich darüber keine Gedanken. Es war nicht wichtig, wo er war; wenn er nachher zurück nach Hause wollte, würde er sich eben ein Taxi schnappen. Noch jedoch war es nicht soweit.

Nachdenklich schlenderte der alte Herr den Bürgersteig entlang und schaute sich die Schaufenster der Geschäfte an. Vor einer schicken Boutique verweilte er einen Moment. Das grüne Kleid, das die Schaufensterpuppe trug, erinnerte ihn an den Tag, als Anna und Karen ihn in Flensburg besucht hatten.

Karen hatte ein ganz ähnliches Kleid getragen, knöchellang mit Spaghettiträgern, eine hübsche junge Frau mit wallendem roten Haar und guten Manieren, die ihm an jenem Nachmittag schmerzlich deutlich vor Augen geführt hatten, dass er in dieser Beziehung bei der Erziehung seiner eigenen Tochter weniger erfolgreich gewesen war ...

Und jetzt war sie tot.

Zum tausendsten Mal, seit er das Haus verlassen hatte, fragte er sich, ob Karen ihrem Leben tatsächlich aus freien Stücken ein Ende gesetzt hatte, ausgerechnet jetzt, wo sie kurz vor dem Abschluss ihres Medizinstudiums stand, für das sie jahrelang so hart gearbeitet hatte? Hatten die Mädchen nicht gesagt, sie sei gerade in der letzten Zeit bester Laune gewesen?

Irgendwie ergab das alles keinen rechten Sinn.

Zwei junge Frauen hatten sich neben ihn gestellt und betrachteten ebenfalls das Kleid, das er nun schon seit mehreren Minuten mit unbewegter Miene anstarrte. Eine der beiden schielte aus dem Augenwinkel verstohlen zu Fiete herüber und tuschelte dann mit ihrer Freundin, die die Hand vor den Mund schlug und gackernd zu kichern begann.

Fiete bedachte die Frauen mit einem grimmigen Blick und sagte zu Struller: »Komm, mein Lieber, lass uns mal lieber sehen, dass wir Land gewinnen, bevor gewisse Leute angesichts eines alten Knackers, der vor 'ner Damenboutique steht, noch auf falsche Gedanken kommen ...«

Er beeilte sich weiterzugehen, doch selbst, als das Kleid längst nicht mehr zu sehen war, ließen ihn die Umstände von Karens Tod nicht los. Wenn sie irgendwelche Schwierigkeiten gehabt hatte, warum hatte sie sich nicht ihren Freundinnen anvertraut? Frauen pflegten doch sonst jede noch so kleine Nichtigkeit lang und breit auszudiskutieren; das hatte Fiete oft genug am eigenen Leib erfahren müssen. Er brauchte bloß an Anna zu denken, die bei jedem noch so unbedeutenden Problem stundenlang das Telefon blockierte, obwohl sie wusste, dass er auf einen wichtigen Anruf wartete, und ganz nebenbei auch noch seine Telefonrechnung in Schwindel erregende Höhen trieb ...

Warum hatte Karen nicht mit Anna und den anderen gesprochen oder, wenn sie schon der weiblichen Natur zuwiderhandelte, zumindest einen Abschiedsbrief hinterlassen? Denn das war allem Anschein nach nicht der Fall; weder die Polizei, noch die Mädchen hatten etwas Derartiges bei Karen oder in ihrem Zimmer gefunden.

Nach Fietes Meinung konnte es hierfür nur zwei Erklärungen geben. Entweder war Karen Opfer einer Kurzschlussreaktion geworden, was hieß, dass irgendetwas sie ganz spontan dazu bewogen hatte, Selbstmord zu begehen, oder sie hatte niemals vorgehabt, aus dem Leben zu scheiden. Wenn allerdings die zweite Möglichkeit zutraf, dann bedeutete das zwangsläufig, dass Karen ...

Fiete blieb unvermittelt stehen.

Struller blickte mit seinen unergründlichen Dackelaugen fragend zu ihm auf. Warum machte sein Herrchen Halt, wo es doch noch so viele interessante Duftspuren zu verfolgen galt? Wollte er etwa schon kehrtmachen?

Doch Fiete dachte nicht daran, schon zurück zum Blücherplatz zu gehen. Noch nicht. Vielmehr überlegte er angestrengt, was jetzt zu tun war. Wenn seine Vermutung zutraf und Karen, aus welchen Gründen auch immer, tatsächlich ermordet worden war, musste er irgendwas unternehmen, denn wenn er es nicht tat, tat es niemand, schließlich ging die Kieler Kripo davon aus, dass es sich um Selbstmord handelte.

Fiete musste versuchen, irgendwelche Beweise für seinen Verdacht zu finden, wollte er nicht Gefahr laufen, von der Polizei als verschrobener alter Wirrkopf verlacht zu werden, wenn er auf dem Revier vorsprach.

Am besten fing er damit an, den Fundort der Toten in Augenschein zu nehmen.

Er schaute sich um. »Willst du 'n Eis, alter Freund?«

Der Dackel hechelte zustimmend und steuerte zielstrebig auf ein Eiscafé zu, dass nur wenige Schritte entfernt gelegen war. Sie setzten sich an einen der Tische, die auf dem Bürgersteig vor dem Lokal aufgestellt worden waren, und warteten auf die Bedienung. Fiete orderte einen *After Eight*-Becher und einen Kaffee für sich und eine Kugel Vanilleeis samt einem Schälchen kaltem Wasser für Struller. Außerdem erkundigte er sich bei der jungen Kellnerin nach dem Weg zum Schrevenpark.

Wie sich herausstellte, war der Park nicht allzu weit von hier entfernt. Und obwohl es Fiete innerlich danach drängte, die Gelegenheit beim Schopfe zu packen und im Schrevenpark auf Spurensuche zu gehen, bevor ein Regenschauer, spielende Kinder oder irgendeine andere Naturgewalt alle verwertbaren Hinweise zunichte machen konnte, beließ er es vorerst dabei, es sich bei einer Tasse Kaffee in der Sonne sitzend gut gehen zu lassen und das Treiben um sich herum zu beobachten. Denn obgleich es inzwischen früher Abend war, wimmelte es auf der Holtenauer Straße noch immer vor Menschen. Passanten eilten, voll beladen mit Einkaufstüten, geschäftig über den Gehsteig; Besucher der Kieler Woche spazierten unter den *Arkaden*, um sich, fernab vom Rummel in der Hafengegend, einen besseren Eindruck von der Stadt zu verschaffen.

Waren ihm überfüllte Plätze und viel befahrene Straßen für gewöhnlich verhasst, so genoss Fiete in diesem Moment doch das pulsierende Leben in seiner Umgebung, denn allein der Gedanke an Karen und das, was ihr womöglich widerfahren war, erfüllte ihn mit dem Wunsch nach menschlicher Gesellschaft.

Nachdem er schließlich den Kaffee ausgetrunken, das Eis gegessen und die Rechnung beglichen hatte, machte er sich mit Struller auf den Weg in Richtung Schrevenpark, der tatsächlich nur gut fünf Minuten entfernt lag.

Auf den durch Gehwege unterteilten Rasenflächen drängten sich halbnackt die Sonnenhungrigen, um die letzten Strahlen der Abendsonne auszunutzen. Andere spielten Frisbee oder saßen auf den Bänken und genehmigten sich bei einem Klönschnack ein kühles Bier. Orientalisch anmutende Klänge wehten durch die warme Luft. Anscheinend hatte die lokale Bauchtanztruppe ihre heutige Probe kurzerhand nach draußen verlegt – sehr zum Amüsement der übrigen Parkbesucher. Auch Fiete fiel es angesichts der zum Teil bereits recht betagten und durch die Bank sehr fülligen Damen in ihren farbenfrohen Gewändern schwer, ernst zu bleiben.

Zielsicher steuerte er den Teich inmitten des Parks an und entdeckte bald darauf die kleine Insel, auf der man die Tote – den Mädchen zufolge – gefunden hatte.

»Komm, Struller, das sehen wir uns mal aus der Nähe an.«

Aber der Dackel machte keine Anstalten ihm zu folgen. Sein Interesse galt den Gänsen, die unbeeindruckt von dem Lärm und den vielen Menschen über die Grünflächen watschelten. Seine Augen zuckten unruhig hin und her. Man konnte förmlich sehen, wie in dem kleinen Hund der Jagdinstinkt erwachte.

Fiete zog eine Grimasse. »Oh, komm schon, alter Junge. Mit denen solltest du dich lieber nicht anlegen; die sind 'n paar Nummern zu groß für dich. Außerdem haben wir was Wichtiges zu erledigen.«

Struller zeigte für Herrchens Vorhaben jedoch nach wie vor wenig Verständnis, sodass Fiete nichts anderes übrig blieb, als sich den widerspenstigen Köter kurzerhand zu schnappen und mit dem Dackel unter dem Arm im Schatten der Bäume zum Teich zu schlendern. Dabei fiel ihm einmal mehr auf, dass Kiel mehr als nur die Kieler Woche zu bieten hatte. Hier am Schrevenpark gab es beispielsweise jede Menge schöner alter Häuser zu bewundern, vornehmlich Jugendstil, in denen sich Architekten, Rechtsanwälte und grob geschätzt zwei Millionen Ärzte aller Couleur niedergelassen hatten.

»Da sieht man's mal wieder«, brummte er. »Die Studierten wissen genau, wo's am schönsten ist. Hab ich Recht, alter Knabe?«

Strullers Antwort bestand aus einem herzhaften Gähnen; offenbar hatte er nicht viel für Fietes Weisheiten übrig.

Eine Minute später standen sie vor der Brücke, die zu dem kleinen Eiland im Schreventeich führte. Fiete setzte Struller auf dem Boden ab und schritt langsam über die Holzbohlen. Wie er gehofft hatte, war niemand in unmittelbarer Nähe zu sehen, er konnte sich also ungestört einen Eindruck vom Fundort der toten Studentin verschaffen. Doch wenn er gehofft hatte, hier irgendwelche Spuren zu entdecken, die ihm Aufschluss über den Hergang der Tat gegeben hätten, wurde er enttäuscht. Nichts deutete darauf hin, dass sich hier nur wenige Stunden zuvor ein Verbrechen ereignet haben könnte. Da war nichts außer jeder Menge Federvieh und einer Entenmutter, die sich vor ihm mit ihrer Nachkommenschaft ins Wasser rettete und ihn wegen der abendlichen Ruhestörung böse anquakte.

Auch Struller schien nichts Besonderes auszumachen. Er schnupperte zwar hier und da, lief dann aber über die weiße Brücke zurück aufs »Festland« und kläffte sein Herrchen von dort an, als wolle er ihn auffordern, endlich zu Verstand zu kommen.

Fiete war enttäuscht. Und, was noch schlimmer war, er kam sich plötzlich wie ein ausgemachter Narr vor.

Was zur Hölle hatte er zu finden gehofft?

Wenn überhaupt irgendwelche Spuren existiert hatten, hätte die Polizei sie mit Sicherheit gefunden.

Er ließ sich auf eine nahe Bank sinken.

Auch, wenn ihm der Gedanke nicht gefiel ... Möglicherweise war Karen ja doch freiwillig aus dem Leben geschieden. Was wusste er schon? Schließlich hatte er sie kaum gekannt. Wenn man näher darüber nachdachte, gab es tausend Gründe, weshalb sie sich zu diesem Schritt entschlossen haben könnte. Unter Umständen hatte sie Beziehungsprobleme gehabt, oder sie hatte erfahren, dass sie schwer krank war und beschlossen, die Sache selbst mit so viel Würde wie möglich zu Ende zu bringen, statt an irgendeiner heimtückischen Krankheit zu verrecken. Oder sie hatte auf einem Berg Schulden gesessen, von denen sie nicht wusste, wie sie sie jemals zurückzahlen sollte.

Oder, oder, oder ...

Er hätte beliebig fortfahren können.

Wahrscheinlich war es am besten, wenn er sich mit dem Tod der jungen Frau abfand und einfach ein paar Tage ausspannte; zumindest, soweit das in Anbetracht der Umstände möglich war. Er könnte etwas mit Anna unternehmen oder sich ins Getümmel der Kieler Woche stürzen, ganz abgesehen davon, dass es da ja auch immer noch dieses ärgerliche Problem namens »Hannes« gab, um das er sich kümmern musste.

Verdammt, warum sollte er sich lächerlich machen? Es gab nicht den geringsten Hinweis darauf, dass an seiner »Theorie« über Karen auch nur ein Krümelchen Wahrheit dran war, und er hatte in all den Jahren als Reporter immer wieder am eigenen Leib erfahren, was die Polizei von neugierigen Schnüfflern hielt, die glaubten, cleverer zu sein als sie. Auslachen würden sie ihn, wenn er mit dieser Geschichte zu ihnen kam. Ihn bestenfalls mitleidig als senilen Opa belächeln, dem die Sonne ein wenig aufs Hirn geschlagen war.

Allerdings ...

Hatte ihn diese Aussicht je davon abgehalten, das zu tun, was er für richtig hielt?

Nein.

Fiete war sowohl privat als auch beruflich immer dafür bekannt gewesen, dass er nicht so schnell aufgab und stets seinen Weg ging, selbst wenn ihm der Wind mal kräftig ins Gesicht blies und er Gefahr lief, irgendwie anzuecken. Es störte ihn nicht, dass viele seiner Mitmenschen ihn für eine ausgesprochene Nervensäge hielten, denn wenn er eines in den Jahren bei der Zeitung gelernt hatte, dann, dass man seinen Instinkten trauen musste. Das hatte er immer getan, und oft, wenn auch nicht jedes Mal, war es das Richtige gewesen.

Und nun sagte ihm sein Instinkt, dass hier irgendwas faul war. Etwas stimmte an dieser Sache nicht, und er wusste genau, er würde nicht zur Ruhe kommen, wenn er die Dinge jetzt auf sich beruhen ließ. Die Zweifel an Karens Tod würden ihn verfolgen wie böse Geister und ihn nicht loslassen, bis er endlich anfing, sich mit ihnen auseinander zu setzen, gleichgültig, was der Rest der Welt davon halten mochte.

Fiete fasste für sich einen Entschluss und schaute sich nach dem Dackel um, der noch immer artig vor der Brücke auf den Hinterbeinen hockte und auf sein Herrchen wartete.

»Na, komm, alter Junge!«, rief Fiete und winkte den Hund zu sich. »Gehen wir nach Hause und rufen Freibier an!«

Kapitel 4

Anna öffnete ihm die Tür. Sie schien ihm etwas gefasster als zuvor, aber unter ihren Augen zeichneten sich dunkle Ringe ab, und ihre Sommerbräune konnte die ungesunde Blässe ihrer Züge nicht gänzlich übertünchen.

»Hi, Paps, wie war dein Spaziergang? Ich dachte schon, du hättest dich verlaufen.« Das war typisch Anna. Sie versuchte, sich nichts anmerken zu lassen, ihre Gefühle zu verbergen, doch Fiete kannte seine Tochter gut genug, um zu wissen, dass sie sehr lange brauchen würde, um über den Tod ihrer Freundin hinwegzukommen.

Er versuchte es mit einem Lächeln. »Ein bisschen frische Luft war genau das, was ich brauchte.« Er setzte Struller auf dem Parkettboden ab, schloss die Tür hinter sich und folgte Anna in die Küche. »Ach, übrigens, ich war im Park.«

Sie blieb wie vom Donner gerührt stehen. Als sie sich zu ihm umdrehte, waren ihre Augen vor Überraschung weit aufgerissen. »Im Schrevenpark?«

Er nickte. »Ich wollte mich dort mal umsehen.«

»Und? Was Interessantes entdeckt?« Seine Tochter sah ihn verständnislos, ja, beinahe vorwurfsvoll an, als wäre er einer dieser sensationslüsternen Gaffer, die bei jeder Katastrophe sofort aus ihren Löchern gekrochen kamen, um sich unter dem Deckmantel des Mitgefühls am Leid anderer zu weiden und sich darüber zu freuen, dass es ihnen selbst gut ging.

Fiete hob abwehrend die Hände. »Es ist nicht so, wie du denkst«, beeilte er sich zu sagen. »Ich war dort, weil mir diese ganze Sache spanisch vorkommt.«

Anna schien nicht zu verstehen. Nervös nestelte sie an ihrem T-Shirt herum und sah ihn verwirrt an.

»Karens Selbstmord, meine ich. Du hast es doch vorhin selbst gesagt. Es gab für sie keinen Grund zu einem solchen Schritt.«

Annas Kinnlade klappte herunter. »D-Du meinst ...« Sie starrte ihn entsetzt an.

Fiete winkte beschwichtigend ab. »Ich meine gar nichts. Bislang ist es nur so ein Verdacht, ein vages Ziehen in der Magengrube. Mach dir keine Gedanken, ja? Und tu mir einen Gefallen: Sprich nicht mit den anderen darüber! Ich möchte vermeiden, dass sie sich noch mehr aufregen. Ich ruf nachher mal bei Freibier an, um zu horchen, was er zu der Sache sagt. In Ordnung?«

Anna nickte schweigend, aber Fiete sah die Angst in ihren Augen. Mitfühlend legte er den Arm um sie und ging mit ihr in die Küche.

Helene und Sophia saßen noch immer am Esstisch. Wie Anna hatten sie die Tränenflut inzwischen etwas eindämmen können, doch der Schock hielt sie nach wie vor gefangen, was sich daran zeigte, dass sie sonderbar hysterisch und aufgedreht wirkten; auch klangen ihre Stimmen viel zu schrill.

Sie redeten mit Händen und Füßen auf einen jungen Mann ein, den Fiete beinahe übersehen hätte, wie er dort völlig in sich zusammengesunken, einem Häufchen Elend gleich, in der Ecke kauerte.

Als die jungen Frauen Fietes Ankunft bemerkten, brach das Geplapper abrupt ab. Plötzlich wusste niemand mehr so recht, was er sagen wollte. Ein unangenehmes Schweigen entstand, in dem lediglich das heisere Schluchzen des Neuankömmlings am Tisch zu vernehmen war. Dann ergriff Anna die Initiative.

»Paps, darf ich vorstellen? Das ist Eberhardt von Frey, Karens Freund ...« Sie deutete auf den jungen Mann.

Fiete trat an den Tisch und schaute auf Eberhardt von Frey hinab. Er sah davon ab, ihm die Hand zu reichen, zumal sich von Frey gerade lautstark in sein Taschentuch schnäuzte, und sagte: »Es tut mir wirklich sehr, sehr Leid um Karen. Mein herzliches Beileid.«

Eberhardt schaute Fiete stumm an. Seine Augen schwammen in Tränen. Seine Nasenflügel bebten. Anscheinend hatte ihm Karen unendlich viel bedeutet, und auch wenn der Anlass ein trauriger war, registrierte der alte Herr dennoch mit einer gewissen Genugtuung, dass es offenbar doch noch so etwas wie tiefe Zuneigung und Liebe unter diesen jungen Leuten gab, die sonst immer alles auf die leichte Schulter nahmen und die den Sinn des Lebens darin sahen, Spaß zu haben.

Sie waren mit Sicherheit ein schönes Paar gewesen: die hübsche, schlanke Karen und der gut aussehende, dunkelhaarige junge Mann mit seiner trendigen Kurzhaarfrisur und der im besten Sinne stilvollen Kleidung. Selbst jetzt, mit rot verquollenen Augen und laufender Nase, wirkte Eberhardt von Frey immer noch, als wäre er geradewegs einem Katalog für exklusive Herrenmode entstiegen.

»Setz dich doch zu uns, Paps«, bat Anna und schob ihrem Vater einen Stuhl hin.

Doch Fiete schüttelte den Kopf. »Danke, aber ich glaube, ich sollte jetzt besser zu Bett gehen. Es war heute ein sehr anstrengender Tag. Zudem muss ich vorher noch ein dringendes Telefonat führen.«

»Dann zeige ich dir schnell dein Zimmer. Von da kannst du auch ungestört telefonieren.« Anna stand auf, verließ die Küche und ging durch den großen Flur. Fiete folgte ihr nach einem letzten Blick auf Karens Freund, der wieder zu weinen begonnen hatte.

Das Zimmer, in dem er nächtigen würde, war eigentlich Annas. Sie selbst beabsichtigte, ins gemeinschaftliche Wohnzimmer überzusiedeln, solange ihr Vater in Kiel war, wohl, weil sie es ihm nicht zumuten wollte, dass er auf dem Sofa schlafen musste.

Fiete schaute sich im Zimmer um.

Der Raum war relativ groß. Anna hatte die Wände in einem warmen Ocker geschwammt und zwei kleine, farblich passende Läufer auf dem Boden ausgelegt. Ein Großteil der Möbel besaß sie noch aus ihrer Flensburger Studentenzeit; andere waren Erbstücke, die aus dem Besitz ihrer Großeltern stammten.

Fiete befand, dass das Zimmer eigentlich recht anständig aussah; etwas unordentlich zwar, aber durchaus geschmackvoll eingerichtet. Hier würde es sich für ein paar Tage aushalten lassen. Struller schien derselben Meinung zu sein, hatte er es sich doch bereits auf Annas Bett gemütlich gemacht und schnarchte zusammengerollt auf dem Kopfkissen vor sich hin.

Anna strich sich mit ihren langen, schlanken Fingern eine verirrte Haarsträhne aus dem Gesicht. »Deinen Koffer hab ich unters Bett geschoben und das Telefon steht da drüben.« Sie wies auf den alten Sekretär vorm Fenster, der zuvor Fietes leider viel zu früh verstorbener Frau Lotte gehört hatte. »Ich geh dann mal wieder zu den anderen. Gute Nacht, Paps.«

»Gute Nacht, Kleines.« Fiete küsste seine Tochter auf die Stirn und nahm sie, einem plötzlichen Impuls folgend, in den Arm; etwas, das für ihn eher untypisch war.

Anna schmiegte sich an ihn und vergrub ihr Gesicht an seiner Brust. »Oh, Paps«, flüsterte sie, und es klang, als wären die Tränen wieder auf dem Vormarsch. »Warum musste es so kommen?«

Fiete drückte sie an sich. »Ich fürchte, diese Frage kann dir nur einer beantworten, Kleines, und das bin nicht ich.« Wie um seinen Worten noch mehr Nachdruck zu verleihen, sah er zur Zimmerdecke empor, doch sein Blick reichte noch höher.

Anna seufzte. Eine Weile standen sie einfach nur so da, Vater und Tochter, vereint in ihrer Trauer, bis Anna sich von ihm löste, gänzlich undamenhaft die Nase hochzog und das Zimmer schweigend verließ.

Fiete schloss die Tür hinter ihr. Am besten klingelte er gleich bei Freibier durch, bevor der Dicke Gelegenheit hatte, über einer Flasche Rotwein und einer Tüte Käsecracker – sein Lieblingsabendessen – vor dem Fernsehen wegzuschnarchen.

Fiete und Hauptkommissar Walther Freiberg, von Freund und Feind im Allgemeinen nur »Freibier« genannt, waren sich seit einigen Jahren in einer Art inniger Hassliebe verbunden. Sie hatten sich kennen gelernt, als der alte Mann noch als Reporter des *Flensburger Tageblatts* den örtlichen Behörden und Institutionen auf die Nerven gegangen war – rein beruflich, versteht sich.

Damals, es musste jetzt an die vier oder fünf Winter her sein, hatte es in Flensburg einige mysteriöse Morde gegeben, über die Fiete berichten sollte; mehrere junge Frauen waren mit ihren eigenen Strumpfhosen erdrosselt und danach in die Förde geworfen worden. Im Rahmen seiner Recherchen hatte Fiete dann auch Walther Freiberg von der Flensburger Kripo befragt, der – sehr zu seinem Leidwesen – erst vor kurzem aus Bonn in die Fördestadt versetzt worden war und die Untersuchung des Falls leitete. Wie sich herausstellte, tat sich der Kommissar mit seinem rheinischen Gemüt zuweilen ziemlich schwer im Umgang mit den generell eher reservierten Nordlichtern, wenn es darum ging, wichtige Informationen aus den »Eingeborenen« herauszukitzeln, und so hatte Fiete ihm etwas unter die Arme gegriffen. Gemeinsam hatten sie es dann quasi in letzter Minute geschafft, den Mörder – einen psychisch verwirrten Damenschuhverkäufer – dingfest zu machen, bevor er sich ein weiteres Opfer suchen konnte. Seitdem hatten sie einander irgendwie ins Herz geschlossen, auch wenn keiner der beiden das dem anderen gegenüber jemals zugegeben hätte.

Er nahm den Telefonhörer ab und wählte Freibiers Nummer, dankbar dafür, dass Anna ein Telefon mit

Wählscheibe besaß, genauso wie zu Hause, und nicht eines von diesen neumodischen Dingern, deren Tasten so klein waren, dass man eine Lupe zur Hilfe nehmen musste, wenn man jemanden anrufen wollte, ganz abgesehen davon, dass es zunächst einmal eines mehrjährigen intensiven Studiums bedurfte, um überhaupt mit dem Apparat umgehen zu können.

Hoffentlich ist der alte Knabe zu Hause, dachte Fiete, während er dem Knacken in der Leitung lauschte.

Kurz darauf erklang das Freizeichen.

Duuut. Duuut.

Nun geh schon ran, alter Junge ...

Duuut. Duuut ...

Fiete ließ es siebenmal klingeln.

Achtmal.

Neunmal ...

Beim zwölften Klingeln wurde schließlich am anderen Ende der Leitung abgehoben.

»Wer es wagt, einen rechtschaffenen Mann zu dieser späten Stunde zu stören, sollte besser einen verflucht guten Grund dafür haben«, knurrte eine schlaftrunkene Stimme. »Oder einen guten Kieferchirurgen ...«

Unwillkürlich musste Fiete grinsen. Er konnte Freiberg förmlich vor sich sehen, wie er in seinem zeltgroßen karierten Schlafanzug in der halbdunklen Diele seiner Wohnung stand, das, was Gott der Herr ihm in Seiner grenzenlosen Güte von seiner Haarpracht gelassen hatte, zerzaust, die Augen vom Schlaf verquollen.

»n' Abend, Freibier. Ich hoffe, ich habe dich geweckt?«

»Oh, lieber Himmel, *nein.*« Freiberg stöhnte gequält auf. »Heute bleibt mir aber auch nix erspart ... Zum Teufel, was willst du? Weißt du überhaupt, wie spät es ist?«

Fiete warf einen Blick auf seine Uhr. »Kurz nach acht.«

»Unverschämtheit«, blökte der Kommissar. »Kurz nach acht. Da könnte ja jeder kommen!« Fiete hörte, wie siebzig Kilometer entfernt Zellophan raschelte. Danach ertönte das metallene Schnappen eines zuklappenden Zippo-Feuerzeugs, und im nächsten Moment klang Freiberg gleich viel freundlicher; wenn der Kommissar nicht rauchte, war er unausstehlich. »Wo steckst du überhaupt? Ich dachte, du streunerst ein paar Tage in der Landeshauptstadt 'rum und treibst deine arme Tochter in den Wahnsinn, oder wer auch immer sonst das Pech hat, dir über den Weg zu laufen.«

»Deine Fürsorge wärmt mein Herz«, brummte Fiete.

»Ja, nicht wahr?« Der Kommissar zog schmauchend an seinem Zigarillo, Marke *Best Sumatra.* »So bin ich eben. Ein echter Philanthrop.«

»Du meinst ja wohl eher *Misanthrop*«, korrigierte ihn der Reporter. »Immerhin kenne ich niemanden, der weniger für seine Mitmenschen übrig hat als du.«

»Da liegst du völlig falsch«, widersprach Freiberg. »Ich hab nichts gegen die Menschen im Allgemeinen; bloß dich kann ich nicht leiden.«

»Aha«, machte Fiete.

»Jaja.« Freiberg nahm einen Zug von seinem Zigarillo. »Da wir das jetzt geklärt haben, wärst du vielleicht so frei, mir zu verraten, weshalb du mich zu dieser nachtschlafenden Zeit belästigst?«

Fiete wählte seine nächsten Worte mit Bedacht. »Ich bin hier in Kiel über etwas gestolpert und wollte dich bitten, dich mal in euren Kreisen umzuhören. Es geht um eine Freundin meiner Tochter; angeblich hat sie Selbstmord begangen.«

»Angeblich?«, echote Freiberg.

»Das behauptet zumindest die hiesige Kripo«, sagte Fiete. »Aber ich bin mir da keineswegs so sicher. Irgendetwas stimmt an dieser Geschichte nicht. Da gibt es einige Kleinigkeiten, die einfach nicht zusammenpassen.«

Fiete hörte seinen Freund am anderen Ende der Leitung seufzen, gefolgt von einem lang gezogenen Einatmen und, kurz darauf, einem langsamen Ausatmen. Schließlich sagte er: »Und da hast du beschlossen, auf deine alten Tage Sherlock Holmes nachzueifern, oder besser: Inspektor Clouseau; das ist wohl eher deine Kragenweite.« Eine weitere Pause entstand, als der Kommissar erneut an seinem Krebslolly nuckelte. Als er einen Moment später fortfuhr, klang er gelinde genervt: »Lieber Himmel, Fiete, warum lässt du nicht die Finger von der Sache und schaust dir die Segelregatten in Schilksee an, wie es sich für einen anständigen Pensionär gehört? Du bist kein Reporter mehr. Es steht dir nicht mehr zu, deine Nase ständig in Dinge zu stecken, die dich nichts angehen.« Fiete konnte hören, wie Freiberg den Rauch seiner *Best Sumatra* wie ein Walross prustend durch die Nase entweichen ließ. »Lass das ruhig die Kripo Kiel machen. Auch, wenn du's nicht glaubst, aber die haben da zwei, drei durchaus fähige Beamte. Wenn die Kleine tatsächlich ermordet wurde – und das ist es ja wohl, was du vermutest –, werden die Jungs dem Täter schon auf die Schliche kommen, und das ganz ohne deine Hilfe.«

»So wie du damals bei dieser Sache in Flensburg?« Fiete legte eine Portion unüberhörbaren Spott in seine Stimme. Er wusste genau, dass das ein Schlag unter die Gürtellinie war, aber er kannte Freiberg gut genug, um zu wissen, dass er schwere Geschütze auffahren musste, um den Kommissar dazu zu bewegen, sich bei seinen Kieler Kollegen umzuhören, denn trotz seines messerscharfen Verstandes war Freiberg zuweilen von bemerkenswerter Trägheit, weshalb es nötig war, ihm hin und wieder einen kleinen Anstoß zu geben. Im Prinzip verhielt es sich mit Freibier wie mit einem Schneeball; wenn er erst mal rollte, wurde er langsam, aber sicher immer schneller und größer und entwickelte eine erstaunliche Eigendynamik.

Wenn ...

»Nun, komm schon, Freibier«, drängelte Fiete, als der Kommissar seine Äußerung mit missmutigem Schweigen quittierte. »Tu mir den Gefallen. Kannst ja Frieder oder Elke auf die Sache ansetzen, wenn du selbst keine Zeit hast.«

Frieder Giebelhaus und Elke Andresen waren Freibergs offiziell angestellte Hilfssklaven, zwei Kommissarsanwärter, die sich zwar ständig in den Haaren lagen, aber hochmotiviert zu Werke gingen und zudem bereit waren, ihrem Herrgott die unliebsamen, zeitraubenden Schreibtischarbeiten abzunehmen, die der Job so mit sich brachte, was Fietes Meinung nach der einzige Grund war, weshalb Freiberg bislang davon abgesehen hatte, die beiden zu erschießen.

Insgeheim stellte sich Fiete darauf ein, noch ein wenig mehr Druck machen zu müssen, aber offenbar wurde Freiberg langsam alt, denn nach einem weiteren gequälten Seufzer meinte er resigniert: »Also gut, du Nervensäge. Ich mach's.«

Fiete grinste. »Du bist eben doch ein Netter.«

»Tja, aber verrat's keinem, okay? Immerhin hab ich einen Ruf zu verlieren.« Wütend auf sich selbst drückte Freiberg den Zigarillo in seinem überquellenden Aschenbecher aus und fragte sich, wie zur Hölle der alte Kauz es eigentlich immer wieder schaffte, ihn aus der Reserve zu locken. »Gleich morgen früh klingel ich bei den Kollegen in Kiel durch. Mal sehen, wie die Aktien so stehen. Bis dahin wirst du deinen detektivischen Eifer hoffentlich im Zaume halten können.«

»Ich tu mein Bestes«, meinte Fiete hochzufrieden.

»Übrigens wäre es recht hilfreich, wenn du mir den Namen der Frau verraten würdest, um die's hier geht, da es sonst vergleichsweise problematisch werden dürfte, irgendwas über sie in Erfahrung zu bringen, selbst für ein kriminalistisches Genie wie meiner einer.«

»Schmidt«, sagte Fiete. »Ihr Name war Karen Schmidt. Man hat sie heute morgen im Schrevenpark gefunden, etwa zwanzig Minuten zu Fuß von ihrer Wohnung entfernt.« Er nannte dem Kommissar die genaue Anschrift und fügte hinzu: »Sie war eine der Studentinnen, mit denen Anna zusammen wohnt; eine ihrer Freundinnen.«

Sofort verschwand der aggressive Unterton aus Freibergs Stimme. »Das tut mir sehr Leid«, sagte er, und er meinte es ernst. Er mochte Anna, auch wenn sie hin und wieder ein wenig anstrengend war – offensichtlich etwas, das in der Familie lag. »Ich ruf dich an, sobald ich was weiß. Wie war gleich nochmal die Telefonnummer?«

Fiete nannte sie ihm.

»In Ordnung«, sagte Freiberg, nachdem er die Nummer auf einer alten Papierserviette von *Joey's Pizza-Service* notiert hatte. »Du hörst von mir.«

»Wunderbar.« Fiete wechselte den Hörer von einem Ohr ans andere. »Und Freibier?«

Grimmig: »Was denn jetzt noch?«

»Dein Geheimnis ist bei mir in guten Händen.«

»Falls nicht«, brummte Freiberg, »werde ich dafür sorgen, dass man niemals deine knochige Leiche findet, alter Mann.«

Fiete grinste. Er ließ sich dazu herab, dem Kommissar weiterhin einen schönen Abend zu wünschen, doch noch bevor er zu Ende gesprochen hatte, klickte es in der Leitung, und das abgehackte Tüten des Besetztzeichens drang an sein Ohr.

Walther Freiberg hatte aufgelegt.

Dennoch war Fiete vergleichsweise zufrieden, als er den Hörer wieder auf die Gabel legte. Gleichgültig, wie rüde und unhöflich Freiberg zuweilen wirken mochte, man konnte sich tausendprozentig auf ihn verlassen, und wenn er sagte, dass er sich bei den Kollegen von der Kieler Kripo umhören würde, tat er das auch – allerdings erst morgen früh, und bis dahin war es leider Gottes noch eine Weile.

Fiete überlegte, was er mit dem Rest des angebrochenen Abends anfangen sollte. Das Vernünftigste wäre wohl, wenn er es Struller gleichtat und sich aufs Ohr legte. Andererseits war er noch gar nicht müde, ganz abgesehen davon, dass er das dringende Bedürfnis verspürte, sich ein bisschen in Karens Zimmer umzuschauen, und die Gelegenheit hierzu war günstig, zumindest, wenn Anna und die anderen noch in der Küche waren, denn er wollte nicht, dass sie etwas davon mitbekamen. Immerhin waren ihre Nerven in den letzten Stunden schon genügend strapaziert worden.

Nach einem letzten Blick auf Struller, der tief und fest schlief, öffnete der Rentner vorsichtig einen Spaltbreit die Tür und spähte hinaus. Der Flur lag im Dunkeln. Er konnte die Stimmen der Mädchen gedämpft in der Küche hören.

Sehr gut.

Fiete schlüpfte auf den Flur und sah sich um.

Welches der Zimmer mochte wohl Karens gewesen sein?

Die Tür gegenüber führte ins Bad, und gleich daneben befand sich das gemeinschaftliche Wohnzimmer. Blieben also noch drei Möglichkeiten.

Fiete versuchte es mit der nächstliegenden Tür zu seiner Rechten und trat leise ein. Es war stockfinster in dem Raum; er konnte kaum die Hand vor Augen sehen.

Wo zum Teufel war der Lichtschalter?

Er tastete mit der flachen Hand die Wand ab, bis er den Schalter in Schulterhöhe ungefähr einen Meter vom Türrahmen entfernt fand, und fluchte leise.

Welcher Trottel hatte hier bloß die Elektroinstallationen gemacht? Er schaltete das Licht ein und war für eine Sekunde geblendet von der plötzlichen Helligkeit. Es dauerte einen Augenblick, bis sich seine Pupillen an die veränderten Lichtverhältnisse angepasst hatten und er sich umschauen konnte.

Welches von den Mädchen auch immer hier hauste, von Ordnung schien es nicht viel zu halten. Das Zimmer war ausgesprochen unaufgeräumt. Überall auf dem Boden lagen Kleidungsstücke verstreut; Blusen, Hosen, Kleider, Strumpfhosen ... Auf der Fensterbank ruhte sogar ein BH vor den dicht zugezogenen Vorhängen.

Fiete ließ den Blick aufmerksam umherschweifen und ging dann zum Schreibtisch hinüber, um die darauf gestapelten Bücher näher unter die Lupe zu nehmen.

Metallurgie.

Physikalische Metallkunde.

Festkörperphysik ...

Nicht ein einziges medizinisches Fachbuch weit und breit.

Anscheinend hatte er das falsche Zimmer erwischt. Ein Blick auf ein an der Wand hängendes Foto, das eine rothaarige, sommersprossige Frau vorgerückten Alters zeigte, bestätigte seine Vermutung. Das musste Sophias Mutter sein.

Fiete beeilte sich, das Licht zu löschen, schloss die Tür hinter sich und blieb im Halbdunkel des Flurs horchend stehen. Noch immer konnte er jenseits der Küchentür die Mädchen reden hören. Es war also alles in Ordnung.

Dann weiter im Text ...

Der nächste Versuch. Wieder hektisches Suchen nach dem Schalter, doch als das Licht schließlich anging, wusste Fiete instinktiv, dass er dieses Mal das richtige Zimmer erwischt hatte. Dies war Karens Reich. Ihm gegenüber, auf einem Bügel am Kleiderschrank, hing das Kleid mit den Spaghettiträgern, das sie an jenem Tag in Flensburg getragen hatte.

Neugierig sah Fiete sich im Raum um. Im Gegensatz zu Anna und Sophia schien Karen sehr ordentlich gewesen zu sein. Alles in diesem Zimmer war an seinem Platz. Einzig der Schreibtisch wirkte etwas chaotisch, doch das war verzeihlich, immerhin hatte sich die junge Frau gerade auf ihr Examen vorbereitet. Unzählige Bücher lagen aufgeschlagen auf der Platte, in denen besonders wichtige Textstellen farbig unterstrichen worden waren, und inmitten der dicken Wälzer und Papierstapel thronte ein noch halbvoller Kaffeebecher mit abgebrochenem Henkel. Es machte alles den Eindruck, als sei Karen nur für einen Moment hinausgegangen und würde jeden Augenblick wieder reinkommen, um ihre Arbeit fortzusetzen. Erst gestern noch hatte sie an diesem Platz gesessen ...

Unvermittelt überlief ihn ein eisiges Frösteln.

Komm schon, alter Knabe, reiß dich zusammen und sieh zu, dass du hier irgendwas findest, was dir weiterhilft, ehe die Mädchen dich hier entdecken ...

Er zwang sich zur Ruhe und versuchte, sich wieder auf die aufgeschlagenen Bücher zu konzentrieren, wobei sein besonderes Augenmerk den unterstrichenen Textstellen galt. Zu seiner Enttäuschung musste er allerdings feststellen, dass es da nichts gab, was für ihn von großem Interesse gewesen wäre. Es war alles nur medizinische Fachliteratur, vorwiegend aus dem Bereich der Pharmazie. Keine privaten Aufzeichnungen, kein Tagebuch, nicht einmal ein Adressbuch. Nichts, was ihm bei seiner Spurensuche irgendwie hätte weiterhelfen können.

Völlige Fehlanzeige.

Missmutig wandte Fiete sich vom Schreibtisch ab und inspizierte den übrigen Raum. Anscheinend hatte Karen sich erst vor kurzem neu eingerichtet, denn bis auf eine schöne, alte Biedermeier-Kommode schienen sämtliche Möbel brandneu zu sein. Das dunkelrote Sofa mit dem kleinen Tischchen davor, das große Himmelbett, vor dem ein seidener Teppich lag, und im Regal eine dieser hypermodernen Mini-Stereoanlagen sowie allerlei teuer aussehende Kleinigkeiten der Art, von denen Frauen – zumindest nach Fietes Erfahrung – einfach nie genug bekommen konnten. Irgendwie kam der alte Herr sich vor, als sei er auf wundersame Weise ins Schaufenster eines exklusiven Einrichtungshauses geraten.

Offenbar waren die Zeiten der Bettelstudenten vorbei.

Verwundert fragte Fiete sich, wie Karen sich einen solchen Lebensstil leisten konnte. Soweit er wusste, stammte sie aus vergleichsweise einfachen Familienverhältnissen und hatte ihren Lebensunterhalt vom nicht gerade üppig bemessenen Bafög bestreiten müssen. Gleichwohl, vielleicht hatte ihr ja der junge Mann aus der Küche finanziell ein wenig unter die Arme gegriffen, dieser Eberhardt von Frey; er sah zumindest aus, als könnte er es sich leisten, großzügig zu sein.

Fiete holte seine abgegriffene silberne Taschenuhr hervor, die wie immer in der linken vorderen Tasche seiner Hosen steckte, ließ den Deckel aufschnappen und warf einen Blick auf die Zeiger.

Viertel nach neun.

Er hatte gar nicht bemerkt, wie schnell die Zeit verflogen war. Nachdenklich verstaute er die Uhr wieder in der Tasche. Da es hier anscheinend nichts zu entdecken gab, das ihn in irgendeiner Form weitergebracht hätte, beschloss er, in sein Zimmer zurückzukehren, bevor die Mädchen ihn bemerken und unangenehme Fragen stellen konnten.

Er löschte das Licht, pirschte aus dem Raum und schlich auf Zehenspitzen lautlos den Flur entlang. Doch er hätte sich keine Sorgen zu machen brauchen; die Mädchen und von Frey hielten sich noch immer in der Küche auf. Die Luft war rein.

Sobald die Tür von Annas Zimmer einen Moment später hinter ihm ins Schloss geglitten war, holte Fiete seinen Reisekoffer unter dem Bett hervor, entkleidete sich, streifte seinen alten gestreiften Flanellpyjama über und schob Struller vorsichtig vom Kopfkissen ein Stück weiter zur Seite; der Dackel schlief so fest, dass er nicht einmal blinzelte. Es war ein langer, anstrengender Tag für ihn gewesen.

Fiete schlug die Decke beiseite, kletterte ins Bett und versuchte zu schlafen. Aber seine Gedanken wollten einfach nicht zum Stillstand kommen; stattdessen kreisten sie umher wie ein Karussell, drehten sich unermüdlich um die Frage, die im Zentrum von Fietes Überlegungen stand.

Warum musste Karen Schmidt sterben?

Er wusste darauf keine Antwort.

Doch er war fest entschlossen, es herauszufinden.

Es dauerte sehr lange, bis Fiete endlich einschlief.

Kapitel 5

Das Telefon bimmelte Sturm.
Fiete quälte sich schlaftrunken aus dem Bett und torkelte zu dem alten Sekretär hinüber. Er fühlte sich wie gerädert. Irgendwie war ihm, als wäre er eben erst ins Bett gegangen, doch wenn das, was sich da draußen vor dem Fenster über den Silhouetten der Häuser rotgolden am Horizont abzeichnete, tatsächlich die Sonne war, kam das wahrscheinlich nicht ganz hin.

Müde griff er nach dem Hörer und meldete sich.

»Du klingst verschlafen«, sagte Freiberg. »Habe ich dich etwa geweckt?«

»Hast du«, bestätigte Fiete, wischte sich über die Augen und gähnte herzhaft.

»Schön!« Freiberg schien allerbester Laune. »Eigentlich wollte ich mich schon früher melden, aber dann sind mir die Pizzareste von gestern Abend dazwischengekommen. Thunfisch-Peperoni. Sehr lecker.«

»Aha.« Fiete hatte alle Mühe, Freibergs Ausführungen zu folgen; bloß langsam kamen seine Hirnwindungen in Gang. Er fuhr sich mit der freien Hand durchs Haar, kramte in der Hose, die ordentlich zusammengelegt über der Stuhllehne hing, nach seiner Uhr und ließ den Deckel aufschnappen.

Sechs Uhr dreißig.

Fiete rieb sich zweimal die Augen, weil er nicht sicher war, ob ihm die Nachwehen des Schlafs einen Streich spielten, doch die Zeiger blieben, wo sie waren.

»Lieber Himmel«, raunte er. »Es ist gerade halb sieben.«

»Früher Vogel fängt den Wurm«, entgegnete Freiberg leger. »Ich steh immer zeitig auf. Solltest du auch tun, das hält nämlich jung.«

»Was du nicht sagst.« Fiete rieb sich ein weiteres Mal die Augen, rückte seine Pyjamahose zurecht und versuchte, seine Gedanken zu ordnen, was gar nicht so einfach war. Als er es schließlich geschafft hatte, sagte er: »Also, was gibt's so verdammt Wichtiges, dass es nicht bis zu einer christlicheren Tageszeit warten konnte?«

»Naja, ich dachte mir, dich interessiert vielleicht, was die Obduktion von Karen Schmidt ergeben hat.«

Schlagartig war Fiete hellwach. »Du hast bereits den Autopsiebericht vorliegen?«

»Schon seit gestern Abend«, erklärte Freiberg, nicht ohne eine gewisse Gehässigkeit in der Stimme. »Gleich nachdem du angerufen hast, habe ich mich hinters Rohr geklemmt und mal ein bisschen rumtelefoniert. Wie Frau Fortuna es wollte, bekam ich einen alten Bekannten aus Bonner Zeiten zu fassen, der in Kiel seinen Dienst schiebt. Die Obduktionsergebnisse waren gerade reingekommen, und er war so freundlich, mir den Bericht des Pathologen hierher nach Hause durchzufaxen.« Er machte eine theatralische Pause; es war klar, dass er Fiete auf die Folter spannen wollte.

»Und?«, forschte der Pensionär voller Ungeduld.

Am anderen Ende der Leitung raschelte Freiberg mit Papier. »Laut Obduktionsbefund ist Karen Schmidt eindeutig an einer Überdosis Schlaftabletten gestorben, deren Wirkung durch ein gutes Maß Alkohol noch verstärkt wurde. Es gab keinerlei Anhaltspunkte dafür, dass jemand Zweites seine Finger mit im Spiel hatte; keine Quetschungen, keine Kratzer, keine Spuren einer versuchten oder vollzogenen Vergewaltigung. Absolut und ganz und gar rein überhaupt nichts.« Fiete hörte, wie der Kommissar einen Schluck Kaffee trank, bevor er schloss: »Sieht so aus, als wärst du auf der falschen Fährte, Sherlock.«

Fiete wusste nicht recht, was er darauf erwidern sollte. Insgeheim hatte er gehofft – ja, war sich so gut wie sicher gewesen –, dass die Autopsie seine Theorie untermauern würde, weshalb ihn die Erkenntnis, dass er offenbar doch nur einem Hirngespinst hinterhergejagt war, wie eine kalte Dusche traf. Damit hatte er nicht gerechnet.

»Hat die Autopsie dann zumindest irgendwelche Hinweise darauf erbracht, warum sie es getan hat?«, fragte er nach ein paar Sekunden des Schweigens. »Hatte sie irgendeine bösartige Erkrankung? Vielleicht Krebs?«

»Eigentlich nicht«, sagte Freiberg. »Es sei denn, bei dir laufen Schwangerschaften unter dem Schlagwort Krankheit.«

Fiete runzelte die Stirn. »Karen war schwanger?«

»So ungefähr dritter Monat«, bestätigte der Kommissar. Als Fiete nicht reagierte, sagte er: »Scheinst darüber überrascht zu sein, alter Knabe.«

Das war Fiete in der Tat. Er fragte sich, warum Anna ihm nicht erzählt hatte, dass eine ihrer besten Freundinnen ein Kind erwartete. Oder hatte sie vielleicht gar nichts davon gewusst? War es möglicherweise die Schwangerschaft gewesen, die Karen zu diesem tragischen Schritt getrieben hatte? Das schien dem Pensionär unwahrscheinlich, immerhin lebten sie nicht mehr im finsteren Mittelalter. Selbst wenn sie das Kind nicht gewollt hätte, wäre das noch lange kein Grund gewesen, sich umzubringen, immerhin hätte sie es abtreiben oder nach der Geburt zur Adoption freigeben können.

Walther Freiberg riss ihn aus seinen Grübeleien, als er nach einem weiteren Schluck Kaffee meinte: »Ach, komm, nimm dir die Sache nicht so zu Herzen. Ich weiß ja, dass es dir schwer fällt, gewisse Dinge auf sich beruhen zu lassen, aber manchmal ist es wirklich nur eine Ente, wenn's quakt. Finde dich damit ab, dass es nicht immer eine rationale Erklärung für das gibt, was Menschen tun; das solltest du als alter Zeitungsschmierer eigentlich wissen. Also, hör auf, deine Zeit damit zu verschwenden, im Trüben zu fischen. Schnapp dir lieber dein wonnigliches Töchterlein und mach dir ein paar schöne Tage.«

»Vielleicht hast du Recht.« Fiete hatte sich aufs Bett gesetzt und kraulte dem schnarchenden Dackel die Ohren. Er fühlte sich seltsam niedergeschlagen, als hätte die Tatsache, dass Karen doch nicht ermordet worden war, ihm einen guten Teil seiner Kraft geraubt. »Trotzdem, vielen Dank für deine Hilfe. Und sollte sich doch irgendetwas Neues ergeben ... Die Nummer hast du.«

»In Ordnung. Ist aber eher unwahrscheinlich, dass sich da noch was tut, denn so, wie die Dinge liegen, ist diese Sache für die Kripo abgehakt; Selbstmord ist nach dem Gesetzbuch nun mal kein Verbrechen. So, und nun werde ich dich wieder deinem traurigen Rentnerdasein überlassen, ich hab heute nämlich einiges zu erledigen. Ein Raub, eine Vergewaltigung und ein paar Drogendelikte verlangen danach, dass ich mich ihrer annehme, und da meine Sklaven heute auf Lehrgang sind, heißt das, dass ich alles alleine machen muss, sogar Kaffeekochen.« Er seufzte schwer.

»Manchmal ist das Leben grausam«, sagte Fiete, vor Mitgefühl fast überschäumend.

»Vor allem zu mir«, bestätigte Freiberg, verabschiedete sich und legte auf, bevor Fiete Gelegenheit hatte, darauf etwas zu erwidern.

Langsam, nachdenklich, legte der alte Herr den Hörer auf die Gabel zurück. Während er sich anzog, ließ er sich das Gespräch mit dem Kommissar nochmal durch den Kopf gehen.

Karen war also schwanger gewesen. Hatte sie sich womöglich in Anbetracht ihres dicht bevorstehenden Examens mit einer Schwangerschaft überfordert gefühlt? War das vielleicht die Antwort auf die bisher offene Frage nach dem »Motiv« für ihre Tat? Und wer war der Vater des Kindes? Eberhardt von Frey etwa, oder gab es noch einen anderen Mann in Karens Leben?

Fiete beschloss, die Beantwortung dieser Fragen bis nach dem Frühstück ruhen zu lassen. In Anbetracht dessen, dass er in den letzten vierundzwanzig Stunden außer dem Sandwich im *Sophienhof* und einem Eisbecher nichts zu sich genommen hatte, befand er, dass es an der Zeit war, sich zunächst einmal nach etwas Essbarem umzutun, und da er Anna gut genug kannte, um zu wissen, dass sie außer Pulverkaffee und Magermilchjoghurt vermutlich nichts im Kühlschrank hatte, machte er sich, wie üblich mit Struller im Schlepptau, auf die Suche nach der nächstgelegenen Bäckerei.

Etwa eine halbe Stunde später kehrte er zurück – beladen mit Tüten, denen der herrliche Duft noch warmer Brötchen und frisch gemahlenen Kaffees entstieg. Genauso wie früher, als Anna noch bei ihm in Flensburg gewohnt hatte, deckte er den Esstisch in der Küche. Danach machte er sich an dem alten Transistorradio zu schaffen, das auf dem Regal über der Spüle stand. Er drehte am Frequenzsucher, und ein Lächeln huschte über sein Gesicht, als er einen Sender fand, der die Nerven seiner Zuhörer nicht mit dem Einerlei des üblichen Popgedudels strapazierte, sondern ein Stück von Glenn Miller brachte. Das war wenigstens noch Musik!

Sofort fühlte Fiete sich besser. Beschwingt setzte er Wasser auf, während in einer gusseisernen Pfanne, die er nach längerem Suchen in einem der Schränke erspäht hatte, Eier und Speck vor sich hin brutzelten. Als der Kessel pfiff, brühte er den Kaffee auf und, wie erwartet, dauerte es nicht lange, bis Anna, angelockt von den appetitlichen Gerüchen, die durch die Wohnung trieben, gähnend in die Küche gestolpert kam und sich wenig elegant auf einen der Stühle fallen ließ.

Fiete drehte sich am Herd um und schenkte ihr ein Lächeln. »Guten Morgen, Kleines. Gut geschlafen?«

»So lala.« Sie sah unglaublich reizend aus, wie sie so dasaß, in ihrem gestreiften Pyjama, barfuß, ungeschminkt und mit zerzaustem Haar. »Bist heute aber früh auf.« Verschlafen rieb sie sich die Augen und schenkte sich einen Kaffee ein.

Fiete betrachtete seine Tochter und spürte, wie ihm bei ihrem Anblick unwillkürlich das Herz aufging. Ihm war gar nicht recht bewusst gewesen, wie sehr er diese gemeinsamen Stunden mit Anna vermisst hatte. Vermutlich hatte Freibier wirklich Recht. Er sollte die Sache auf sich beruhen lassen und lieber mehr Zeit mit Anna verbringen, denn das, was der Kommissar vorhin gesagt hatte, stimmte: Menschen taten oft Dinge, für die es scheinbar keine vernünftige Erklärung gab. Das hatte er während seiner Jahre bei der Zeitung wieder und wieder mit eigenen Augen gesehen.

Im Radio brachte Glenn Miller seine Nummer zu Ende und machte die Bühne frei für Duke Ellington und »Take the A-Train«.

Irritiert schielte Anna zum Transistorradio hinüber. »Was ist denn das für 'n grässliches Gejaule?«

Fiete tat einfach so, als hätte er die Frage nicht gehört. Stattdessen häufte er jeweils einen beachtlichen Berg Eier und Speck auf zwei Teller, kam damit zum Tisch, stellte einen der Teller vor Anna ab und setzte sich ihr gegenüber. »Der gute Freibier war so nett, mich aus dem Bett zu werfen.« Er griff nach dem Salzstreuer und ließ einen Schwall kleiner, weißer Körner auf seine Eier niederprasseln, was Anna prompt mit einem verständnislosen Kopfschütteln quittierte.

»Paps, denk an deinen Blutdruck, ja? Du bist schließlich nicht mehr zwanzig.«

»Ach?« Fiete zog theatralisch die Brauen hoch. »Und ich dachte schon, die Gliederschmerzen kommen vom Wachstum ...«

Anna zog eine Grimasse, griff nach ihrer Gabel und begann, in ihrem Essen herumzustochern. »Und? Was hat er gesagt?«

Fiete schob sich genüsslich einen Berg Rührei in den Mund. »Was hat wer gesagt?«, fragte er kauend.

»Na, dein schwergewichtiger Freund, natürlich.« Ungeduldig schaute sie ihn über ihren dampfenden Teller hinweg an.

Ihr Vater zuckte die Schultern. »Eigentlich nicht viel. Nur, dass Karen laut Obduktionsbefund tatsächlich an einer Überdosis Schlaftabletten gestorben ist.«

»Also war es doch Selbstmord?«

»So sieht es zumindest aus.« Er legte noch etwas Salz nach, was Anna mit einem bösen Blick registrierte, und schob sich einen Streifen gebratenen Speck in den Mund, ehe er fortfuhr. »Außerdem hatte sie eine ziemliche Menge Alkohol im Blut, was die Wirkung der Medikamente noch verstärkt hat. Und ...«

Anna unterbrach ihn. »Du meinst, sie war betrunken?«

Fiete nickte. »Ziemlich.«

Sie schüttelte den Kopf. »Das kann ich nicht glauben.«

Er zog fragend die Brauen hoch. »Und warum nicht?«

»Karen war strikte Antialkoholikerin«, erklärte Anna. »Sie hat nie auch bloß einen Tropfen Alkohol angerührt; nicht mal Wein oder Bier. Sie hat gesagt, allein schon vom Geruch würde ihr speiübel.«

»Das ist allerdings seltsam.« Er ließ seine Gabel sinken, griff nach dem Kaffeepott und sah Anna mit ernster Miene an. »Sag mal, wusstest du, dass Karen schwanger war?«

»Schwanger?« Ungläubig schaute die junge Frau ihren Vater an. »Bist du sicher?«

Fiete nickte. »Sie war im dritten Monat, laut Pathologe.«

»Im dritten Monat ...«, murmelte sie fassungslos. »Und sie hat nichts gesagt ...« Plötzlich wirkte Anna sehr in sich gekehrt, beinahe traurig; gedankenverloren spielte sie mit ihrem Essen. Wahrscheinlich fragte sie sich, wie gut sie ihre Freundin eigentlich wirklich gekannt hatte.

»Könnte das möglicherweise der Grund gewesen sein, warum sie ...« Fiete stockte. Setzte erneut an. »Ich meine, fühlte sie sich so kurz vor ihrem Examen durch diese Schwangerschaft vielleicht überfordert?«

Anna überlegte eine Weile, bevor sie den Kopf schüttelte. »Das kann ich mir nicht vorstellen. Karen war sehr auf ihre Karriere fixiert. Eigentlich hatte sie mit Familie und Kindern nichts am Hut. Für sie zählte vor allen Dingen berufliches Weiterkommen. Ich bin mir ziemlich sicher, wenn sie befürchtet hätte, ihr Examen könnte wegen der Schwangerschaft den Bach runtergehen, hätte sie sich zu einer Abtreibung entschlossen. Doch, das hätte sie mit Sicherheit.« Wie um ihre eigenen Worte zu bestätigen, nickte sie.

Fiete war gewillt, dem Urteil seiner Tochter zu vertrauen. Andererseits, überlegte er, hätte der Umstand, dass Karen ein Kind erwartete, womöglich ein Grund für jemand anderen sein können, sie aus dem Wege zu räumen, immerhin brachte eine Schwangerschaft nicht bloß Auswirkungen auf das Leben der werdenden Mutter mit sich, sondern konnte auch für den Vater zu einer Belastung werden. Unter Umständen hatte Karen in Bezug auf Kinder und Familie doch eine andere Einstellung besessen, als Anna glaubte. Vielleicht hatte sie den Erzeuger des Babys gedrängt, sie zu heiraten, und da er das nicht wollte und keinen anderen Weg sah, die Sache aus der Welt zu schaffen, hatte er kurzerhand beschlossen, sich ihrer zu entledigen.

Allerdings kam Fiete bei diesem Gedanken wieder mal sein Alter in die Quere. Sowas war vielleicht vor fünfzig Jahren ein Grund gewesen zu heiraten, doch heutzutage war es nicht mehr üblich, dass man wegen einer Schwangerschaft zum Standesamt marschierte, zumal man als Frau nicht fürchten musste, nach der Geburt finanziell ganz allein dazustehen, immerhin gab es sowas wie Alimentezahlungen – die wiederum hätten jedoch ein Anreiz gewesen sein können, Karen Schmidt aus dem Weg zu räumen.

Keine Schwangere.

Kein Baby.

Keine Kosten ...

»Wie lange war Karen eigentlich mit diesem Eberhardt von Irgendwas befreundet?«, erkundigte Fiete sich betont beiläufig, während er Anna Kaffee einschenkte.

»Ungefähr zwei, drei Monate. War noch nicht so lange.«

Aber es reichte, zumindest für Fiete. Karen war nach Einschätzung des Pathologen im dritten Monat. Eberhardt kam somit durchaus als Erzeuger in Betracht. Gleichwohl war die Liste der Vaterschaftskandidaten vermutlich noch um ein paar Namen umfangreicher, schließlich war Karen eine ausgesprochen attraktive Person gewesen, und Anna war mit Sicherheit nicht die einzige junge Frau in der Stadt, die es mit Moral, Sitte und Anstand nicht so genau nahm.

Scheinheilig sagte Fiete: »Dann wird Eberhardt wohl der Vater des Kindes gewesen sein; armer Bursche.«

Anna nippte an ihrem Kaffee. »Ich wüsste jedenfalls nicht, wer sonst in Frage käme.« Festlegen wollte sie sich in dieser Beziehung offenbar nicht. War ja auch kein Wunder, immerhin hatte sie erkennen müssen, dass sie Karen bei weitem nicht so gut gekannt hatte, wie sie bislang angenommen hatte. Irgendwie schien ihr diese Erkenntnis auf den Magen zu schlagen, denn sie schob den Teller von sich, ohne das Rührei und den Speck groß angerührt zu haben, aber, Struller stand bereits schwanzwedelnd vor dem Tisch und ließ keinen Zweifel daran, dass er sich mit Freuden um die Entsorgung der Reste kümmern würde.

Anna sah Struller an und schnalzte mit der Zunge. »Nein, keine Chance. Eier mit gebratenem Speck sind nichts für kleine Dackel. Da kannst du noch so flehend gucken ...«

Anna sorgte sich geradezu rührend um die Ernährung derer, die ihr nahe standen, seit sie ihr Medizinstudium begonnen hatte. Wundersam dabei war bloß, dass sie es persönlich wie eh und je vorzog, ausschließlich von Kaffee und Schokoriegeln zu leben, und so schien Struller ihren Bedenken denn auch vergleichsweise wenig Gewicht beizumessen. Stattdessen hockte er ganz brav da und schaute mit seinem geradezu hypnotischen Hundeblick zu ihr auf, in der Gewissheit, dass das letzte Wort in dieser Angelegenheit noch nicht gesprochen war. Und wie gewöhnlich zahlte sich seine Ausdauer aus, denn Anna konnte seinem geballten Hundecharme keine zwei Minuten widerstehen.

Anna seufzte. »Also, gut, du Erpresser, hier hast du's.« Sie beugte sich vor und stellte ihm den Teller vor die Nase. »Aber sag hinterher nicht, ich hätte dich nicht gewarnt!«

Während Struller sich mit der Gier eines ausgehungerten Wolfsrudels über sein Frühstück hermachte, spülte Fiete das schmutzige Geschirr ab und ging im Geiste noch einmal alles durch, was er bislang bezüglich Karen Schmidt in Erfahrung gebracht hatte, immerhin hatte das Gespräch mit Anna gewisse Anhaltspunkte dafür ergeben, dass die Sache vielleicht doch nicht so eindeutig war, wie es den Anschein hatte.

Natürlich sprach noch immer einiges dafür, dass Karen sich aus freien Stücken das Leben genommen hatte; insbesondere der Obduktionsbefund bestätigte dies. Andererseits gab es da jedoch einige Ungereimtheiten, wie etwa, dass Karen zwar voll wie ein Kesselflicker gewesen war, als sie starb, Anna aber sagte, sie sei strikte Antialkoholikerin gewesen.

Und wer hatte sie geschwängert?

Er wusste, dass er weder auf die Kieler Kripo noch auf Freiberg hoffen konnte; für die war der Fall erledigt. Also musste er weiterhin auf eigene Faust rumschnüffeln.

Vermutlich war es am besten, wenn er versuchte, zunächst so viel über Karen in Erfahrung zu bringen, wie er konnte, um so vielleicht dahinter zu kommen, ob sie Feinde gehabt hatte, oder wer außer Eberhardt von Frey sonst noch als Vater ihres Kindes in Frage kam. Die Frage war nur, wo sollte er ansetzen? Wer außer seiner Tochter und ihren beiden Mitbewohnerinnen hatte Karen gut genug gekannt, um ihm möglicherweise einige seiner Fragen beantworten zu können?

Vielleicht sollte er sich einfach mal dort umhören, wo Karen den größten Teil ihrer Zeit verbracht hatte: auf dem Campus der Christian-Albrechts-Universität. Unter Umständen konnten ihre Kommilitonen ein wenig Licht ins Dunkel bringen. Einen Versuch war es zumindest wert.

Und selbst falls es nichts brachte, dachte Fiete, während er den letzten Teller abtrocknete und in den Schrank stellte, war es immer noch besser, als einfach abzuwarten und Däumchen zu drehen.

Kapitel 6

Dank Annas Wegbeschreibung fanden Fiete und Struller den Weg zur Christian-Albrechts-Universität mühelos. Nachdem sie, wie schon am Tag zuvor, die Holtenauer Straße entlangmarschiert waren, vorbei am frisch renovierten Schauspielhaus, bogen sie in die Olshausenstraße ein und erreichten bereits nach wenigen Minuten den Campus.

Fiete schaute sich um.

Genau vor ihm befand sich ein großes Hochhaus, während zu seiner Linken ein modern anmutendes sechseckiges Gebäude in den Himmel ragte, das einem Schild zufolge das »Audimax« war, auch wenn er keine Ahnung hatte, was das bedeuten mochte. Bloß einige Schritte weiter stieß er auf die zur Universität gehörige Kirche, eine architektonische Abscheulichkeit, die eher an eine Raketenabschussrampe denn an ein Gotteshaus erinnerte und vermutlich aus den späten Sechzigern oder frühen Siebzigern stammte.

Neugierig ging Fiete weiter.

Ein gewöhnungsbedürftiges Duftgemisch aus Bratkartoffeln, Zwiebeln und Putzmitteln stieg ihm in die Nase. Anscheinend handelte es sich bei dem grauen, wenig einladend aussehenden Gebäude rechterhand um die Mensa. Nach der gähnenden Leere vor dem Eingang zu urteilen, verspürten allerdings nur wenige Studenten das Bedürfnis, hier zu essen, was Fiete zu der fast schon ketzerischen Überlegung verleitete, ob der mangelnde Andrang damit zu tun hatte, dass es noch relativ früh am Tage war, oder ob es eher an der »Qualität« des Mittagsmenüs lag.

Stattdessen zog es die jungen Leute auf die Bänke, die zwischen Hochhaus, Audimax und Mensa standen, um für einen Moment die warmen Strahlen der Mittagssonne zu genießen und die Seele baumeln zu lassen, immerhin war das Studentenleben allen Unkenrufen zum Trotz kein Zuckerschlecken, und ein paar Minuten Entspannung zwischen den teilweise fast strapaziösen Vorlesungen mussten wirklich sein. Dennoch konnten einige der jungen Leute ihre Nasen nicht aus ihren Büchern lassen. Andere hingegen unterhielten sich Eis essend mit ihren Freunden, indes wieder andere einfach nur dasaßen, die Gesichter dem wolkenlosen Himmel zuwandten und Petrus huldigten.

»Wo ist wohl die Medizinische Fakultät? Was meinst du, alter Junge?« Fiete schaute seinen Hund an, gerade so, als erwarte er tatsächlich eine Antwort. Aber der Dackel war offensichtlich nicht geneigt, Auskunft zu erteilen. Sein uneingeschränktes Interesse galt einer englischen Bulldogge, die, neben einer der Bänke liegend, gerade dabei war, ein Schweineohr zu vertilgen. Wie konnte Herrchen da erwarten, dass er sich um andere Dinge kümmerte?

Der Pensionär beschloss, sich nach dem Weg zu erkundigen, und war gerade dabei, sich nach einer zumindest halbwegs vertrauenswürdig aussehenden Person umzuschauen, als ihm jemand von hinten die Hand auf die Schulter legte.

»Hey, was suchen Sie denn hier auf dem Campus?«

Überrascht drehte Fiete sich um.

Hannes grinste ihn an. Er trug dieselbe Kluft wie gestern; bloß das ausgeleierte *Greenpeace*-T-Shirt hatte er gegen eins mit dem Schriftzug »Auch Bäume haben Seelen!« ausgetauscht. Eigentlich war der junge Mann nicht gerade das, wonach Fiete Ausschau gehalten hatte, aber vielleicht konnte Hannes ihm doch nützlich sein; zu irgendwas musste er schließlich taugen.

Fiete schenkte ihm ein knapp kalkuliertes Lächeln. »Moin, Moin, mein Lieber. Was für ein Glück, Sie zu treffen! Ich bin gerade auf der Suche nach der Medizinischen Fakultät. Haben Sie vielleicht eine Ahnung, wie ich dort hinkomme?«

Hannes wiegte den Kopf. »Kommt drauf an, wonach genau Sie suchen. Das Anatomische Institut beispielsweise ist dahinten.« Er deutete auf einen Gebäudekomplex älteren Datums, auf der anderen Seite der Olshausenstraße. »Andere sind drüben in der Hermann-Rodewald-Straße, und das zur Uni gehörige Klinikum liegt in der Feldstraße.«

»Aha«, machte Fiete, der keine Ahnung hatte, wo er mit seinen Nachforschungen beginnen sollte. Wo genau hatte Karen sich aufgehalten, wenn sie auf dem Campus war? Wo bestand die größte Chance, Leute zu treffen, die sie gekannt hatten?

Fiete überlegte angestrengt. Er versuchte, sich ein Gespräch ins Gedächtnis zu rufen, dass er erst kürzlich mit seiner Tochter geführt hatte. Es ging darum, dass Anna ihm erzählt hatte, sie wolle sich einen Job suchen. Natürlich war er strikt dagegen gewesen, dass sie neben ihrem Studium noch einer Arbeit nachging und sich so einer doppelten Belastung aussetzte, aber als er ihr gegenüber seine Bedenken äußerte, hatte sie zu argumentieren versucht, ihre Freundin Karen würde doch auch nebenher ein paar Mark dazuverdienen. Hatte Anna nicht gesagt, Karen erledige ab und zu Schreibarbeiten für einen der Professoren in der Anatomie?

Vielleicht sollte er sich erst mal dort umtun.

Also sagte er: »Ich möchte zum Institut für Anatomie.«

Wenn Hannes sich darüber wunderte, was um alles in der Welt Fiete dort zu suchen hatte, so ließ er sich nichts anmerken. Stattdessen meinte er lächelnd: »Dann kommen Sie! Ich bring Sie und Struller schnell hin.«

»Das ist sehr aufmerksam von Ihnen«, sagte Fiete. »Vielen Dank.« Widerwillig musste er sich eingestehen, dass Hannes, seinen vielen nicht zu übersehenden Unzulänglichkeiten zum Trotz, zumindest gute Manieren besaß. Nicht, dass er seine Meinung über den jungen Mann plötzlich revidiert oder – Gott bewahre! – der Beziehung seiner Tochter zu diesem Sonderling gar seinen Segen gegeben hätte, aber immerhin schien Hannes eine solide Kinderstube gehabt zu haben.

Hannes winkte ab. »Ach, das ist doch kein Problem. Dauert ja bloß 'ne Minute. Das mach ich doch gern für den kleinen Strullermann, hm?« Mit diesen Worten ging er in die Knie und tätschelte dem Dackel den Kopf.

Gespannt wartete Fiete darauf, dass Struller Hannes die Zähne in die Hand graben würde, doch das geschah nicht. Stattdessen hechelte der Dackel zufrieden und schleckte dem jungen Mann die Finger.

Fiete traute seinen Augen nicht. Bevor er recht begriff, was er da tat, murmelte er halblaut: »Elender Verräter.«

Hannes schaute lächelnd zu ihm auf. »Wie meinen?«

Fiete schüttelte den Kopf. »Hab mich nur geräuspert.«

»Na, dann ...« Hannes stand auf und setzte sich mit großen Schritten in Bewegung. »Kommen Sie, Herr Petersen! Lassen Sie uns gehen.«

Fiete nickte, widerstand dem schier übermächtigen Drang, sich seinen verräterischen Köter zur Brust zu nehmen, und folgte seinem haarigen Führer. Es war nicht weit. Sie überquerten lediglich die Olshausenstraße und standen gleich darauf vor dem Institutsgebäude.

»Anna ist jetzt aber nicht in der Uni«, meinte Hannes fast entschuldigend, als sie sich dem Eingang des Baus näherten. »Soviel ich weiß, muss sie heute Vormittag arbeiten.«

»Ich bin nicht auf der Suche nach meiner Tochter«, sagte er. »Struller und ich haben hier das eine oder andere zu erledigen.« Die Antwort darauf, was ein Dackel und ein pensionierter Reporter im Institut für Anatomie so Wichtiges zu tun haben könnten, blieb er schuldig.

Hannes wechselte das Thema. »Ist die Sache mit Karen

nicht furchtbar?«, fragte er. »Anna war völlig aufgelöst, als ich sie gestern Abend anrief. Ich habe ja angeboten vorbeizukommen, aber sie wollte lieber allein sein.«

»Heute früh ging es ihr schon etwas besser«, erwiderte Fiete und fragte sich, ob Anna Hannes von seinem Verdacht erzählt hatte.

»Und Sie glauben wirklich, Karen könnte ermordet worden sein?«

Damit war seine Frage beantwortet.

Doch er machte Anna keine Vorwürfe. Er hätte selbst wissen müssen, dass er ihr derlei Dinge nicht anvertrauen durfte. Schon als Kind hatte sie nie ein Geheimnis für sich behalten können. Gleichwohl, jetzt, wo Hannes sowieso Bescheid wusste, konnte er genauso gut sprechen. Vermutlich hielt der junge Mann ihn ohnehin für verrückt, und falls nicht, konnte Hannes ihm vielleicht von Nutzen sein, immerhin kannte er sich hier auf dem Campus aus.

Fiete kratzte sich am Kinn. »Naja, womöglich liege ich falsch, aber es gibt da einige Ungereimtheiten, die mich daran zweifeln lassen, dass sie Selbstmord begangen hat, und da die Kripo den Fall bereits zu den Akten gelegt hat, dachte ich mir, es kann nicht schaden, sich mal ein bisschen auf eigene Faust umzutun.«

»Also, deshalb sind Sie hier? Um nachzuforschen, ob unter Umständen jemand aus Karens Bekanntenkreis seine Finger im Spiel hatte?«

Fiete nickte. Hatte er erwartet, Hannes würde ihn auslachen oder versuchen, ihn davon zu überzeugen, dass er sich auf dem Holzweg befand, hatte er sich getäuscht.

Stattdessen meinte Hannes fast ehrfürchtig: »Mann, das find ich echt klasse! Dass Sie die Sache nicht einfach auf sich beruhen lassen, nur weil die Bullen sagen, es ist alles in Ordnung. Also, das nenn ich mal Zivilcourage! Gäbe es mehr von Ihrem Schlag, sähe die Welt mit Sicherheit anders aus! Wenn ich Ihnen irgendwie behilflich sein kann, lassen Sie es mich wissen, ja? Ich meine, wenn Sie einen Fahrer brauchen oder ich sonst was für Sie tun kann ...«

Fiete war verblüfft – zu verblüfft, um zu antworten. Das Leben hatte ihn gelehrt, immer auf alles gefasst zu sein, aber dass Hannes sich zu seinem Verbündeten im Kampf gegen die finsteren Mächte des Verbrechens aufschwang, gegen den Rest der Welt im Allgemeinen und die Kieler Kripo im Besonderen, damit hatte er beim besten Willen nicht gerechnet.

Hannes warf einen Blick auf seine Armbanduhr. »Tja, ich fürchte, ich muss sehen, dass ich loskomme. Hab noch eine wichtige Vorlesung, und danach steht noch ein Vortrag über die Zerstörung des brasilianischen Regenwaldes an. Aber wir sehen uns bestimmt heute Abend bei Anna. Bis dann, ja?«

»Ja«, sagte der Pensionär, noch immer ungewohnt sprachlos. »Bis dann ...«

Fiete sah dem Davoneilenden nach und schüttelte unmerklich den Kopf. *Was für ein seltsamer junger Bursche*, dachte er und wartete, bis Hannes um die Ecke verschwand, bevor er sich dem Eingang des Instituts zuwandte. Ihn gruselte es ein wenig bei dem Gedanken, was sich hinter all diesen verschlossenen Türen befand, während er suchend durch die zumeist leeren Gänge des Gebäudes streifte und aufmerksam jedes schwarze Brett und jedes Türschild in Augenschein nahm. Der penetrante Geruch von Formalin stieg ihm in die Nase und erinnerte ihn unwillkürlich an eine Leichenhalle. Er hoffte inständig, dass er den Professor bald ausfindig machte, für den Karen tätig gewesen war. Um nichts in der Welt wollte er sich länger in diesem Bau aufhalten, als unbedingt erforderlich. Selbst Struller fühlte sich in dieser Umgebung sichtlich unwohl und schnupperte mit aufgestelltem Nackenhaar misstrauisch hin und her, jedoch ohne sich je weiter als zwei, drei Schritte von seinem Herrchen zu entfernen.

Schließlich blieb Fiete vor einer Tür stehen. Auf dem kleinen Schild daneben war zu lesen: *Sekretariat Prof. Dr. med. Hans-Jürgen Friesendeich. – Bitte klopfen!*

Obwohl Fiete sich nicht hundertprozentig sicher war, dass Friesendeich der Name war, den Anna erwähnt hatte, hob er die Hand und klopfte an die Tür.

Nichts geschah.

Er klopfte nochmals, kräftiger.

Wieder nichts.

Erst, als Fiete schon nach der Klinke griff, um einfach reinzugehen, vernahm er von jenseits der Tür ein gedämpftes »Herein«.

Dem grimmigen Timbre der Stimme nach zu urteilen, schien Prof. Friesendeichs Sekretärin nicht gerade erfreut, dass es tatsächlich jemand gewagt hatte, der Aufforderung auf dem Schild Folge zu leisten und sie in ihrem Alltagstrott zu unterbrechen, was Fiete allerdings nicht davon abhielt, die Tür einen Spalt weit zu öffnen und seinen Kopf in das Büro zu stecken.

»Moin, Moin.« Er beschloss, es auf die sanfte Tour zu versuchen. »Bitte, verzeihen Sie die Störung, aber ich würde gern mit dem Herrn Professor sprechen, wenn das geht.«

Die Sekretärin, die dem Begriff »Vorzimmerdrache« eine völlig neue Dimension verlieh, hielt in ihrer Schreibarbeit inne und musterte ihn mit gestrengem Blick über den Rand ihrer Brille hinweg. »In welcher Angelegenheit?«

Fiete überlegte einen Moment, bevor er antwortete. »Es handelt sich um meine Nichte, Karen Schmidt. Sie hat, soviel ich weiß, ab und zu für Herrn Prof. Friesendeich gearbeitet.« Er versuchte, eine gewisse unterschwellige Trauer in seine Worte zu legen, was ihm bei seiner Gemütsverfassung nicht mal besonders schwer fiel.

Die Sekretärin musterte ihn mit offenkundigem Missfallen von oben bis unten, auf eine Weise, wie ein

Schlachter einen potentiellen Steakkandidaten anschauen mochte, und einen Moment lang fürchtete Fiete, sie würde ihn unter irgendeinem fadenscheinigen Vorwand abweisen. Tatsächlich sah sie aus, als lägen ihr die entsprechenden Worte schon auf der Zunge. Aber dann besann sie sich anscheinend eines Besseren.

»Prof. Friesendeich ist zur Zeit in einer Besprechung«, klärte sie ihn auf. »Setzen Sie sich draußen auf die Bank. Ich sage Ihnen Bescheid, sobald der Herr Professor Zeit für Sie hat.« Ihr Tonfall machte unmissverständlich deutlich, dass es sich bei dem Gesagten um einem Befehl handelte und Widerspruch nicht geduldet wurde, es sei denn, Fiete wollte sich mit den Konsequenzen auseinander setzen.

Dafür hatte der Pensionär jetzt allerdings keinen Nerv, weshalb er sich beeilte, sich bei dem Drachen zu bedanken, die Tür lautlos wieder zu schließen und auf der Bank auf dem Flur vor dem Sekretariat Platz zu nehmen. Aus bitterer Erfahrung wusste er, dass es riskant war, den Zorn von Sekretärinnen auf sich zu lenken, immerhin hatten diese Damen die Hoheitsgewalt über den Terminplaner ihres Chefs.

Gleichwohl hoffte Fiete, er würde nicht allzu lange warten müssen. Die hölzerne Bank war nicht besonders bequem, und zu allem Überfluss merkte er, wie er langsam schläfrig wurde, was zu gleichen Teilen an der ungewohnten Sommerhitze sowie daran lag, dass Freibier ihn so zeitig aus den Federn geklingelt hatte. Allerdings sträubte sich alles in ihm dagegen, an so einem Ort einzuschlafen, schließlich wollte er nicht Gefahr laufen, sich unversehens, eingelegt in Formalin, als Lehrstück für die Studenten in einem der Präpariersäle wieder zu finden, was, wollte man dem eigenproduzierten Quark gewisser TV-Sender Glauben schenken, ja durchaus hin und wieder passieren konnte.

Struller hatte da anscheinend weniger Bedenken und rollte sich laut gähnend neben seinem Herrchen auf der

Bank zusammen, um sofort einzuschlafen. Vielleicht wusste er, dass Kindern und Hunden in solchen Geschichten nie etwas Böses widerfuhr.

Eine junge Frau kam, beladen mit Büchern und Aktenordnern, den Gang entlang. Sie warf einen raschen Blick auf das Schild neben der Tür von Professor Friesendeichs Sekretariat, zog es dann jedoch vor, sich auf der Bank niederzulassen, ohne sich erst mit dem Vorzimmerdrachen anzulegen. Offensichtlich hatte sie bereits einschlägige Erfahrungen mit der Dame gemacht.

Die junge Frau blickte Fiete mit unverhohlenem Interesse von der Seite an. Sie war eine dralle Brünette mit einem etwas zu kurz geratenen, orangefarbenen Minirock und Plateauschuhen, die jeden Orthopäden zur Verzweiflung getrieben hätten. Ihr gewaltiges Dekolleté gab den Blick auf alpine Rundungen frei.

»Warten Sie auch auf Professor Friesendeich?« Sie schaute ihn erwartungsvoll an.

Eigentlich war Fiete nicht in der Stimmung für belanglose Konversationen. Andererseits hielt ein kleines Schwätzchen ihn jedoch vielleicht davon ab, einzuschlafen und sein Leben in einem Einmachglas zu beschließen. Außerdem konnte man nie wissen, ob sich aus einem solchen Gespräch nicht doch ein gewisser Nutzen ziehen ließ. Während seiner Tätigkeit als Lokalreporter hatte er oft genug die Erfahrung gemacht, dass die interessantesten Entdeckungen meist eher zufällig gemacht wurden; dann, wenn man es am wenigsten erwartete.

Sie sah ihn noch immer an.

Fiete nickte. »Doch, ja, ja, ich warte ebenfalls auf den Herrn Professor. Seine Sekretärin sagte mir, er befände sich derzeit in einer Besprechung.«

»Sie waren drinnen beim Drachen?« Sie grinste fröhlich. »Anscheinend sind Sie zum ersten Mal hier.«

Fiete quittierte ihr Grinsen mit einem Lächeln. »Da

haben Sie Recht.« Anscheinend war das herzerfrischende Wesen der Sekretärin allgemein bekannt.

Die junge Frau schien zu überlegen, wie sie das Gespräch fortsetzen könnte. Als ihr nichts anderes einfiel, sagte sie: »Übrigens, ich bin Inga.«

»Petersen«, stellte Fiete sich vor und lupfte für einen Moment seine Schiebermütze. »Friedrich Petersen. Und das da ist Struller.« Er deutete auf seinen Dackel, dessen Ohren im Schlaf unruhig zuckten.

Ingas Blick glitt zwischen Fiete und Struller hin und her. Sie sah aus, als wollte sie irgendetwas loswerden, doch erst nach ein paar Sekunden des Schweigens fragte sie: »Sind Sie von der Kriminalpolizei?«

Fiete zog die Brauen hoch. »Wie kommen Sie denn darauf?«

»Naja, weil man doch gestern Karen Schmidt im Schrevenpark gefunden hat. Tot. Und da dachte ich mir, vielleicht sind Sie hier, um Erkundigungen über sie einzuholen.«

Daher weht also der Wind, dachte Fiete. Diese Inga hatte von Karens Tod gehört und hielt ihn für einen Beamten der Kripo. Er befand, dass es am besten war, sie in diesem Glauben zu lassen. Vielleicht konnte sie ihm nützlich sein, immerhin sah es so aus, als hätte sie Karen näher gekannt.

»Waren Sie eng mit der Toten befreundet?«, fragte er.

Sie wiegte den Kopf. »Also, befreundet kann man so direkt nicht sagen. Aber ich hab sie schon recht gut gekannt. Doch, ja.« Ihr Blick war viel sagend.

»Na, dann lassen Sie mal hören.« Fiete kramte stilecht in der Tasche und holte den Notizblock hervor, den er immer bei sich trug. »Erzählen Sie mir bitte alles, was Sie wissen. Auch die kleinste Kleinigkeit kann für mich von Bedeutung sein.« Und das war nicht einmal gelogen ...

Inga, die offensichtlich tatsächlich glaubte, es mit einem Kripobeamten zu tun zu haben, der im Fall Karen

Schmidt ermittelte, ließ sich nicht zweimal bitten und legte gleich los; plötzlich sprudelten die Worte aus ihr heraus wie ein Wasserfall.

»Also, wissen Sie, eigentlich bin ja nicht sonderlich überrascht, dass es so gekommen ist. Ich hab irgendwie schon immer gedacht, dass es mit der Karen mal ein tragisches Ende nehmen wird.« Sie spielte mit den langen, neongrün lackierten Fingernägeln an ihren überproportionalen Ohrringen herum. Ihre Augen funkelten. »Ich weiß zwar, dass man über Tote nichts Schlechtes sagen soll, aber Karen war eine karrieresüchtige, skrupellose Person, die vor nichts zurückschreckte, um zu kriegen, was sie wollte. Glauben Sie mir, die war mit allen Wassern gewaschen.«

Fiete traute seinen Ohren kaum. Unwillkürlich fragte er sich, ob die Karen, von der Inga sprach, dieselbe war, mit der seine Tochter befreundet gewesen war.

Sie sah sich um, wie um sich zu vergewissern, dass sie allein waren, und fuhr dann in gedämpftem, verschwörerischem Tonfall fort: »Vielleicht sollte ich Ihnen das lieber nicht erzählen, da es eigentlich nur so ein Gerücht ist; Campus-Tratsch, ja? Aber ich bin mir ziemlich sicher, dass da was Wahres dran ist, und wenn ich es Ihnen nicht erzähle, tut's mit Sicherheit jemand anderes. Also, was soll's?« Sie machte eine geheimniskrämerische Pause und Fiete fragte sich, was jetzt kommen würde. »Sie wissen doch sicher, dass Karen mit Eberhardt von Frey liiert war, oder?«

Fiete nickte.

»Gleichzeitig hatte sie aber ein Verhältnis mit einem der Professoren ...«

»Was Sie nicht sagen.« Fiete hatte Mühe, seine Pokermiene aufrecht zu halten, so überrascht war er. Das war tatsächlich eine interessante Neuigkeit, auch wenn er eigentlich nicht der Typ war, der auf Gerüchte etwas gab. Andererseits – wo Rauch war, gab es zumeist auch Feuer.

»Und mit wem, wenn ich fragen darf?« Seine Stimme hallte laut durch den leeren Flur.

Wieder sah Inga sich verstohlen um, als wollte sie sicher gehen, dass auch niemand mitbekam, wie sie den mutmaßlichen Kommissar mit indiskreten Informationen versorgte. Dann verengten sich ihre Augen zu kleinen, schmalen Schlitzen, während sie mit dem Kopf fast unmerklich auf die Tür des Sekretariats deutete.

»Nein.« Fiete tat schockiert und dämpfte die Stimme zu einem Flüstern. »Sie meinen, sie hatte ein Verhältnis mit Prof. Friesendeich?«

Inga nickte düster.

Sofort begannen Fietes Gedanken zu arbeiten. Wenn Karen wirklich ermordet worden war – was noch immer in den Sternen stand – und Ingas Geschichte nicht bloß ihrer überspannten Fantasie entsprang, würde sein Gespräch mit dem Professor vermutlich aufschlussreicher werden, als zunächst angenommen. Möglicherweise war er ja der Vater von Karens ungeborenem Kind. Vielleicht hatte sie ihn bedrängt, endlich öffentlich zu ihr zu stehen oder sich von seiner Frau zu trennen oder was auch immer, und da hatte er sie aus dem Weg geräumt.

Doch das war nichts weiter als Spekulation, wie alles an diesem Fall. Trotzdem ... Es war ein Anhaltspunkt, und Fiete war gewillt, die Sache im Auge zu behalten.

»Dieser von Frey«, sagte Fiete und spielte mit seiner Fliege, »wusste er von dieser Liaison?«

»Da bin ich mir nicht ganz sicher«, gestand Inga. »Kann sein, dass er was geahnt hat. Karen war nicht übermäßig darum bemüht, die Sache geheim zu halten. Ich nehme an, irgendwie gab es ihr so eine Art Kick, die Leute wissen zu lassen, dass sie was mit dem Prof hatte.«

»Aha«, machte Fiete viel sagend, der ziemlich sicher war, dass Eberhardt von Frey genau wusste, dass seine Freundin ihn hintergangen hatte, denn wenn er nicht alleine dahinter gekommen war, hatte Inga garantiert irgendwie dafür gesorgt, dass er davon erfuhr.

»Gesetzt den Fall, er wusste es tatsächlich«, verfolgte Fiete den Gedanken weiter, »war von Frey denn überhaupt nicht eifersüchtig?«

»Aber, nein, warum denn?« Inga schien über Eberhardts Seelenleben bestens informiert. »Doch nicht wegen so eines Flittchens. Wenn Sie mich fragen, war es sowieso ein Wunder, dass er sich mit Karen abgegeben hat. Das hatte er überhaupt nicht nötig. Sie war so ... so ...« Sie suchte nach dem richtigen Wort. »So *gewöhnlich*; ein richtiger Emporkömmling. Eberhardt hingegen ... Nun, er sieht großartig aus, hat hervorragende Umgangsformen und stammt aus einer überaus angesehenen Familie. Wissen Sie, sein Vater ist einer der erfolgreichsten Anwälte der Stadt, und sobald Eberhardt sein Referendariat beendet hat, wird er in die Kanzlei eintreten, als Sozius. Warum hätte er sich also aufregen sollen, bloß weil Karen mit dem Professor rumgemacht hat. Er könnte von ihrer Sorte zehn an jedem Finger haben ...«

Einschließlich deiner Wenigkeit, mutmaßte Fiete und überlegte, wie viel von Ingas Geschichte wohl der Wahrheit entsprach und wie viel davon Neid und Missgunst entsprang. Doch bevor er darauf eine Antwort finden konnte, wurde mit einem Mal die Tür zum Sekretariat geöffnet, und der Drachen tauchte unversehrt auf.

»Der Herr Professor kann nun einen Moment für Sie erübrigen, Herr Petersen«, erklärte sie kühl.

»Na, wunderbar!« Fiete stemmte sich in die Höhe und nahm unter dem gestrengen Blick der Sekretärin Struller auf den Arm. Sie beäugte den Hund so argwöhnisch, als wäre er ein ekliges Insekt, das es zu zertreten galt; instinktiv drückte er den Dackel fester an sich.

»Jetzt machen Sie schon!«, hielt ihn der Vorzimmerdrache zur Eile an. »Der Herr Professor ist ein viel beschäftigter Mann.«

»Natürlich«, sagte Fiete unterwürfig und schob sich an ihr vorbei durch die Tür. »Bitte, verzeihen Sie.«

»Bitten Sie nicht mich um Verzeihung, sondern den Herrn Professor«, wies die Sekretärin ihn zurecht. »Es ist seine Zeit, die Sie verschwenden.«

Was für ein charmantes Frauchen, dachte der Pensionär und beglückwünschte sich zu dem weisen Entschluss, nach dem Tode seiner geliebten Lotte kein zweites Mal geheiratet zu haben, zumal er mit zunehmendem Alter mehr und mehr zu dem Schluss gelangte, dass Freiberg tatsächlich Recht hatte.

Wie sagte der Kommissar doch gleich noch immer?

Frauen – man kann nicht mit ihnen leben.

Punkt.

Kapitel 7

Fiete ging durch das Sekretariat auf die Tür am anderen Ende des Raumes zu, Struller auf dem Arm. Nach dem, was er gerade von der Plaudertasche Inga erfahren hatte, war er überaus neugierig auf diesen Prof. Dr. med. Hans-Jürgen Friesendeich. Zwar hatte er selbst Karen bloß flüchtig gekannt, aber der Gedanke, sie könnte ein Verhältnis mit einem ihrer Lehrer gehabt haben, einem um einiges älteren Mann mit Ehefrau und Kindern, der einen Großteil seiner Zeit in diesem unheimlichen alten Bau zwischen konservierten Leichenteilen zubrachte, erschien ihm absurd, ebenso wie das, was Inga über die Tote gesagt hatte. Karen Schmidt war eine intelligente, attraktive junge Frau gewesen, der es mindestens ebenso leicht gefallen sein musste, Männer zu betören, wie es Eberhardt von Frey mit Frauen ging.

Doch er wollte sich nicht festlegen. Voreingenommenheit, das wusste er aus seiner langjährigen Erfahrung als Reporter nur zu gut, ist seit jeher ein Feind der Wahrheit. Er wollte so objektiv wie möglich an die Dinge herangehen.

Die Tür zu Prof. Friesendeichs Büro war nur angelehnt.

Fiete klopfte kurz an und trat dann ein.

Der Professor telefonierte gerade. Er stand am Fenster seines Büros und schaute hinaus auf den Campus. Als er Fiete hereinkommen sah, bedeutete er seinem Besucher mit einer Handbewegung, er möge sich setzen.

Fiete tat, wie ihm geheißen, setzte Struller ab und machte es sich in einem der wuchtigen Ledersessel bequem, die um ein kleines Kirschholztischchen herum gruppiert waren. Er nahm seinen Schieber vom Kopf, drehte ihn zwischen den Fingern und schaute sich um.

Der Raum war schlicht, aber geschmackvoll eingerichtet und entsprach so gar nicht seiner Vorstellung vom Büro eines Anatomieprofessors. Da gab es keine Apparaturen, in denen es geheimnisvoll blubberte, keine angestaubten Bücherstapel oder Papiere, die unordentlich überall verstreut lagen, ja, noch nicht einmal ein Skelett gab es hier, das einen aus der Ecke mit seinen Plastikzähnen angrinste. Stattdessen herrschte kühle Eleganz vor, die Fiete eher das Gefühl vermittelte, sich im Empfangszimmer eines höchst erfolgreichen Geschäftsmannes zu befinden; nichts in diesem Zimmer entsprach dem Klischee des zerstreuten Akademikers.

Prof. Friesendeich beendete sein Telefonat, legte den schnurlosen Hörer auf die Basisstation auf dem Schreibtisch und wandte sich mit einem charmanten Lächeln seinem Gast zu.

Hatte Fiete erwartet, es mit einem untersetzten, älteren Herren im weißen Kittel, mit hohem Haaransatz und dicken Brillengläsern zu tun zu bekommen, so wurde er auch hierin enttäuscht. Prof. Friesendeich entpuppte sich als attraktiver Endvierziger, mit vollem grau meliertem Haar, eisgrauen Augen und einem maskulinen, gut geschnittenen Gesicht. Mit seiner tadellosen Figur, die in einem teuer wirkenden Anzug steckte, und seinem strahlend weißen *Blend-a-med*-Lächeln hätte er ohne Probleme als Model für Herrenmode oder in der Fernsehwerbung Karriere machen können, sodass Fiete der Gedanke, Karen könne ein Verhältnis mit ihrem Professor gehabt haben, plötzlich gar nicht mehr so abwegig vorkam.

»Hallo. Ich bin Hans-Jürgen Friesendeich. Und Sie sind?« Der Professor schaute seinen Gast fragend an und setzte sich, immer noch lächelnd, hinter seinen Schreibtisch.

»Petersen«, sagte Fiete. »Friedrich Petersen. Ich bin ... *war* der Onkel von Karen Schmidt.«

»Ja, die kleine Schmidt ...« Er seufzte. »Bedauerlich,

das alles, wirklich, sehr bedauerlich. Ich hab's heute Morgen in den *Kieler Nachrichten* gelesen. Eine furchtbare Geschichte. So ein junges Ding ... Mein herzlichstes Beileid, Herr Petersen.« Bei der Erwähnung von Karens Namen war ein Schatten über das Antlitz des Professors gefallen; unwillkürlich fragte Fiete sich, ob sein finsterer Gesichtsausdruck bloß ein Zeichen ehrlichen Mitgefühls für jemanden war, der einen lieben Menschen verloren hatte, oder ob ihn Karens Tod persönlich betroffen machte, mehr, als er dem mutmaßlichen Onkel der Verstorbenen gegenüber zugeben würde. Und dann gab da auch noch eine dritte Möglichkeit, nämlich, dass der Akademiker ein guter Schauspieler war, der Betroffenheit lediglich vortäuschte, indes er in Wahrheit versuchte, seine Spuren zu verwischen ...

Doch er war schon wieder zu voreilig.

Fiete zwang sich zur Geduld und spielte den zerknirschten Verwandten. »Ja, der Tod meiner Nichte ist furchtbar. Ein harter Schlag für die ganze Familie und besonders für ihre Eltern. Sehen Sie, sie können nicht begreifen, warum Karen Selbstmord begangen haben sollte. Was das Mädchen zu diesem Schritt getrieben haben könnte. Mir geht es nicht anders, und da Karen meine einzige Nichte war, habe ich beschlossen, mit all den Menschen zu sprechen, die ihr besonders nahe standen und sie gut kannten. Vielleicht hilft uns das, ihren Wunsch, aus dem Leben zu scheiden, zumindest nachvollziehen zu können, wenn man ihn auch nie verstehen wird.« Er hoffte, den trauernden Onkel einigermaßen überzeugend rüberzubringen, und ließ den Professor nicht aus den Augen.

Friesendeich hinter dem Schreibtisch legte die Hände im Schoß zusammen. »Das kann ich sehr, sehr gut nachempfinden. Wie ich schon sagte: Es ist eine Tragödie.«

»Soviel ich weiß, hat Karen für Sie gearbeitet«, tastete Fiete sich vor. »Sie haben also einige Zeit mit ihr verbracht. Aus diesem Grund dachte ich, Sie könnten mir womöglich etwas über ihren Gemütszustand während der letzten Wochen und Monate sagen, zumal Sie als Mediziner doch viel mehr sehen als andere Menschen. Wie hat Karen auf Sie gewirkt? Machte sie einen unglücklichen Eindruck? War sie deprimiert oder hatten Sie das Gefühl, sie fühlte sich wegen ihres Examens überfordert?«

Prof. Friesendeich schien ernsthaft in sich zu gehen und über diese Fragen nachzudenken. Bevor er jedoch antworten konnte, klopfte es plötzlich an die Tür, und die Sekretärin betrat den Raum. Allerdings kamen Fiete Zweifel, ob es sich dabei tatsächlich um dieselbe grantige Person handelte, mit der er zuvor noch um jedes Wort gefochten hatte, denn auf gar wundersame Weise war die giftige Vorzimmernatter unvermittelt zum sanften Reh mutiert.

»Möchte der Herr Professor vielleicht einen Kaffee?«, flötete sie und klimperte mit den Augenwimpern, als hätte sich eine winzige Gewitterfliege darin verfangen. »Außerdem war ich so frei, ein paar meiner selbst gebackenen Kekse mitzubringen. Vanillekipferl, die mögen Sie doch so gern.« Das Lächeln wich keine Sekunde von ihrem Gesicht.

Fiete kam aus dem Staunen nicht heraus.

»Danke, Frau Sauerbier, aber für mich nicht.« Friesendeich warf Fiete einen fragenden Blick zu. Der beeilte sich, rasch den Kopf zu schütteln, denn so ganz traute er dem Frieden nicht, und er wollte Frau Fortuna nicht unnötig herausfordern.

»Wie Sie meinen.« Sie schien fast ein bisschen enttäuscht, dass sie Friesendeich nicht zu Diensten sein konnte. »Rufen Sie mich bitte, sollten Sie es sich anders überlegen, Herr Professor. Sie wissen ja, wo Sie mich finden.«

Der Professor nickte. »Natürlich. Vielen Dank.«

Frau Sauerbier schenkte ihm ein warmes Lächeln. Bevor sie das Zimmer verließ, warf sie Fiete und Struller jedoch einen vernichtenden Blick zu, was dem werten Herrn Professor aber entging.

»Wo waren wir doch stehen geblieben?« Friesendeich schien durch die Unterbrechung etwas durcheinander. »Ach, ja, die arme Karen. In der Tat hat Ihre Nichte für mich gearbeitet, und ich kann Ihnen versichern, dass ich mit ihren Leistungen stets mehr als zufrieden war. Sie war eine wirklich begabte Studentin, sehr viel versprechend. Immer gut gelaunt und ausgesprochen höflich.« Er machte eine kleine Pause, so als überlege er, was er noch sagen könnte. Seine Miene verriet nicht das geringste Anzeichen von Nervosität, doch das leichte Zittern seiner Finger, die mit einem Füllfederhalter spielten, verriet ihn. »Nein, depressiv wirkte Karen auf mich nicht, und eigentlich kann ich mir auch nicht vorstellen, dass sie sich wegen ihres Examens irgendwelche Sorgen machte, schließlich gehörte sie zu den Besten ihres Semesters. Allerdings hat sie mir über ihr Privatleben so gut wie gar nichts erzählt, und ich habe, ehrlich gestanden, nie gefragt, weshalb ich nicht unbedingt die geeignetste Person bin, Ihnen weiterzuhelfen.«

Damit hatte Friesendeich anscheinend alles gesagt, was er zu diesem Thema vorzubringen hatte, denn nach einem Moment stiller Andacht legte er den Füller beiseite und fing an, in einem kleinen Lederbüchlein herumzublättern, wahrscheinlich sein Terminplaner, wie um seinem Besucher dezent zu verstehen zu geben, dass er nun wirklich genug seiner kostbaren Zeit beansprucht habe.

Jedoch hatte Fiete nicht vor, sich mit Beileidsbekundungen und allgemeinem Geplänkel abspeisen zu lassen; schließlich war er nicht hergekommen, um das charmante Lächeln der Professors zu bewundern. Er überlegte angestrengt, wie er Friesendeich aus der Reserve locken und ihn dazu bringen konnte, ihm mehr über sein Verhältnis zu Karen zu verraten. Verflucht, es musste doch eine Möglichkeit geben, sein Gegenüber dazu zu bewegen, die Maske des ewig lächelnden Saubermannes abzulegen und sein wahres Gesicht zu zeigen!

Er beschloss, einen Schuss ins Blaue zu wagen.

»Um ehrlich zu sein, Professor, mir sind da bezüglich der Enge Ihres Verhältnisses zu meiner Nichte andere Dinge zu Ohren gekommen ...«

Das saß!

Der Professor hatte urplötzlich das Interesse an seinem Notizbüchlein verloren und schaute seinen Gast erschrocken an. Sein gewinnendes Lächeln war einem bestürzten Gesichtsausdruck gewichen.

In demselben ruhigen, beherrschten Tonfall fuhr der alte Herr fort: »Genau genommen sollen Sie eine überaus intime Beziehung zu Karen unterhalten haben.«

Friesendeich starrte ihn über den Schreibtisch hinweg an. Ein Dutzend Muskeln in seinem Antlitz zuckten krampfhaft, als er um Fassung rang. Dann platzte ihm der Kragen. Mit einem Satz sprang er von seinem Sessel auf und fuhr Fiete an: »Was zum Teufel erlauben Sie sich? Wie um alles in der Welt kommen Sie auf die absurde Idee, ich hätte ein Verhältnis mit Frau Schmidt gehabt? Das ist absolut lächerlich! Völlig abwegig!« Seine Augen funkelten. Er war ziemlich wütend.

Aber Fiete war noch nicht fertig; noch hatte er eine letzte Karte im Ärmel. »Wussten Sie übrigens, dass Karen schwanger war?« Er sagte das wie beiläufig, so, als wäre ihm dieser Umstand eben erst wieder eingefallen und würde im Grunde auch weiter keine Rolle spielen.

»Schwanger?«, echote der Professor seltsam tonlos.

Fiete nickte. »Im zweiten oder dritten Monat. Aber das wissen Sie vermutlich genauer als ich.«

Friesendeichs Hautfarbe wechselte erst zu Weiß und dann zu Rot, als er sich aufpumpte wie ein Auerhahn. »Wollen Sie damit etwa andeuten, ich hätte Ihre Nichte *geschwängert?*« Er spie das Wort aus wie einen Brocken faules Fleisch. Drohend wie ein Fels ragte er vor Fiete in die Höhe, und einen Augenblick lang fürchtete der Pensionär, der Professor würde ihm an den Kragen gehen. Letztlich jedoch besann Friesendeich sich auf seine gute Kinderstube und hielt an sich. Dafür zischte er gefährlich leise: »Verlassen Sie auf der Stelle mein Büro! Ich glaube nicht, dass ich mir sowas bieten lassen muss.« Er schüttelte den Kopf. »Ich und ein Verhältnis mit einer Studentin! Zur Hölle, ich bin seit dreizehn Jahren glücklich verheiratet. Ich habe zwei wundervolle Kinder. Sollten Sie sich also erdreisten, diese unglaublichen Verdächtigungen außerhalb dieses Zimmers noch einmal zu wiederholen, sehe ich mich gezwungen, Sie wegen übler Nachrede zu verklagen. Dann werde ich Sie so zusammenfalten, dass Sie problemlos in jeden Schuhkarton passen. Und denken Sie ja nicht, ich bluffe; das tue ich nämlich nie.« Die dicke Zornesader auf seiner Stirn pulsierte wie ein zerschnittener Regenwurm, während der Blick seiner eisgrauen Augen noch um ein paar Grad kälter wurde.

Wieder ein Feind fürs Leben mehr, dachte Fiete lakonisch und kam zu dem Schluss, dass es nun wohl wirklich angebracht war, zu gehen. »Komm, alter Knabe, ich glaube, wir haben die Zeit des Herrn Professors lange genug in Anspruch genommen, immerhin ist er ein viel beschäftigter Mann ...« Er legte so viel Spott in seine Stimme, wie er konnte.

Der Dackel sprang erfreut vom Schoß seines Herrchens. Für seinen Geschmack hatten sie schon viel zu viel Zeit in diesem langweiligen Gemäuer mit seinen komischen Gerüchen verbracht. Er kläffte Friesendeich böse an – schließlich sollte der Kerl wissen, was er von ihm hielt – und lief danach, so schnell ihn seine zu kurz geratenen Hundebeinchen trugen, durch die Tür. Im Sekretariat tat er ebenfalls sein Missfallen kund und zischte danach rasch hinaus auf den Gang, bevor der Drachen die

Gelegenheit nutzen und nach ihm treten konnte. Draußen auf dem Korridor setzte er sich dann hin und wartete artig auf sein Herrchen.

Fiete erhob sich ebenfalls, rückte seine Fliege zurecht und setzte seinen Schieber wieder auf. Er nickte Friesendeich, der ihn noch immer mit wutglühenden Augen anstarrte, zum Abschied knapp zu, verzichtete jedoch darauf, dem Akademiker die Hand zu reichen, und verließ hocherhobenen Hauptes das Büro.

Als Fiete dem Institut für Anatomie zwei Minuten später den Rücken kehrte, blendete ihn die Sonne. Die Hitze des Tages schlug über ihm zusammen wie eine feuchte Decke und trieb ihm schlagartig den Schweiß auf die Stirn. Er wartete, bis sich sein Blickfeld wieder geklärt hatte, ehe er sich in Bewegung setzte und auf einer der Bänke vor dem Audimax Platz nahm, um die Ereignisse des Vormittags noch einmal Revue passieren zu lassen.

Was sollte er von all dem halten?

Da war zunächst Inga, die ihm so bereitwillig Auskunft darüber erteilt hatte, dass Karen Schmidt eigentlich nichts weiter als eine karrieregeile Schlampe gewesen war, die mit jedem ins Bett ging, wenn es ihrem Weiterkommen dienlich war. Und dann Friesendeich, der zwar allen Grund hatte, sich über die gegen ihn erhobenen Anschuldigungen aufzuregen, sich aber, wenn er tatsächlich »unschuldig« war, für Fietes Geschmack etwas zu sehr echauffiert hatte.

Warum hatte der Professor so überzogen reagiert? Weil er wirklich der Erzeuger des Kindes war, das Karen erwartet hatte? Falls das zutraf, wäre es für sein Ansehen vermutlich nicht gerade förderlich gewesen, wenn bekannt geworden wäre, dass er eine seiner Studentinnen geschwängert hatte, zumal Frau Friesendeich darüber mit Sicherheit nicht allzu erfreut gewesen wäre. Andererseits war nicht gesagt, dass er, selbst wenn er ein Verhältnis mit Karen hatte, der Vater des Kindes war, immerhin war da ja auch noch Eberhardt von Frey, der, wollte man den Tränen Glauben schenken, die er gestern Abend vergossen hatte, ebenfalls ganz oben auf der Liste potentieller Vaterschaftskandidaten stand.

Fiete schwirrte der Kopf. Es gab bei dieser Sache einfach zu viele Wenn und Aber; zu viel Spekulation und zu wenig konkrete Spuren. Vielleicht war es das Beste, wenn er erst einmal zum Blücher zurückkehrte. In der Wohnung der Mädchen war es wenigstens ein wenig kühler als hier draußen auf dem Platz zwischen Audimax und Hochhaus, auf den die Strahlen der Mittagssonne erbarmungslos herabschienen und Pflastersteine und Asphalt in glühende Kohlen verwandelten. Bei einem Glas Früchte-Eistee oder einem kühlen Blonden würde ihm das Denken mit Sicherheit um einiges leichter fallen.

Er sah auf Struller hinab. »Na, dann komm, alter Knabe; machen wir uns auf den Heimweg. Unterwegs besorg ich uns was Leckeres, und dann machen wir es uns auf dem Balkon mit den Mädchen bequem. Was meinst du dazu?«

Struller, dem es entschieden zu warm war, hechelte wie verrückt. Er hatte sich unter der Bank verkrochen, aber bei Fietes Worten kam er schwanzwedelnd aus seinem Versteck und kläffte, um seine Zustimmung zu diesem Plan zu bekunden.

»Na, dann los.« Mit knackenden Knien stemmte er sich in die Höhe und wandte sich eben zum Gehen, als jemand ihn ansprach.

»Ehm, Herr Kommissar Petersen ...«

Kommissar?

Fiete schaute sich verwirrt um.

Inga!

Möglicherweise wurde es allmählich Zeit, sie über ihren Irrtum aufzuklären, bevor er noch Gefahr lief, sich wegen Amtsanmaßung strafbar zu machen. Andererseits hatte er ihr gegenüber nie behauptet, er wäre von der Polizei. Er hatte lediglich versäumt, sie über ihren Fehler aufzuklären ...

»Herr Kommissar! Gut, dass ich Sie noch treffe!« Inga war in Hochstimmung; ein breites Grinsen spaltete ihr Gesicht wie ein Messerschlitz eine reife Melone. »Verdammt, dem ollen Friesendeich haben Sie ja ganz schön eingeheizt! Ich war nach Ihnen in seinem Büro, und ich kann Ihnen sagen, der Prof war vollkommen außer sich. Selbst sein dämliches Lächeln ist ihm vergangen!«

»Eh, hören Sie, Inga, ich sollte Ihnen vielleicht sagen, dass ich nicht von ...« Weiter kam Fiete nicht. Gegen Ingas Redefluss war einfach nicht anzukommen, also ließ er sie einfach weiterschnattern; wenn sie unbedingt glauben wollte, er sei von der Kripo, dann sei's drum.

»... und es war ja auch wirklich mal an der Zeit, dass irgendjemand diesem aufgeblasenen Wichtigtuer 'nen Dämpfer aufsetzt! Da hat der schon viel zu lange drauf warten müssen, sage ich Ihnen! Und ich will Ihnen noch was verraten ...« Sie plapperte ohne Punkt und Komma weiter.

Fiete wusste überhaupt nicht, wovon Inga da eigentlich sprach, nickte jedoch hier und da zustimmend, wenn es ihm angebracht schien, um zumindest den Eindruck zu erwecken, er würde ihr zuhören. Zudem war es vielleicht sogar ganz gut, dass er die junge Frau noch einmal getroffen hatte, bevor er nach Hause ging.

Er wartete geduldig ab, bis Ingas Redefluss für einen Moment abflaute, als sie Luft holen musste, und beeilte sich dann zu sagen: »Ach, übrigens, mir fällt gerade ein, dass ich eigentlich noch dringend mit Herrn von Frey sprechen müsste. Sie wissen nicht zufällig, wo ich ihn antreffen kann?«

Was für eine dumme Frage! Mit Sicherheit war Inga über jeden Schritt des jungen Mannes bestens informiert.

Und wie nicht anders zu erwarten, hatte sie auch prompt eine Antwort parat.

»Ich kann Ihnen seine Telefonnummer geben.« Sie kramte hektisch in ihrer Tasche und brachte Kugelschreiber und Papier zum Vorschein. »Es kann aber gut sein, dass er bei dem Wetter nicht zu Hause ist, und dann ist auch noch Kieler Woche. Am besten versuchen Sie's heute Abend mal im *Velvet*. Dort trifft er sich immer mit seinen Freunden.«

»*Velvet?*« Fiete runzelte die Stirn.

»Kennen Sie den Laden nicht? Ach, kommen Sie, ein cooler Typ wie Sie geht doch garantiert hin und wieder das Tanzbein schwingen. Ich wette, mit Ihrem Outfit stechen Sie die jungen Burschen glatt aus.« Sie schaute ihn augenzwinkernd an und gab ihm einen vertraulichen Stoß in die Rippen. Als sie sah, dass Fiete sie nur verständnislos anguckte, ließ sie sich zu einer Erklärung herab. »Das ist 'ne Disco, unten in der Stadt. In der Eggerstedtstraße. Ganz in der Nähe des Schlosses.«

»Ach so, *den* Laden meinen Sie.« Er hatte zwar noch immer keinen blassen Schimmer, wovon Inga sprach, aber so, wie er Anna kannte, würde sie ihm bestimmt weiterhelfen können, auch wenn er nicht sicher war, ob er diesem Etablissement wirklich einen Besuch abstatten wollte. Vor seinem geistigen Auge sah er sich bereits in dieser Diskothek, umringt von Heerscharen betrunkener junger Leute, die sich zu kreischenden Gitarren und dröhnendem Schlagzeug auf der Tanzfläche wanden.

Welch ein Alptraum ...

Aber darüber konnte er sich später Gedanken machen. Jetzt musste er erst einmal einen Weg finden, Inga wieder loszuwerden, die ihn erwartungsvoll anblickte, bereit, ihren staatsbürgerlichen Pflichten nachzukommen, indem sie dem »Kommissar« mit ihrem nahezu unerschöpflichen Wissen über den neuesten Campustratsch zur Seite stand. Die Sonne drohte ihm ein Loch in den

Schieber zu brennen, und seine Socken qualmten auch schon bedenklich.

Rasch legte er sich seine Ausreden zurecht, doch noch ehe er eine davon anbringen konnte, schaute Inga mit einem Mal auf ihre Armbanduhr und bekam große Augen.

»Oh, verdammt, schon so spät? Ich hab doch noch 'ne Vorlesung!« Sie schaute ihn um Verzeihung heischend an. »Ich hoffe, Sie sind mir nicht böse, wenn ich jetzt gehe. Hier, ich hab Ihnen meine Handy-Nummer aufgeschrieben.« Sie gab ihm einen Zettel, auf dem sie neben ihrer eigenen auch Eberhardt von Freys Nummer notiert hatte. »Wenn Sie noch irgendwelche Fragen haben, zögern Sie nicht, mich anzurufen, ja? Jederzeit! So, und jetzt muss ich mich sputen. Tschüß!« Ohne eine Antwort des alten Herrn abzuwarten, wandte sie sich um und lief, so schnell ihre Plateauschuhe es zuließen, davon.

Fiete schaute ihr staunend nach.

Lieber Himmel, dachte er. *Was für ein Mundwerk ...*

Kapitel 8

Als Fiete mit Struller im Schlepptau am Blücher ankam, war er abermals mit allerlei Tüten bepackt. Leise fluchend schleppte er sich mitsamt seiner Last und dem Dackel auf dem Arm die Stufen zu Annas Wohnung empor. Warum musste seine Tochter ausgerechnet im vierten Stock wohnen? Und noch dazu in einem alten Kasten wie diesem, wo es nicht einmal einen Fahrstuhl gab?

Schweiß perlte ihm von der Stirn, als er endlich vor der Wohnungstür stand. Während er darauf wartete, dass eines der Mädchen auf sein Klopfen reagierte, fischte er ein altes, mit Monogramm versehenes Stofftaschentuch aus seiner Jackettasche und wischte sich damit die Stirn. Er war schon immer der Ansicht gewesen, dass Temperaturen über vierundzwanzig Grad Celsius gesetzlich verboten gehörten.

Die Tür schwang auf.

»Hi, Paps! Schon wieder da?« Anna war von ihrer Arbeit zurück und entgegen ihrer Gewohnheit fast vollständig bekleidet, wie Fiete wohlwollend zur Kenntnis nahm. Statt der üblichen Fetzen, die kaum das Nötigste bedeckten, trug sie heute einen fast knöchellangen, schwarzen Rock und ein Shirt, das immerhin bis über ihren Bauchnabel reichte.

Wahrscheinlich ihre Trauerkleidung, dachte er mit einem Anflug von Galgenhumor.

»Hallo, mein Liebes. Ich hab uns was zum Schnabulieren mitgebracht.« Er deutete auf die Tüten und schob sich an ihr vorbei in den Flur. »Ich kann dir sagen, ich hab mich selten in meinem Leben so auf ein kühles Helles gefreut wie jetzt. Ist zwar kein *Flensburger*, aber ich nehme an, wenn ich den Zweiten Weltkrieg überstanden habe, werd ich das wohl auch überleben.«

»Hoffentlich hast du auch was Alkoholfreies mitgebracht.«

Fiete schaute sie verblüfft an. »Bist du ohne mein Wissen zum Mormonentum konvertiert? Ich meine, nicht, dass ich was dagegen hätte, immerhin bestünde dann die Chance, dass du von deiner Vielmännerei abkommst ...«

Anna winkte ab. »Doch nicht meinetwegen – wegen Hannes.«

Fiete runzelte die Stirn. »Ist der hier?« Irgendwie klang er selbst in seinen eigenen Ohren nicht besonders begeistert, doch seine Tochter schien es nicht zu bemerken.

Anna nickte eifrig. »Sein Vortrag über die Störung des ökologischen Gleichgewichts des brasilianischen Regenwaldes durch Brandrodung wurde wegen Krankheit des Redners bis auf weiteres verschoben.« Sie blickte sich schnell um und fügte in verschwörerischem Ton flüsternd hinzu: »Wahrscheinlich ist der wirkliche Grund, dass niemand außer Hannes verrückt genug war, sich bei der Bullenhitze in einem stickigen Hörsaal einen fünfstündigen Diavortrag anzutun – aber das bleibt unter uns, okay, Paps?«

Fiete legte zum Zeichen seiner Verschwiegenheit erst die Finger auf seine Lippen und dann auf sein Herz und folgte ihr ins Wohnzimmer, von wo aus sie auf eine große Dachterrasse gelangten, die über und über mit Blumen bepflanzt war. Dort, zwischen Geranien und Kapuzinerkresse, saß Hannes unter einem verblichenen Sonnenschirm und studierte gerade die neueste Ausgabe irgendeines Umweltmagazins, auf dessen Cover ein Mann mit einer verblüffenden haartechnischen Ähnlichkeit mit Jesus Christus mit einem RETTET DIE WALE-Schild auf einen Kerl mit blutiger Plastikschürze eindrosch.

Als Hannes den Pensionär bemerkte, sprang er aus seinem morschen Liegestuhl auf und bot Fiete seinen Platz an. »Oh, hallo! Schön, Sie so bald wieder zu sehen! Setzen Sie sich doch, bitte.« Ohne Fietes Reaktion abzuwarten, bezog er auf einem Blumenkübel Stellung und sah den alten Herrn erwartungsvoll an. »Und? Hatten Sie einen erfolgreichen Vormittag?«

»Kann man wohl sagen.« Fiete ließ seinen Blick prüfend über den Stuhl gleiten, bevor er es wagte, sich zu setzen. »Ich hatte eine höchst aufschlussreiche Unterhaltung mit einem der Medizinprofessoren, und dann war da noch eine junge Frau, die mir das eine oder andere über Karen berichtet hat.«

Anna erschien mit einem Tablett in Händen, das sie auf einem kleinen Tischchen neben ihrem Vater abstellte. »Du hast mit einem der Profs gesprochen?«, fragte sie überrascht, während sie ihm eine Flasche Bier reichte. »Mit welchem?«

Fietes Kehle war staubtrocken, sodass er sich erst einmal einen kräftigen Schluck gönnte, bevor er antwortete. »Einem Herrn namens Prof. Dr. med. Hans-Jürgen Friesendeich. Wenn man's genau betrachtet, haben wir uns jedoch nicht wirklich unterhalten. Tatsächlich war's eher so, dass ich ihn in meiner liebenswürdigen Art mit gewissen Dingen konfrontiert habe, die ich zuvor von einer gewissen Inga erfahren hatte, woraufhin er so frei war, mich aus seinem Büro zu jagen.«

»Wirklich?« Anna starrte ihn bestürzt an. »Oh, Gott, ich hoffe, du hast ihm nicht gesagt, dass du mein Vater bist! Ich meine, immerhin studiere ich auch an dieser Uni, und wenn man den Profs quer kommt, haben die Mittel und Wege, einem echt an den Karren zu fahren.« Sie schien ehrlich besorgt.

Er winkte beschwichtigend ab. »Keine Sorge, ich habe mich als Karens Onkel ausgegeben.«

»Aha«, machte Anna, keineswegs beruhigt.

Hannes hingegen schien der Gedanke, dass sich der alte Herr mit einem der Professoren angelegt hatte, zu amüsieren. Oder hatte er zu viel Sonne abbekommen?

Anders konnte Fiete sich sein fröhliches Grinsen nicht erklären; an übermäßigem Alkoholkonsum lag dieser Ausbruch an Heiterkeit jedenfalls nicht, es sei denn, der junge Mann trank seine Milch mit Schuss.

»Friesendeich?« Hannes dachte nach. »Ist das nicht der Typ, für den Karen gearbeitet hat? Ich dachte, das wäre einer von der ganz coolen Sorte. Was genau haben Sie ihm denn vor den Latz geballert?« Obgleich sein Interesse an diesem Thema offensichtlich war, ließ er es sich dennoch nicht nehmen, aus einem plötzlichen Impuls heraus die Blätter einer Klematis, die das schmiedeeiserne Geländer der Terrasse umrankte, genauer unter die Lupe zu nehmen. Unwillkürlich fragte sich der Pensionär, ob Hannes hier womöglich Blattläuse züchtete und sich vergewissern wollte, dass es seinen Lieblingen auch gut ging bei der Hitze ...

Doch er behielt seine Gedanken für sich, gönnte sich noch einen Schluck Flüssigweizen und schilderte den beiden jungen Leuten, was sich an diesem Vormittag im Büro des Professors zugetragen hatte.

Anna riss ungläubig die Augen auf. »Du meinst, Karen hatte ein Verhältnis mit Prof. Friesendeich?« Vor Schreck ließ sie beinahe ihr Glas fallen. »Lieber Himmel, das ist ja nicht zu fassen! Friesendeich! Davon hat sie mir nie was erzählt.« Sie suchte ihres Vaters Blick. »Und du bist dir da sicher?«

»Ziemlich sicher«, bestätigte Fiete. »Anfangs war ich zwar skeptisch, weil diese Studentin, mit der ich gesprochen habe, diese Inga, mir etwas zu eifrig bemüht erschien, über Karen herzuziehen, aber die Reaktion des Professors hat mich dann doch misstrauisch gemacht. Er war einfach zu aufgebracht, um glaubwürdig zu wirken.«

»Mann, das ist ja 'n Ding.« Selbst Hannes, den nach Fietes Einschätzung nicht allzu viel aus der Reserve locken konnte, schien überrascht. »Diese Inga, war das zufällig so 'ne kleine Pummelige? Dunkles Haar, mit 'ner Vorliebe für schrille neonfarbige Klamotten und einer ziemlich vorlauten Klappe?«

Fiete fand Hannes Beschreibung von Inga recht zutreffend. »Hört sich an, als würden Sie die Dame näher kennen?«

Hannes nickte zustimmend und versuchte, sich in eine etwas bequemere Position zu bringen. Der Blumenkübel, auf dem er Platz genommen hatte, war vielleicht doch ein wenig hart. Auch hatte der junge Mann angesichts der niedrigen Höhe Probleme, seine langen Beine unterzubringen, die in abgeschnittenen, ausgefransten Jeans steckten und in einem Paar Wollsocken endeten, auf die er auf gar keinen Fall verzichten zu können schien; vermutlich zog er sie nicht mal im Bett aus. »Ihr Name ist Inga Nissen. Ist die Ex von diesem aufgeblasenen Popanz Eberhardt, und eigentlich wundert's mich, dass die beiden Schluss gemacht haben. Die haben sich wirklich verdient.«

Anna warf ihrem Lover einen empörten Blick zu. »Hannes!«

»Na, ist doch wahr!«, verteidigte er sich.

Fiete verfolgte den Disput der beiden interessiert. Wie es aussah, war Hannes nicht gerade gut auf von Frey zu sprechen, was womöglich daran lag, dass er das genaue Gegenteil von ihm selbst war. Eberhardt hatte einen ordentlichen, gepflegten Eindruck gemacht, und das konnte man heutzutage nicht gerade von vielen jungen Leuten behaupten. Wenn Fiete da nur sein Gegenüber betrachtete ...

Dabei fiel ihm wieder ein, dass er mit Anna noch einiges zu besprechen hatte, besonders, was diese langhaarige Karikatur von potentiellem Schwiegersohn anging. Aber das musste warten, denn vorerst gab es noch gewisse andere Dinge, um die er sich kümmern musste.

»Dann ist das vielleicht der Grund, warum sie so abfällig von Karen gesprochen hat«, mutmaßte Fiete laut. »Weil sie ihr den Freund ausgespannt hat.«

Anna nickte. »Klar, Inga war ganz furchtbar eifersüchtig auf Karen. Sie hat ständig versucht Zwietracht zwischen den beiden zu säen. Kein Wunder, dass die beiden sich Gift und Galle waren. Irgendwie hat man jedes Mal darauf gewartet, dass sie aufeinander losgehen, wenn sie sich zufällig im selben Raum aufhielten. Karen hat mir da die eine oder andere Schote erzählt.« Mit einer beiläufigen Geste strich sie ihr Haar zurück. »Offenbar hat die gute Inga in der Beziehung 'n mittelschweren Schatten. Eifersüchtig bis dorthinaus. Stellt euch vor, einmal hat sie Eberhardts nigelnagelneues Auto völlig zerkratzt, weil er sich, während sie zusammen waren, mit 'ner anderen unterhalten hat, und ein anderes Mal hat sie ihn besucht und dann, als sie – unter dem Vorwand, aufs Klo zu müssen – im Bad war, ihre Unterwäsche in seine Waschmaschine geschmuggelt, in der Hoffnung, Karen würde sie dort finden und deswegen Amok laufen.«

Fiete kaute auf seiner Unterlippe. »Klingt, als wäre die junge Dame ziemlich unberechenbar«, stellte er nachdenklich fest. Wie es aussah, hatte Inga Karen mächtig übel genommen, dass sie ihr den Freund abgejagt hatte, und schreckte vor nichts zurück, um Eberhardt zurückzugewinnen.

Vor gar nichts?

Oder, anders ausgedrückt: War Inga bereit, über Leichen zu gehen, um zu bekommen, was sie wollte?

Fiete wusste darauf keine Antwort, doch zumindest war die Liste der Verdächtigen soeben um einen Namen reicher geworden.

Mit einem Mal fühlte der alte Herr sich schrecklich müde. Dieses Herumschnüffeln war doch anstrengender, als erwartet, und irgendwie auch ziemlich deprimierend. Allen und jedem misstrauen zu müssen, hinter jedem Wort eine Lüge zu wittern, das konnte einem schon sehr aufs Gemüt schlagen. Kein Wunder, dass der olle Freibier so ein alter Miesepeter war ...

Abgesehen davon taten die Hitze und das Bierchen, das er getrunken hatte, ihr Übriges, um ihn schläfrig zu machen.

»Tja, ich glaube, ich sollte mich für ein Weilchen aufs Ohr hauen. Hier draußen wird's mir langsam zu heiß.« Er schaute sich suchend um. »Habt ihr Struller irgendwo gesehen?« Seit ihrer Rückkehr war der Dackel wie vom Erdboden verschwunden, was so gar nicht seine Art war; im Gegenteil. Normalerweise konnte Struller es keine fünf Minuten ertragen, nicht im Mittelpunkt zu stehen.

Hannes schüttelte den Kopf. »Bislang nicht.«

»Der hat sich gleich ins Zimmer verzogen«, meinte Anna. »War wohl auch ziemlich erledigt von euren vormittäglichen Abenteuern.«

Und richtig: Als Fiete in Annas Zimmer kam, in dem es dank der zugezogenen Vorhänge angenehm kühl war, lag Struller auf dem Bett und tat das, was er grob geschätzt dreiundzwanzig Stunden am Tag zu tun pflegte – er schnarchte den Schlaf des Gerechten.

Fiete schüttelte beim Anblick des Hundes, der wie tot auf einem zusammengekratzten Nest aus Decke und Kissen lag, bloß amüsiert den Kopf und wandte sich dem Telefon zu.

Er suchte in den Untiefen seiner Tasche nach dem Zettel, den Inga ihm gegeben hatte, und wählte Eberhardts Nummer. Er wartete eine Weile, aber niemand meldete sich. Wie es schien, war der junge Mann nicht zu Hause, was Fietes Stimmung noch weiter sinken ließ, hieß das doch, dass es sich wohl nicht umgehen lassen würde, am Abend diese Disko zu besuchen, in der von Frey sich laut Inga immer mit seinen Freunden traf.

Doch noch war es nicht die Zeit dazu, und so legte er sich ausgestreckt aufs Bett, um nach einem gnadenlosen

Kampf um das Kopfkissen, den Struller einmal mehr für sich entschied, in einen unruhigen Schlummer zu verfallen.

Kapitel 9

Irgendwann später schrak Fiete aus dem Schlaf hoch, als ihn etwas Kaltes, Feuchtes im Gesicht berührte, und als er die Augen aufschlug, sah er sich geradewegs einer Hundeschnauze gegenüber, die sich anschickte, ihm mit rauer Zunge über die Wangen zu schlecken.

Fiete zog eine Grimasse. »Verflucht, Struller, lass das sein! Hör auf damit!« Er schaffte es, den Schlabberattacken des Dackels zu entgehen, indem er den Hund von sich schob, und räkelte sich schlaftrunken.

Er hatte lange geschlafen; länger, als er vorgehabt hatte. Die Luft war merklich kühler geworden, und nach einem raschen Blick auf seine Taschenuhr, die ihm sagte, dass es allmählich an der Zeit war, in die Gänge zu kommen, streifte er sich umständlich Hose und Hemd über. Er war gerade dabei, in seine Schuhe zu schlüpfen, als er mit einem Mal innehielt.

Ein köstlicher Duft drang zu ihm ins Zimmer und erinnerte ihn daran, dass er seit dem Morgen nichts mehr in den Magen bekommen hatte; zumindest nichts Festes. Also machte er sich, von seinem knurrenden Magen getrieben und von seiner Nase geleitet, auf den Weg in die Küche.

Er wollte seinen Augen nicht trauen.

Auf dem Herd standen diverse Töpfe und Pfannen, gefüllt mit allerlei exotisch anmutenden Speisen. Abgesehen von den Frikadellen hatte er zwar keine Ahnung, was er da vor sich hatte, aber das wusste man bei Biolek ja auch nicht immer so genau; es roch jedenfalls ganz ausgezeichnet.

Er schaute sich um. Der Tisch war ebenfalls gedeckt.

Tischdecke, Kerzen, Servietten ...

Dass das nicht das Werk seiner Tochter war, wusste Fiete mit absoluter Gewissheit. Anna schaffte es ja kaum, sich ein Spiegelei zuzubereiten, und er wäre nicht überrascht gewesen, wenn sie es fertig gebracht hätte, Kaffeewasser anbrennen zu lassen. Dabei hatte er keine Ahnung, woher sie das hatte. Er selbst hielt sich für einen ganz ordentlichen Koch, und Annas Mutter war in der Küche eine wahre Künstlerin gewesen, was ihn unweigerlich zu der Frage führte, ob man seine Tochter womöglich im Krankenhaus gleich nach der Geburt vertauscht hatte ...

War das vielleicht das Begrüßungsmenü, das Sophia und Helene ihm eigentlich gestern hatten kochen wollen?

Er beugte sich nochmals über den Herd und inspizierte den Inhalt der Töpfe. Überaus appetitlich, das musste er zugeben. Am besten, er probierte mal, ob es auch so gut schmeckte, wie es aussah ...

»Na, schon hungrig?«

Fiete, einen Teelöffel in der Hand, schnellte erschrocken hoch und stieß mit dem Hinterkopf gegen die Dunstabzugshaube. »Gottverdammter Mist!«, entfuhr es ihm. Fluchend und zugleich peinlich berührt, mit den Fingern im Honigtopf erwischt worden zu sein, drückte er die Hand auf die schmerzende Stelle und drehte sich um.

Hannes stand hinter ihm, vergeblich bemüht, sich ein Grinsen zu verkneifen. Er hatte sich eine große weiße Schürze umgebunden, auf der in knalligen roten Lettern WERDEN SIE DER ERSTE SEIN, DER MEINE KOCHKÜNSTE ÜBERLEBT? stand, und war mit einem Kochlöffel bewaffnet.

»Tut mir Leid, ich wollte Sie wirklich nicht erschrecken. Ich hoffe, Sie haben sich nicht allzu sehr wehgetan?«

»Nein, nein, nichts passiert«, brummte Fiete und befühlte die Stelle an seinem Hinterkopf, die bereits anzuschwellen begann. »Haben *Sie* das etwa gekocht?« Er nickte in Richtung Herd.

»Na, klaro«, bestätigte Hannes. »Kochen ist eine meiner großen Leidenschaften.«

Fiete schaute ihn ungläubig an und fragte sich, wie zum Teufel es dieser Spätachtundsechziger immer wieder schaffte, ihn so zu überraschen.

»Das sind Reiskroketten mit süßsaurem Sommergemüse und Gerstenfrikadellen.« Er zeigte mit dem Kochlöffel auf die verschiedenen Töpfe. »Echt lecker. Und zum Nachtisch hab ich uns noch einen Vollkornkuchen gebacken.«

»Ach, wirklich?« Das Lächeln des Pensionärs fiel ein wenig gequält aus; irgendwie hatte er mit einem Mal gar nicht mehr so großen Appetit.

Gerstenfrikadellen?

Obwohl Fiete schon einige Jährchen auf dem Buckel und bereits das eine oder andere in seinem Leben erlebt hatte, waren ihm *Gerstenfrikadellen* bisher noch nicht untergekommen, wofür er aufrichtig dankbar war, zumal er bezweifelte, ob man irgendwas, das fleischlos war, überhaupt »Frikadellen« nennen durfte. *Gerstenfrikadellen*. Wahrscheinlich wieder eine dieser neumodischen Erfindungen, die die Menschheit ebenso wenig brauchte, wie das sprechende Wasserklosett oder den vollautomatischen Roboterhund, von der Flüssigseife ganz zu schweigen.

»Und vor allen Dingen garantiert cholesterinarm, Paps.« Anna schwebte in die Küche und strahlte ihn auf eine Art und Weise an, die ihrem Vater verriet, dass sie und Hannes sein Schläfchen sinnvoll genutzt hatten. »Das ist gut für die Gesundheit, besonders in deinem Alter.«

»Wirklich reizend«, brummte Fiete. Wenn man sie so hörte, konnte man fast meinen, die Würmer hätten bereits Lätzchen und Besteck zur Hand genommen, um sich an ihm gütlich zu tun. Er warf ihr einen giftigen Blick zu und setzte sich dann, ihrem Beispiel folgend, an den Tisch, indes Hannes sich am Herd zu schaffen machte.

Als der junge Mann ihm einen Moment später einen üppig gehäuften Teller vor die Nase stellte, beäugte Fiete das Dargebotene misstrauisch von allen Seiten und nahm vor allem die Pseudofrikadellen genauer unter die Lupe, die gefährlich »echt« aussahen; fast wie richtige Frikadellen, sodass man seinen Fehler erst bemerkte, wenn es längst zu spät war und man schon hineingebissen hatte.

Hannes setzte sich ebenfalls. »Allseits guten Appetit.« An Fiete gewandt: »Ich hoffe, es schmeckt Ihnen.« Ihm schien viel am Urteil seines »Schwiegervaters« gelegen.

»Ja«, murmelte Fiete. »Das hoffe ich auch ...«

Eine Weile stocherte er zögerlich in seinem Essen herum, bevor er widerwillig einen Bissen versuchte. Letztlich, so überlegte er, war er ja selbst schuld. Warum hatte er auch nicht dafür gesorgt, dass seine Tochter kochen lernte? Dann wären ihm derartig experimentelle Menüs vielleicht erspart geblieben ...

Obwohl, auch wenn es ihm schwer fiel, das zuzugeben, so schlecht schmeckte dieser ominöse Gerstenklops gar nicht. Es war natürlich kein Vergleich mit einer richtigen Frikadelle, aber zumindest besser, als dem Hungertod zu erliegen.

»Hm, doch, gar nicht so übel, junger Mann«, meinte Fiete zwischen zwei Bissen anerkennend. Es war nicht zu überhören, dass er sich mit diesem Kompliment schwer tat; dennoch reichte es aus, um Hannes vor Stolz erröten zu lassen.

»Finden Sie wirklich?«

»Hören Sie mal, mein Lieber.« Der Pensionär schluckte einen weiteren Bissen hinunter und spülte mit einem Schluck Wasser nach. »Wenn ich es nicht so meinte, würde ich es nicht sagen.«

»Na, wenn das so ist ...« Hannes strahlte und tauschte einen raschen Seitenblick mit Anna, die ihm aufmunternd zulächelte; vielleicht war das Abendland ja doch noch zu retten.

Während Fiete sich eine Gabel mit süßsaurem Gemüse in den Mund schob, kam ihm plötzlich wieder sein für den heutigen Abend geplanter Diskobesuch zu Bewusstsein. Er wartete, bis er den Mund frei hatte, und fragte dann: »Sag mal, Kleines, kennst du zufällig eine Diskothek namens *Velvet*?«

Anna nickte. »Klar kenn ich den Laden. Klasse Disko. Gute Musik, super Personal; ist immer sehr lustig.« Sie sah ihn an. »Wieso? Du willst doch nicht etwa da hingehen?«

»Nun, das hatte ich eigentlich vor«, gestand Fiete.

Anna zog eine Grimasse. »Ich dachte, deine Midlifecrisis hättest du schon hinter dir. Oder was treibt einen Mann deines Jahrgangs in 'ne Disko voller junger Küken?«

Allmählich wurde es Fiete zu bunt. Schon wieder eine Anspielung auf sein Alter. Wenn Anna so weitermachte, war er wirklich bald reif fürs Seniorenheim.

»Ich will doch nicht zum Vergnügen da hin«, erklärte er. »Da kann ich mir wirklich was Netteres vorstellen. Nein, es geht um Eberhardt. Ich hab vergeblich versucht, ihn telefonisch zu erreichen, und Inga meinte, ich würde ihn vermutlich in diesem Etablissement antreffen.«

»Na, da bin ich aber beruhigt. Ich meine, ein bisschen ausgeflippt warst du zwar schon immer ...« Anna warf ihm eine Kusshand zu, als sie seinen grimmigen Blick bemerkte, und gab sich anschließend wieder ihren Reiskroketten hin.

»Sie wollen echt in diesen Laden?«, fragte Hannes und pfiff anerkennend durch die Zähne, als Fiete nickte. »Mann, das ist cool. Total abgefahren.« Er schien ziemlich beeindruckt von Fietes Wagemut; das war ein alter Herr nach seinem Geschmack. Nicht einer dieser wehleidigen Burschen, die ihre Tage damit zubrachten, auf Parkbänken zu hocken, die Tauben zu füttern und sich in endlosen Erörterungen über all ihre Wehwehchen zu ergehen. »Wenn Sie wollen, kann ich Sie nachher rumbringen«, erbot er sich.

Da Fietes Bedarf an Abenteuern nach der Fahrt am gestrigen Tag noch immer vollauf gedeckt war, beeilte er sich, dankend abzulehnen. »Tja, das Angebot ist wirklich verlockend, aber das ist nicht nötig. Ich werde mir ein Taxi rufen. Sie haben doch sicherlich auch Wichtigeres zu tun, als einen alten Kauz wie mich durch die Gegend zu kutschieren.«

»Aber, Paps, das macht Hannes doch gern.« Anna zeigte sich mal wieder von ihrer fürsorglichen Seite, was Fiete umgehend mit einem vernichtenden Blick quittierte.

»Das weiß ich ja auch«, sagte er. »Und das ehrt ihn. Aber ich nehme trotzdem ein Taxi. Und damit basta.«

Anna seufzte. »Ist ja schon gut. Wir wollten dir ja nur behilflich sein.« Sie stocherte nachdenklich in ihrem Gemüse herum. »Übrigens, was gedenkst du eigentlich heute Abend anzuziehen? Ich meine, wenn du auf die Piste gehst?« Über den Tisch hinweg ließ sie ihr kritisches Auge über sein Hemd und seine Hose gleiten, um anschließend resigniert den Kopf zu schütteln, als sei er ein hoffnungsloser Fall, dessen sie sich aber dennoch edelmütig anzunehmen gedachte. »So kannst du auf gar keinen Fall gehen. Das ist schon mal klar. Du siehst aus, als kämst du gerade von deiner eigenen Beerdigung. Wir müssen dich irgendwie ein bisschen aufpeppen.«

»Da hängt noch mein altes Jackett in deinem Schrank«, warf Hannes ein. »Das könnte dein Vater doch anziehen, oder nicht?«

Fietes Blick glitt zwischen den beiden hin und her. Es war wirklich ergreifend, wie sehr sie sich bemühten, ihm hilfreich zur Seite zu stehen. Er war zutiefst gerührt, besonders bei dem Gedanken, in Hannes' *altem* Jackett durch die Stadt zu ziehen, wo doch das, was er offenbar für *neu* hielt, bereits eine visuelle Ohrfeige darstellte. Zwar war das Risiko, zu später Stunde – und noch dazu in einer Diskothek – einen Bekannten anzutreffen, vergleichsweise gering, aber er wollte es dennoch nicht darauf ankommen lassen.

»Zu freundlich, doch das Angebot kann ich wirklich nicht annehmen. Außerdem«, beeilte er sich hinzuzufügen, »haben wir mit Sicherheit nicht die gleiche Größe.« Er hoffte, in Hannes' Interesse, nicht deutlicher werden zu müssen.

»Ich hab's!«, rief Anna plötzlich ganz euphorisch. »Drüben bei Karen finden wir garantiert noch was von Eberhardt. Er hat immer das eine oder andere zum Wechseln hier gehabt. Da kannst du dir bestimmt was ausleihen.«

Tolle Idee, dachte Fiete. Der junge von Frey würde sicher hocherfreut sein zu sehen, dass sein Gegenüber in seinem Anzug herumspazierte. Abgesehen davon verstand er eigentlich gar nicht, warum er sich überhaupt in die Sachen fremder Leute zwängen sollte. In seinem Tweedanzug fühlte er sich überaus wohl, und da der Anzug außerdem auch noch sauber war, gab es nicht den geringsten Grund zur Klage.

Aber Anna ließ nicht locker. Während Hannes seinen Kuchen servierte, bearbeitete sie Fiete so lange, bis er schließlich resigniert kapitulierte und einwilligte zu tun, was sie von ihm verlangte, bloß, damit sie endlich Ruhe gab. Das war einer der Momente, wo ihm deutlich klar wurde, dass sie trotz allem doch die Tochter ihrer Mutter war.

»Und wegen Eberhardt mach dir keine Gedanken«, versuchte Anna ihn zu beruhigen, während sie ein schwarzes Leinenjackett aus Karens Schrank zum Vorschein brachte. »Der hat so viele Klamotten, dass er überhaupt nicht weiß, was er alles besitzt. Glaub mir.«

Fiete verkniff sich einen Kommentar und fügte sich in sein Schicksal. Widerwillig ließ er sich von Anna verkleiden. Er kam sich dabei reichlich albern vor, als würde er sich für den Karneval herausputzen, aber Annas Enthusiasmus hatte er nichts entgegenzusetzen. Sie war geradezu euphorisch, dass sie es geschafft hatte, ihren alten Herren endlich mal aus seinem angestaubten Mottenfänger herauszubekommen, und sei es auch nur für einen Abend.

Schließlich trat Anna zurück und begutachtete ihr Werk. Ihre Augen funkelten. »Klasse, Paps! Du siehst echt super aus! *So* kannst du dich sehen lassen.«

Fiete runzelte die Stirn. Was zur Hölle sollte das jetzt wieder heißen? War sein übliches Erscheinungsbild etwa nicht passabel genug?

Er betrachtete sich skeptisch im Spiegel. Er sah einfach lächerlich aus. In Anbetracht dessen, dass er heute Nacht noch einiges vorhatte, hielt er es jedoch für besser, mit seinen Kräften Haus zu halten, und beschloss, ausnahmsweise mal fünf gerade sein zu lassen. Immerhin gehörten Diskobesuche nicht unbedingt zu seinem allabendlichen Unterhaltungsprogramm, und da war es besser, fit zu sein.

Es klingelte an der Tür.

»Das muss das Taxi sein«, sagte Anna.

Fiete verabschiedete sich von Anna und Hannes, nachdem er ihnen das Versprechen abgenommen hatte, sich gut um Struller zu kümmern, der diesmal ausnahmsweise nicht mit von der Partie sein würde. Dennoch wedelte der Dackel in Erwartung eines kleinen Spazierganges freudig mit dem Schwanz und war überaus beleidigt, als er merkte, dass sein Herrchen sich anschickte, das Haus ohne ihn zu verlassen.

Anna tröstete ihn hingebungsvoll. »Na, komm, Strullerchen, sei nicht traurig. Paps kommt doch bald wieder und Hannes macht auch einen langen Spaziergang mit dir. Versprochen.« Sie tätschelte dem Dackel sanft den Kopf.

Fiete beeilte sich, die Wohnung zu verlassen, bevor er

es sich anders überlegen und Struller doch mitnehmen konnte.

Warum, fragte er sich, während er die Treppen nach unten ging, machte er sich eigentlich Sorgen um seine Tochter? Wie es aussah, war eher Hannes derjenige, dem Mitgefühl gebührte, so, wie Anna mit ihm umsprang und nach eigenem Gusto über ihn verfügte.

Mit einem Mal hatte Fiete fast Mitleid mit ihm.

Aber eben nur fast ...

Das Taxi wartete tatsächlich unten. Er öffnete die Tür auf der Beifahrerseite und stieg ein.

Der Taxifahrer, ein junger Türke, blickte ihn prüfend von der Seite an, während er seine Zigarette im Ascher ausdrückte, und sofort bereute Fiete bitterlich, dass er sich von Anna dazu hatte überreden lassen, von Freys Kleider anzuziehen. Er musste aussehen wie eine Schießbudenfigur.

»Wohin soll's denn gehen?«, fragte der Türke, nachdem er seine Musterung des alten Herrn beendet hatte.

»Ins *Velvet*«, sagte Fiete. »In die Eggerstedtstraße.«

Jetzt hatte er die volle Aufmerksamkeit des Fahrers. Ungläubig schaute der Türke ihn an. »Sind Sie da sicher?«

»Na, hören Sie mal!«, brauste der Pensionär auf. »*Natürlich* bin ich mir sicher! Sehe ich etwa so senil aus, dass ich nicht wüsste, wo ich hin will?« Er war ehrlich empört. Für was hielt dieser Flegel ihn? Einen geistesschwachen Tattergreis? So ungewöhnlich war es schließlich nicht, dass ein Mann seines Alters ein Tanzlokal besuchen wollte, oder zumindest redete er sich das ein.

»Ist ja schon gut«, beschwichtigte ihn der Fahrer. »Wollte mich nur vergewissern, dass ich mich nicht verhört habe. Da unten ist allerdings alles gesperrt. Sie wissen schon; Kieler Woche und so. Am besten, ich setz Sie beim Schlossgarten ab; von da sind es dann nur noch ein paar Schritte.«

»Wie Sie meinen«, erwiderte Fiete.

»Was dagegen, wenn ich 'n bisschen Musik anmache?« Der Fahrer warf ihm einen fragenden Blick zu, doch obwohl Fiete sich alle Mühe gab, grimmig zu gucken, begann er am Radio herumzuspielen, während er gleichzeitig anfuhr und in flottem Tempo durch das nächtliche Kiel brauste.

Die Anzeige des Sendersuchlaufs blinkte. Der Taxifahrer verharrte einen Moment beim lokalen Radiosender RSH, der sein Publikum wie üblich mit den größten Gassenhauern der Saison beglückte, entschied sich letztlich aber für eine Kassette. Sekunden später drang ein gequältes, klagendes Jammern aus den Lautsprechern, wie von einem Muezzin, der mit der Hand in eine tibetanische Gebetsmühle geraten war, und unwillkürlich stiegen Fiete Tränen der Pein in die Augen.

Aber es kam noch schlimmer, denn nach einer Weile stimmte der Fahrer voller Inbrunst in das Gejammer ein, und während sie an einer roten Ampel darauf warteten, dass es wieder grün wurde, schaute er seinen Fahrgast forschend von der Seite an, wie um sich zu vergewissern, dass seiner Sangeskunst auch die Beachtung zuteil wurde, die sie verdiente.

Fiete wusste diese Darbietung jedoch wenig zu schätzen. Stattdessen überlegte er, wieso er eigentlich auf einem Taxi bestanden hatte. In einem Mercedes saß es sich zwar allemal bequemer als auf der Rückbank von Jimmy der Ente, aber was das Unterhaltungsprogramm anging, zog er Hannes' Interpretation von *This is the end* eindeutig vor.

Wie es aussah, hatten die Götter allerdings Erbarmen mit ihm, denn ehe er sich's versah, kam der Wagen mit einem Ruck zum Stehen, und der Fahrer unterbrach seine künstlerische Darbietung, wenn auch bloß gezwungenermaßen. »So, da wären wir. Schlossgarten.« Er deutete durch die Windschutzscheibe nach vorn. »Sie brauchen jetzt bloß noch fünfzig Meter die Straße weiterzugehen, und schon sind Sie da.« Er warf einen Blick aufs Taxameter und wühlte dann nach seiner Geldtasche. »Tja, das sind dann zwölffünfzig.«

Fiete drückte dem Fahrer den gewünschten Betrag samt eines bescheidenen Trinkgeldes in die Hand, nachdem er zuvor ernsthaft überlegt hatte, wegen seelischer Grausamkeit einen Preisnachlass zu fordern, und eilte anschließend wortlos in die angezeigte Richtung davon. Obgleich er sich nicht noch einmal umdrehte, spürte er instinktiv, dass der Taxifahrer ihn beobachtete, und von neuem verfluchte er sich dafür, dass er nicht hart geblieben, sondern sich von Anna wie eine Witzfigur hatte ausstaffieren lassen.

Wegen der Kieler Woche war die Straße zur Fußgängerzone umfunktioniert worden, und trotz der relativ fortgeschrittenen Stunde ging es noch immer hoch her. Wahre Scharen von Menschen strömten aus der Innenstadt Richtung Spiellinie am Hafen oder befanden sich, von dort kommend, auf dem Heimweg, und nicht wenige nutzten die Chance, sich noch schnell ein letztes Bier zu genehmigen; schließlich war bloß einmal im Jahr Kieler Woche, und man gönnte sich ja sonst nichts.

Das Schloss war hell erleuchtet. Zumindest nahm Fiete an, dass es sich bei dem schmucklosen Gebäude, das sich an die kleine Parkanlage anschloss, um das Kieler Schloss handelte, auch wenn der Kasten selbst im Glanz der vielen Lichter wenig königlich wirkte. Gleich daneben, in einem etwas moderneren Gebäude, hatte der NDR seinen Sitz, und bloß wenige Meter weiter, einen Steinwurf von der Nikolaikirche entfernt, erspähte der Pensionär schließlich das *Velvet*.

Er schob sich durch das Gedränge langsam in Richtung des Lokales weiter. Die laue Sommerluft lud gerade zu dazu ein, an einem der aufgebauten Stände zu verharren und in aller Ruhe ein Bierchen zu zischen, aber Fiete widerstand tapfer der Versuchung, schließlich war er nicht zum Vergnügen hier. Er hatte etwas zu erledigen.

Hämmernde Rhythmen hallten durch die Nacht, Gitarren und Drums, die den Asphalt zum Vibrieren brachten und einige ganz verwegene Gemüter dazu animierten, die Straße kurzerhand zur Tanzfläche zu machen.

Wenn das Freibier sehen könnte, dachte er beiläufig. *Der würde sich verdammt wundern ...*

Der Herr Kommissar war nämlich der Meinung, Nordlichter verstünden nicht zu feiern, weshalb er vehement für die Einführung der Weiberfastnacht an der Förde plädierte, damit es nördlich von Köln-Bonn wenigstens einmal im Jahr was zu lachen gab ...

Allein der Gedanken reichte aus, um Fiete trotz der sommerlichen Temperaturen frösteln zu lassen, zumal er als »Eingeborener« nur allzu gut wusste, dass Nordmänner zwar einige Zeit brauchten, um aufzutauen, wenn sie aber erst einmal loslegten, blieb kein Auge trocken; und das ganz ohne Pappnase, Jeckenfrohsinn und Büttenreden.

Als er es nach einer Weile endlich geschafft hatte, sich den Weg durch die Menschenmengen zu bahnen und die Stufen zur Eingangstür des *Velvet* hinaufzusteigen, atmete er erleichtert auf, doch sobald er von drinnen dröhnende Musik, Lachen und Stimmengewirr vernahm, verdüsterte sich seine Miene abrupt wieder. Unentschlossen stand er vor der Tür und wusste nicht recht, was ihn eigentlich erwartete. Aber vielleicht war das auch gut so. Auf diese Weise würde er seinen Fehler erst bemerken, wenn es für Rückzieher bereits zu spät war.

Fiete atmete noch einmal tief durch. Dann stieß er die Tür auf und betrat den winzigen Vorraum der Diskothek; schlagartig wurde die Musik nahezu ohrenbetäubend.

Die beiden jungen Frauen, die am Eingang saßen, um den Eintritt zu kassieren und den Gästen ihre Jacken abzunehmen, lächelten ihn freundlich an. Möglicherweise wunderten sie sich ein wenig über den älteren Herren, der sich hierher verirrt hatte, aber sie hatten bereits zu viele schräge Vögel kommen und gehen gesehen, um wirklich erstaunt zu sein, zumal Fietes Unsicherheit ihn ungewohnt höflich werden ließ; er wusste einfach nicht, wie er sich verhalten sollte und hielt sich deshalb instinktiv zurück. Da er keine Jacke bei sich hatte, bezahlte er nur den Eintritt, bekam zu seiner Verblüffung einen Stempel auf den Handrücken, was ihn auf unangenehme Weise an die Schlachtzeichen auf den Schinken von Schweinen erinnerte, und ging zögernd weiter in die eigentliche Disko.

Skeptisch schaute Fiete sich um – und erlebte eine Art angenehmen Kulturschock. Eigentlich hatte er sich eine Disko ganz anders vorgestellt. Grelle Wände, schrilles Licht ... Was er hier sah, erinnerte ihn eher an ein plüschiges Edelbordell längst vergangener Zeiten.

Sämtliche Wände waren in dunkelgrün gehalten, und überall entdeckte er pummelige barocke Engelchen, die auf die Gäste hinabschauten. Die Tanzfläche wurde überdacht von einem Meer aus gerafftem Samt, in dessen Mitte ein antiker Kronleuchter baumelte, während an der Stirnseite ein überdimensionales Gemälde im Goldrahmen prangte, auf dem ein edler Ritter vor seiner Angebeteten niederkniete.

Vor Verwunderung bekam Fiete um ein Haar den Mund nicht mehr zu. Beinahe vergaß er, weswegen er überhaupt hergekommen war. Suchend schaute er sich nach Eberhardt um, konnte den jungen Mann aber nirgends entdecken.

Hatte Inga sich vielleicht geirrt? Oder ihn bewusst auf eine falsche Fährte gelockt? Andererseits konnte von Frey ja auch noch kommen; *so* spät war es schließlich noch nicht.

Fiete überlegte, was er tun sollte.

Da er nun schon mal hier war, konnte er auch eine Weile warten. Außerdem hatte er sich nicht in dieses grässliche Jackett gezwängt und sich von einem missratenen Troubadour in die Innenstadt kutschieren lassen, um so schnell aufzugeben.

Stattdessen bestellte er bei einer niedlichen Brünetten mit riesigen himmelblauen Augen und Zöpfen ein Bier und stieg damit die Treppen hinauf zur Balustrade, von wo aus er einen ausgezeichneten Blick auf den Eingangsbereich hatte. Sollte von Frey noch auftauchen, würde er ihn nicht übersehen.

Fiete nahm einen kräftigen Schluck aus der Flasche und wischte sich genüsslich mit dem Handrücken über den Mund, ehe er die unter ihm befindliche Tanzfläche in Augenschein nahm, auf der unzählige junge Leute zu ruhestörendem Lärm ekstatisch hin und her zuckten.

Er runzelte irritiert die Stirn.

Das nannte man heutzutage tanzen?

Zwar hatte Fiete desgleichen bereits hin und wieder im Fernsehen bewundern können, auch wenn man bei den Öffentlich-Rechtlichen von solcherlei Darbietungen weitgehend verschont blieb, aber so sehr er sich auch mühte nachsichtig zu sein, er konnte diesem unkontrollierten Herumgehüpfe einfach nichts abgewinnen.

Früher, da hatte man noch richtig getanzt, und vor allen Dingen zu zweit. Wenn er sich nur an die ersten Treffen mit Lotte erinnerte ...

Er hatte sie immer zum Tanztee ausgeführt und sie war zutiefst beeindruckt gewesen von der flotten Sohle, die er aufs Parkett zu legen verstand.

Er seufzte wehmütig.

Ja, das waren noch Zeiten gewesen ...

Fiete trank einen weiteren Schluck Bier und behielt wieder den Eingang im Auge. Das Etablissement füllte sich zusehends. Immer mehr Gäste drängten sich an der Bar, an den Stehtischen und auf der Tanzfläche. Nur Eberhardt von Frey ließ sich sehr zu Fietes Bedauern nicht blicken.

Gerade kamen zwei weitere junge Frauen herein, und langsam wurde ihm klar, woher seine Tochter die Inspiration für ihre Garderobe nahm, wenn man Annas halbherzigen Versuch, sich zu bedecken, überhaupt so bezeichnen konnte. Abgesehen von einem Paar superkurzer Hotpants und einem Nichts von Oberteil waren die beiden nackt. Hatten diese jungen Leute eigentlich gar kein Schamgefühl im Leib?

Fiete schüttelte fassungslos den Kopf. Irgendwie war das nicht mehr die Welt, die er mal gekannt hatte.

Eberhardt von Frey war noch immer nicht in Sicht. Fiete hoffte inständig, dass der junge Mann bald auftauchte, er war sich nämlich nicht sicher, wie lange seine Ohren das Dröhnen der Bässe noch ertragen würden. Mit einem Mal wünschte er fast, er wäre einer dieser Opas, die ohne ihr elektronisches Hörgerät nicht einmal einen herandonnernden Zug hörten, selbst wenn er bloß noch zehn Meter hinter ihnen war; dann hätte er das Ding nämlich einfach rausgenommen und seine Ruhe gehabt. Außerdem drängten sich immer mehr Menschen durch den Eingang. Längst war es rappelvoll in der Disko, und zu allem Überfluss stellte er auch noch fest, dass sein Bier langsam zur Neige ging. Lustlos drehte er die fast leere Flasche in den Händen.

Wieder ein Blick zum Eingang.

Gerade betrat ein junges Paar das Tanzlokal. Eine hübsche groß gewachsene Blondine in einem engen, beinahe bodenlangen Kleid, und ein gut aussehender junger Mann in einem schicken Leinenanzug. Ein wirklich schönes Paar, wie Fiete fand, und vor allen Dingen so anständig bekleidet. Offenbar gab es doch noch Hoffnung für die junge Generation.

Dann stutzte er plötzlich.

Irgendwie kam der Mann ihm seltsam bekannt vor.

Fiete verengte die Augen zu Schlitzen, um besser sehen zu können, und blinzelte irritiert.

Nein, das war unmöglich; er musste sich täuschen.

Brauchte er womöglich eine Brille? Das dort unten konnte doch unmöglich derselbe junge Mann sein, der gestern Abend einem Häufchen Elend gleich in Annas Küche gesessen und Rotz und Wasser geheult hatte. Doch ein weiterer Blick sagte dem Pensionär, dass ein Irrtum ausgeschlossen war. Der fesche Charmeur, der seiner Begleiterin in diesem Moment mit einem Küsschen ein Gläschen Champagner reichte, war Eberhardt von Frey, ganz ohne Zweifel.

Unwillkürlich stieg Wut in Fiete auf.

Das war ja wohl die Höhe!

Karen war erst einen Tag tot, und ihr Freund zog bereits mit der nächsten Lady um die Häuser. Dabei hatte ihn der Umstand, dass es den jungen Mann so kurz nach dem tragischen Ereignis in eine Diskothek zog, nicht allzu sehr verwundert. Er hatte angenommen, Eberhardt würde hier lediglich etwas Zerstreuung suchen, um nicht ständig an die Tote und seinen Kummer denken zu müssen, doch irgendwie schien ihm die Szene dort unten am Rande der Tanzfläche eine völlig andere Sprache zu sprechen.

Fiete war über die Maßen empört. Und wütend; nicht nur wegen von Freys unentschuldbarem Verhalten, sondern auch, weil dieser Schnösel es geschafft hatte, ihn zu täuschen. Der junge Mann hatte auf ihn einen anständigen Eindruck gemacht. Sein gestriger Auftritt war so überzeugend gewesen, dass Fiete ihn zwar offiziell zu den Tatverdächtigen gezählt, ihm ein solch widerwärtiges Verbrechen insgeheim aber nicht zugetraut hatte. Ihm wurde klar, dass dieser Schmierenkomödiant ihn eiskalt hinters Licht geführt hatte – und nicht nur ihn; die Mädchen waren ihm ebenfalls auf den Leim gegangen.

Fiete schäumte vor Wut.

Er wusste, dass es wahrscheinlich das Klügste war, sich so dezent und unauffällig wie möglich auf den Heimweg zu machen, um dann in aller Stille weitere Informationen über diesen verlogenen Don Juan zu sammeln. Aber ein sang- und klangloser Rückzug widerstrebte ihm angesichts des Gefühlsvulkans, der in seiner Brust tobte, zutiefst.

So leicht würde dieser Mistkerl nicht davonkommen!

Fiete trank noch einen letzten Schluck Bier, stellte die leere Flasche auf eines der vor ihm stehenden Tischchen und ging die Treppe nach unten in Richtung Eingang, wo von Frey noch immer turtelnd mit seiner neuen Flamme Champagner trank. Ohne das Paar aus den Augen zu lassen, bahnte er sich seinen Weg zwischen all den fröhlichen jungen Leuten hindurch, bis er einen Moment später geradewegs vor von Frey stand.

»Ihre Tränen scheinen ziemlich schnell versiegt zu sein.«

Eberhardt schaute ihn überrascht an. Nichts in seinem Gesicht verriet, dass er Fiete überhaupt erkannte, was im Grunde auch nicht weiter verwunderlich war, hatten sie sich doch nur dieses eine Mal flüchtig in der Küche der Mädchen gesehen, und da war der junge Mann gerade vollauf damit beschäftigt gewesen, die preiswürdige Darstellung eines trauernden Jünglings zu geben. Abgesehen davon war der Überraschungseffekt eindeutig auf Fietes Seite, denn von Frey hatte sicherlich nicht damit gerechnet, ausgerechnet hier dem Vater einer Bekannten über den Weg zu laufen.

»Eberhardt, Schätzchen, wer ist denn dieser Herr?« Die hübsche Blondine taxierte Fiete abschätzend. Ihre Stimme war so überheblich wie ihre ganze Erscheinung. Offenbar hatte sie für Männer über sechzig nicht allzu viel übrig.

»Das würde ich auch gern wissen.« Eberhardt musterte den Pensionär abschätzend von oben bis unten. »Hatten wir bereits das Vergnügen?«

»Dass es mir ein Vergnügen ist, kann ich zwar keineswegs behaupten«, meinte Fiete, um Beherrschung bemüht, »aber wir wurden uns kürzlich vorgestellt, ja.«

Der junge von Frey musterte ihn immer noch ratlos und Fiete nahm wohlwollend an, dass der Champagner, dem er allem Anschein nach bereits reichlich zugesprochen hatte, mit ein Grund für sein getrübtes Erinnerungsvermögen war. Allerdings schien von Frey die Art, wie dieser komische alte Kauz mit ihm sprach, nicht zu gefallen, denn er machte einen Schritt auf Fiete zu und baute sich drohend vor ihm auf.

»Was wollen Sie von mir, Opa? Und was haben Sie hier überhaupt zu suchen? Das ist 'ne Disko, kein Seniorenheim.«

Seine Begleiterin lachte dümmlich auf.

Fiete hingegen war weniger amüsiert. Jetzt wurde dieser eitle Geck auch noch beleidigend! Aber wenn von Frey glaubte, ihn auf diese Art loszuwerden, hatte er sich geschnitten.

»Gestatten?«, sagte er. »Friedrich Petersen. Nette Menschen dürfen mich Fiete nennen; Sie können Herr Petersen zu mir sagen. Im Übrigen bin ich Annas Vater.«

Eberhardt starrte Fiete überrascht an; endlich war der Groschen gefallen. Einen Moment lang wusste er nicht, was er sagen sollte. Dann bekam er sich wieder unter Kontrolle und fragte mit zu Schlitzen verengten Augen: »Spionieren Sie mir etwa nach?«

»Gäbe es dazu denn einen Anlass?« Als von Frey keinerlei Anstalten machte zu antworten, fuhr er fort: »Eigentlich wollte ich mich nur mit Ihnen unterhalten, über Ihre Freundin Karen, an die Sie sich hoffentlich noch erinnern. Jetzt kann ich allerdings nicht umhin, Ihnen zu sagen, dass Sie es in meinen Augen nicht einmal wert sind, dass man Ihnen auf Ihre hochglanzpolierten Bonzentreter spuckt. Gestern erst ist die Frau, die Sie, Ihrem Zusammenbruch in der Küche der Mädchen nach zu urteilen, ach so innig geliebt haben, tot aufgefunden worden, und heute flirten Sie bereits vollkommen ungeniert mit der nächsten Dame.« Er bedachte Eberhardt mit einem verächtlichen Blick, der keinen Zweifel daran ließ, was er von ihm hielt.

»Und wenn schon«, brauste von Frey auf. »Was geht Sie das an? Ich muss mich Ihnen gegenüber doch nicht rechtfertigen!« Er wandte sich seiner Begleiterin zu und deutete mit einer Handbewegung an, dass dieser alte Knacker nicht ganz richtig im Oberstübchen sei.

Aber Fiete war noch nicht fertig. »Wenn man Sie so sieht, könnte man glatt meinen, Sie sind froh, dass Sie Karen los sind.« Er verschränkte die Arme vor der Brust. »Genau genommen kommt Ihnen ihr Tod sogar in zweifacher Hinsicht sehr gelegen. Nicht bloß, dass Sie jetzt hemmungslos Ihre Triebe ausleben können ...« Er deutete auf Eberhardts attraktive Begleiterin, die nach wie vor nicht ganz im Bilde zu sein schien, worum es hier eigentlich ging. »... Gleichzeitig sind Sie auch auf höchst bequeme Art und Weise um Ihre väterlichen Pflichten herumgekommen.« Das war wieder so ein Schuss ins Blaue, wie bei Prof. Friesendeich, und eigentlich hatte er das auch gar nicht sagen wollen, doch jetzt war es heraus, und vielleicht würde von Freys Reaktion ihm Aufschluss darüber geben, ob er von Karens Schwangerschaft gewusst hatte.

Eberhardt starrte ihn verständnislos an. Man konnte fast sehen, wie sich hinter seiner Stirn ratternde Zahnräder in Bewegung setzten. Dennoch dauerte es eine Weile, bevor die Bedeutung dessen, was er gerade gehört hatte, durch seine champagnergetränkten Gehirnzellen gesickert war. Dann jedoch wich schlagartig jegliche Farbe aus seinem sorgsam gebräunten Gesicht, und nachdem er mehrere Sekunden mit unbewegter Miene dagestanden hatte, kam plötzlich wieder Leben in ihn.

Wutentbrannt trat er noch näher an Fiete heran, so dicht, dass dem Pensionär vom reichlich aufgetragenen Aftershave des jungen Mannes beinahe übel wurde.

»Zum Teufel, was erlauben Sie sich, Sie mieser alter Schnüffler?«, fuhr von Frey den beinahe einen Kopf kleineren Fiete an. »Ich werd Ihnen jetzt mal zeigen, was passiert, wenn man Lügengeschichten über andere Leute erzählt und seine Nase in Dinge steckt, die einen nichts angehen ...« Mit diesen Worten packte er Fiete mit beiden Händen am Kragen und hob ihn scheinbar mühelos zwanzig Zentimeter in die Höhe.

Jetzt war es Fiete, der bleich wurde. Unwillkürlich schoss ihm durch den Kopf, dass er diesmal offenbar tatsächlich zu weit gegangen war und sein vorlautes Mundwerk mit einem blauen Auge oder einem gebrochenen Kiefer bezahlen würde, zumal von Frey bereits zu einem kraftvollen Schwinger ausholte. Doch offenbar hatte Frau Fortuna heute ein Auge auf den alten Mann, denn bevor Eberhardt zuschlagen konnte, tauchten plötzlich zwei junge Männer, ein kleiner untersetzter Südländer und ein Kerl von den Ausmaßen eines Kleiderschranks, die das Geschehen allem Anschein nach vom Tresen aus beobachtet hatten, hinter dem aufgebrachten von Frey auf und hielten ihn an den Armen fest.

»Hey ...« Eberhardt funkelte Fietes Retter an. »Was fällt euch ein, ihr Arschlöcher? Kümmert euch gefälligst um euren eigenen Scheiß, ja? Das hier geht euch nix an!«

»Nun mal ganz ruhig, Amigo«, versuchte der Kleine den sich wie wild gebärdenden jungen Mann zu besänftigen. »Machst du uns keinen Ärger, machen wir dir auch keinen, kapiert?«

Aber Eberhardt von Frey machte keinerlei Anstalten, sich zu beruhigen. Im Gegenteil; jetzt wurde er erst richtig wütend. »Verflucht, lasst mich los, ihr blöden Schweine! Ihr habt ja keine Ahnung.« Er wand sich wie von Sinnen im Griff des Hünen und schlug blindlings um sich, doch der Bär hatte keine allzu große Mühe, ihn im Zaum zu halten; ja, er zuckte nicht einmal mit der Wimper, als ihm von Frey wohl eher zufällig gegen das Schienbein trat.

Der Kleine, offenbar der Inhaber des Lokals, sah sich das Ganze noch einen Augenblick an und schüttelte dann fast resigniert den Kopf. »Ich glaube, Sie sollten jetzt besser gehen«, sagte er mit derselben gelassenen Stimme wie vorher. Er wandte sich dem Hünen zu. »Bringst du den Herrn bitte vor die Tür, Axel?«

Der Hüne nickte, schnappte sich Eberhardt, der vergeblich versuchte, sich aus dem Griff seines Widersachers zu befreien, und trug ihn unterm Arm, wie ein Postpaket, zum Ausgang.

»Gottverfluchte Scheiße, lass mich los, du Bastard!« Von Frey schrie Zeter und Mordio. »Lass mich los, hab ich gesagt! Ihr solltet lieber den alten Knacker da rausschmeißen! Wisst ihr überhaupt, wer ich bin? Häh? Sowas kann man mit mir nicht machen! Verdammt, ihr werdet noch von mir hören, darauf könnt ihr Gift nehmen!«

Aber so sehr Eberhardt auch tobte, er hatte keine Chance. Unter den neugierigen Blicken der umstehenden Gäste, die das Geschehen mit Interesse verfolgt hatten, wurde er freundlich, aber bestimmt vor die Tür gesetzt. Zurück blieb Eberhardts dralle Begleiterin, die mit offenem Mund dastand und nicht so recht zu wissen schien, was hier eigentlich vorging.

Fiete atmete erleichtert auf, als die Tür hinter von Frey zufiel und der Hüne sich demonstrativ die Hände abklopfte, als hätte er eben einen schmutzigen Sandsack entsorgt. Sein Herz schlug immer noch bis zum Hals. Das hätte auch böse ausgehen können.

»Alles in Ordnung mit Ihnen?« Der Inhaber des *Velvet* trat zu ihm, um sich zu vergewissern, dass dem alten Herren nichts passiert war. Erst jetzt fiel Fiete das schrillbunte Hemd auf, das der Mann trug; einfach grauenhaft.

Fiete nickte. »Ja, danke, ich bin okay. Nichts passiert. Allerdings könnte ich auf den Schrecken jetzt gut 'n Helles vertragen.«

Der Kleine lächelte, schnappte sich vom Tablett einer gerade vorbeieilenden Kellnerin eine Flasche *Budweiser* und drückte sie Fiete in die Hand. »Geht auf's Haus«, meinte er, klopfte dem Pensionär freundschaftlich auf die Schulter und tauchte wieder in der Menge unter, um zu sehen, ob sonst noch irgendjemand Hausverbot erteilt haben wollte.

Das Bier in der Hand, lehnte Fiete sich gegen die Wand und wartete, dass sich sein Pulsschlag wieder normalisierte. Er nahm einen Schluck von dem goldgelben, kühlen Nass, ließ es sich genüsslich die Kehle hinunterlaufen und ließ seinen Zusammenstoß mit Eberhardt von Frey noch einmal im Geiste Revue passieren.

Zugegeben, es war vielleicht tatsächlich etwas anmaßend gewesen, Eberhardt zu unterstellen, er sei froh über den Tod seiner Freundin, wenn er diese Bemerkung durch sein Benehmen auch geradezu herausgefordert hatte. Was Fiete allerdings zu denken gab, war Eberhardts Reaktion darauf, dass Karen ein Kind erwartet hatte. Es schien, als sei er ziemlich überrascht gewesen; die Frage in diesem Zusammenhang war nur, hatte er wirklich nichts von der Schwangerschaft geahnt oder war er lediglich verblüfft darüber gewesen, dass Fiete davon wusste?

Fiete fand darauf keine Antwort. Doch eins hatte dieser Zwischenfall nachdrücklich gezeigt, nämlich, dass Eberhardt in höchstem Maße jähzornig und auch gewaltbereit war. Er hätte dem alten Herrn ohne zu zögern ins Gesicht geschlagen, was in Fiete den Verdacht weckte, dass von Frey lediglich in eine Situation zu kommen brauchte, in der er unter Druck geriet, um völlig auszurasten und Dinge zu tun, die er hinterher unter Umständen bereute.

Hatte Karen das womöglich erleben müssen?

Diese Fage konnte Fiete nicht beantworten. Noch nicht. Er wusste bloß, dass Eberhardt ihn zutiefst enttäuscht hatte und dass es dringend notwendig war, von Frey genauer unter die Lupe zu nehmen. Er musste herausfinden, ob der junge Mann bloß ein verwöhnter, vergnügungssüchtiger Egoist war, der mit Hilfe von Papas Geld seinen schlechten Gewohnheiten frönte, oder ob hinter seinem unerhörten Benehmen mehr steckte als nur Taktlosigkeit.

Fiete kramte nach seiner Taschenuhr. Es war spät geworden. Er stellte die leere Bierflasche auf dem Tresen ab und nickte seinen beiden »Rettern« zum Abschied zu, bevor er die Disko verließ und hinaus auf die Eggerstedtstraße trat, um sich nach einem Taxi umzuschauen.

Die Straße hatte sich merklich geleert, seit er das *Velvet* betreten hatte. Nur noch wenige Nachtschwärmer hielten sich zu dieser späten Stunde draußen auf; alle anderen hatte es in die diversen Kneipen und Diskotheken in der Nähe verschlagen, und ein paar waren wohl auch nach Hause gegangen, schließlich, so überlegte Fiete, indes er die kühle, klare Nachtluft tief in seine Lungen zog, ging das Arbeitsleben auch während dieser tollen Tage weiter.

Fiete hatte Glück. Gleich um die Ecke erspähte er mehrere Taxen, die offensichtlich auf Kundschaft warteten. Er steuerte einen der Wagen an und wollte gerade einsteigen, als er mit einem Mal in einiger Entfernung auf der anderen Straßenseite einen »alten Freund« bemerkte.

Eberhardt von Frey.

Er schien in eine heftige Diskussion mit einer jungen Frau verwickelt zu sein. Sie hatte Fiete den Rücken zugewandt, sodass er ihr Gesicht nicht erkennen konnte, doch irgendetwas an ihr kam ihm auf sonderbare Weise bekannt vor, auch wenn er nicht zu sagen vermochte, wieso.

Die beiden jungen Leute gestikulierten wild, sehr zu seinem Ärger konnte Fiete aber nicht verstehen, worum es bei der Diskussion ging, denn nach der lautstarken Beschallung während der letzten Stunden vernahm er noch immer ein seltsam dumpfes Brummen in den Ohren, das alle Geräusche um ihn herum dämpfte, fast so, als hätte er Watte in den Gehörgängen. Dafür dämmerte ihm plötzlich, wer die junge Frau war, die von Frey just in diesem Augenblick eine schallende Ohrfeige verpasste, auf dem Absatz herumwirbelte und sich zum Gehen umwandte.

Es war Inga, seine Informantin vom Vormittag.

Fiete runzelte die Stirn.

Irgendwie verlor er allmählich den Durchblick. Die Sache wurde zunehmend verworrener. Warum hatte Inga den Mann, von dem sie noch vor wenigen Stunden in höchsten Tönen geschwärmt hatte, geohrfeigt? War sie vielleicht eifersüchtig, weil ihr Traumprinz sich mit einer anderen amüsierte? Hatte sie unter Umständen gedacht, nach Karens Tod wäre sie an der Reihe, die Frau an Eberhardts Seite zu werden? Oder steckte etwas ganz anderes dahinter?

Neugierig verfolgte Fiete, wie Inga mit hastigen Schritten den Bürgersteig entlangeilte und in eine der wartenden Taxen stieg. Er sah dem Wagen nach, bis die roten Rücklichter an der nächsten Kreuzung verschwanden, und wandte sich dann wieder von Frey zu. Doch auch Eberhardt war nirgends mehr zu sehen.

Die Turmuhr der nahen Nikolaikirche schlug zwölfmal.

Mitternacht.

Zeit, sich auf den Heimweg zu machen ...

Kapitel 10

Als Fiete am nächsten Morgen erwachte, stand die Sonne schon hoch am Himmel. Verschlafen versuchte er, die Augen offen zu halten, tastete müde um sich in der Annahme, kurzes, seidiges Fell zu berühren, doch da war nichts.

Jetzt wurde Fiete allmählich wach.

Wo zum Teufel war Struller?

Sonst lag er mit Vorliebe auf dem Kissen, aber jetzt war weit und breit nichts von ihm zu sehen. Wahrscheinlich war er noch immer beleidigt, weil er am gestrigen Abend nicht hatte mitkommen dürfen, ging es Fiete durch den Kopf. Er richtete sich auf die Ellbogen auf – und zuckte zusammen. Er hatte das Gefühl, als würde jemand mit einem Presslufthammer seine Schädeldecke bearbeiten; wahrscheinlich war das die Strafe dafür, dass er sich die Nacht in Diskotheken um die Ohren schlug, statt sich mit dem *Musikantenstadl* zufrieden zu geben, wie man es von einem Mann seines Jahrgangs erwartete.

Und was um alles in der Welt war das für ein Lärm? Oder hatte sein Gehör vielleicht ebenfalls unter dem nächtlichen Ausflug gelitten?

Er spitzte die Ohren.

Nein, das waren eindeutig die Stimmen der Mädchen. Sie klangen merkwürdig schrill, beinahe, als würden sie sich über irgendetwas entsetzlich aufregen.

Fiete zwang seine müden Knochen aus dem Bett, blieb einen Moment auf der Kante sitzen, um nochmal herzhaft zu gähnen, und schlüpfte dann in seinen Morgenmantel und die hellgrünen Filzpantoffeln. Er öffnete die Tür und horchte.

Jetzt vernahm er auch eine männliche Stimme.

Hannes.

Fietes Stirn legte sich in Falten.

Was um alles in der Welt machte *der* denn schon so früh am Morgen hier? Hatte dieser Schwiegermutterschreck die Nacht etwa bei Anna verbracht?

Dieser Gedanke vertrieb auch den letzten Rest Müdigkeit. Mit energischen Schritten marschierte Fiete in Richtung Küche, fest entschlossen, sich diesen langhaarigen Bombenleger gleich hier und jetzt zur Brust zu nehmen und unmissverständlich klarzustellen, dass er nicht beabsichtigte, seine einzige Tochter jemandem zu überlassen, für den »Friseur« ein Fremdwort war. Als er jedoch einen Moment später im Türrahmen stand, bereit, seinen Kampf gegen den Verfall von Sitte und Moral mit dem jungen Mann auszufechten, hielt er plötzlich inne. Ein Blick in die Runde reichte aus, um ihm bewusst werden zu lassen, dass irgendwas geschehen sein musste.

Etwas Schreckliches.

Die Mädchen saßen um den Küchentisch herum, während Hannes gerade dabei war, irgendein Kräutergebräu herzustellen, das Fiete verdächtig nach Kamillentee aussah. Durch die Bank weg waren alle sehr bleich um die Nase und machten einen überaus verstörten Eindruck. Struller lag unter dem Tisch und schien ebenfalls nicht besonders gut drauf zu sein; offenbar war die düstere Stimmung ansteckend.

»Anna, was ist passiert?«, fragte Fiete vorsichtig.

Seine Tochter sah ihn an, machte aber keine Anstalten, aufzustehen. »Ach, Paps, es ist schrecklich! Heute Morgen hat eine Bekannte angerufen ...«

»Und?«, hakte Fiete nach.

»Inga ist tot.«

Er blinzelte. »Inga?«

Anna nickte.

Fiete war wie vor den Kopf geschlagen. Er musste sich erst einmal setzen. Es war doch erst wenige Stunden her, dass er die junge Frau gesehen hatte – und da hatte sie noch einen ausgesprochen lebendigen Eindruck gemacht, vor allem, als sie Eberhardt von Frey geohrfeigt hatte. Und jetzt sollte sie plötzlich tot sein?

Er konnte es kaum glauben.

»Was ist passiert?«, fragte er. »Hatte sie einen Unfall?«

Anna zuckte die Schultern. »Keine Ahnung. Alles, was wir wissen ist, dass eine Freundin aus Bayern, die für ein paar Tage bei Inga wohnte und deshalb einen Wohnungsschlüssel hatte, sie tot im Wohnzimmer gefunden hat, als sie früh am Morgen von einer Party zurückkam.«

Fiete war entsetzt. Zwar war diese Inga eine überdrehte, missgünstige Person gewesen, die er zudem kaum gekannt hatte, doch ihr jähes Hinscheiden machte ihn persönlich betroffen. Und es erfüllte ihn mit großer Sorge.

Zwei derart plötzliche Todesfälle im Bekanntenkreis seiner Tochter, und das innerhalb von nur drei Tagen ...

Das konnte einem wirklich Angst machen.

Fiete war schon vorher fest davon überzeugt gewesen, dass Karen einem Verbrechen zum Opfer gefallen war, und dieser neuerliche, völlig unerwartete Todesfall schien diese Theorie zu bestätigen. An einen Zufall mochte er jedenfalls nicht glauben, auch wenn er gestern eine Weile mit dem Gedanken gespielt hatte, ob nicht Inga Karen aus dem Weg geräumt haben könnte, um ihre Stelle an der Seite ihres Traumprinzen von Frey einzunehmen. Nun allerdings stand ein anderer Name ganz oben auf Fietes Liste der Verdächtigen.

Von Frey ...

Der Lebemann hatte engen Kontakt zu beiden Frauen gehabt, und nach allem, was Fiete bislang über Eberhardts Charakter wusste, war es durchaus denkbar, dass ihm sowohl Inga als auch Karen ein Dorn im Auge gewesen waren, wenn auch aus gänzlich unterschiedlichen Gründen. Es war dringend erforderlich, dass er sich weiter umhörte, um noch mehr über Eberhardt von Frey in Erfahrung zu bringen.

Nachdenklich zupfte Fiete am Gürtel seines Morgenmantels herum. »Über die Todesursache wusste diese Bekannte nicht zufällig Näheres, hm?«

»Angeblich hat der Polizeiarzt gesagt, Inga wäre an Kreislaufversagen gestorben«, klärte Hannes ihn auf, kam zum Tisch herüber und stellte einen dampfenden Becher vor Fietes Nase. Doch sein grübelnder Gesichtsausdruck ließ deutlich erkennen, dass er ebenfalls gewisse Zweifel in Bezug auf Ingas plötzlichen Tod hegte.

Kreislaufversagen?

Fiete schüttelte unmerklich den Kopf. Das konnte er beim besten Willen nicht glauben. Er beschloss gleich bei Freibier durchzuklingeln; vielleicht konnte der ihm ja Genaueres sagen oder sich zumindest ein wenig umhören, was die Kieler Kollegen so trieben. Zwar missfiel es ihm, den Hauptkommissar ständig um irgendwelche Gefälligkeiten bitten zu müssen, aber andererseits konnte Freiberg ruhig auch mal was für ihn tun, immerhin war es sonst fast immer umgekehrt.

Fiete schnupperte an seiner Tasse und verzog das Gesicht. *Kamillentee*, genau, wie er befürchtet hatte. Verdammt, hatte es in den letzten Tagen nicht bereits genug Tote gegeben? Was er jetzt brauchte, war ein anständiger schwarzer Kaffee, und kein Spülwasser. Er benötigte dringend eine ordentliche Dosis Koffein, damit sein alter Motor auf Touren kam.

Kommentarlos stand er auf, ging zur Spüle hinüber und schüttete unter Hannes' beleidigten Blicken den Inhalt seines Bechers in den Ausguss. »Nichts gegen Sie, junger Mann«, ließ er sich über die Schulter in beschwichtigendem Ton vernehmen. »Aber was ich jetzt brauche, sind ein anständiger Kaffee und ein paar Spiegeleier mit gebratenem Speck. Ich hoffe, Sie können Ihre Bedenken bezüglich der Verträglichkeit dieser Speisen für einen Augenblick über Bord werfen und mir ein anständiges Frühstück zubereiten, während ich mich im

Bad frisch mache und ein überaus wichtiges Telefonat führe. Mir schwant nämlich, es gibt heute noch einiges für mich zu tun.«

Ohne die Antwort des verdutzten jungen Mannes abzuwarten, drückte er ihm die alte Bratpfanne in die Hand und entschwand in Richtung Bad, um seine Morgenwäsche zu erledigen.

Nach einer erfrischenden Dusche fühlte Fiete sich schon viel besser. Der Vorschlaghammer in seinem Schädel hatte an Kraft eingebüßt, und allmählich kehrten die Lebensgeister wieder in seine müden Glieder zurück. Er kleidete sich rasch an und beglückwünschte sich dabei zu dem weisen Entschluss, seinen Sommeranzug, bestehend aus Sakko und passenden Bermudashorts, mit nach Kiel genommen zu haben, denn die schwülwarme Luft lag schon jetzt wie eine Käseglocke über der Stadt, und wenn man den Wetterfröschen Glauben schenken konnte, war das erst der Anfang dessen, was heute wärmetechnisch auf sie zukam.

Während er gekonnt seine Fliege band, betrachtete er sich skeptisch im Spiegel und befand nach einigem Abwägen, dass er in seinem Sommerensemble recht passabel aussah. Er nahm sich zudem die Zeit, seine schwindende Haarpracht zu arrangieren, bevor er in sein Zimmer ging, um ungestört mit Freibier über die neueste Entwicklung »seines« Falls zu palavern.

Er überlegte, dass er den Kommissar um diese Zeit wohl am ehesten in seinem Büro antreffen würde, und er behielt Recht. Gleich nach dem ersten Klingeln riss Freibier den Hörer von der Gabel und bellte ein ungeduldiges »Was?« in die Muschel. Mochte der Himmel wissen, was für eine Laus dem Polizisten über die Leber gelaufen war; jedenfalls sah Fiete seine Chancen, Freiberg für sich einspannen zu können, unweigerlich schrumpfen.

»Moin, Moin, mein Dicker.« Er gab sich Mühe, vergnügt zu klingen, auch wenn ihm danach beim besten Willen nicht zumute war. »Wie ich höre, bist du ja wieder mal in Höchstform.«

»Oh, nein.« Freiberg stöhnte. »Nicht du ...«

»Ich freu mich auch, von dir zu hören«, erwiderte Fiete.

»Verdammte Kiste, was ist denn jetzt schon wieder? Sag bloß nicht, du bist schon wieder über irgendwelche Leichen gestolpert, die garantiert ermordet wurden, auch wenn sie es ganz offensichtlich nicht wurden?« Das obligatorische Klicken von Freibiers Zippo ertönte. Allem Anschein nach richtete der Hauptkommissar sich auf eine längere Unterbrechung seiner Schreibtischarbeit ein und wollte die Pause dazu nutzen, der in letzter Zeit so arg gebeutelten Tabakindustrie etwas unter die Arme zu greifen. Als die *Best Sumatra* kurz darauf brannte, nahm er den Faden wieder auf. »Also, was willst du? Und denk dran, dich möglichst kurz zu fassen, immerhin vergeudest du die kostbare Zeit eines fleißigen Staatsdieners.«

»Es gibt hier eine Tote«, sagte Fiete.

Freiberg grunzte. »Was du nicht sagst. Auch, wenn es in deinem fortgeschrittenen Verwesungsstadium durchaus passieren kann, dass einem mal gewisse Dinge entfallen, darf ich dich vielleicht daran erinnern, dass wir dieses Thema bereits am gestrigen Tage in aller Ausführlichkeit diskutiert haben.«

Fiete verdrehte die Augen. »Doch nicht *die* Tote.«

»Welche dann?«, fragte Freiberg gereizt.

»Es gab schon wieder einen Todesfall«, klärte Fiete ihn auf. »Eine Studentin. Ihr Name war Inga Nissen. Man hat sie heute Morgen tot in ihrer Wohnung gefunden; angeblich ist sie an Kreislaufversagen gestorben. Dabei hab ich sie gestern Nacht noch gesehen, als ich gerade aus dieser Disko kam, dem *Velvet*, und da war sie putzmunter. Sie hatte Streit mit dem Freund von Karen Schmidt, der Toten aus dem Schrevenpark.«

Freibier war verwirrt – nicht so sehr wegen der zweiten Leiche, sondern wegen Fiete. »Was um alles in der Welt hast du mitten in der Nacht in einer Diskothek verloren? Ist dir die Hitze zu Kopf gestiegen, oder wirst du auf deine alten Tage doch noch sonderlich?«

Fiete stöhnte. Nun fing Freiberg auch noch an, genau wie Anna. Warum mussten eigentlich alle immerzu Anspielungen auf sein Alter machen? Er war doch nicht Methusalem, verflucht! Außerdem hieß es, man wäre so alt, wie man sich fühlt, und auch wenn Fiete in letzter Zeit relativ selten morgens die Augen aufgeschlagen und sich wie zwanzig vorgekommen war, so war er seiner Meinung nach doch noch ziemlich weit davon entfernt, in die Kiste zu hüpfen.

»Das mit der Disko ist eine lange Geschichte«, sagte er. »Ich erzähl sie dir später mal. Was diese junge Frau angeht, von der ich spreche, diese Inga, musst du aber doch wohl oder übel zugeben, dass zwei Todesfälle im Freundeskreis meiner Tochter innerhalb von kaum achtundvierzig Stunden mehr als merkwürdig sind.«

Am anderen Ende der Leitung paffte Walther Freiberg seine *Best Sumatra* und grübelte im stinkenden Rauch des Zigarillos eingehend über das soeben Vernommene nach, ehe er nach einer Weile ein resigniertes Seufzen hören ließ. »Tja, ich sag's ja nur ungern, aber vielleicht ist an deiner Theorie tatsächlich was dran. Zwar sind die Autopsieergebnisse im Fall Schmidt eindeutig negativ, aber irren ist ja bekanntlich menschlich, und so, wie die Dinge jetzt liegen ...« Er blies Rauch durch die Nase aus; es klang, als speie ein Drache Feuer. »Schon komisch, die Sache.«

»Und? Was gedenkst du nun zu tun?«, hakte der Ex-Reporter ungeduldig nach.

»Naja, eigentlich ist es die Aufgabe der Kripo in Kiel, sich darum zu kümmern. Allerdings bezweifle ich, dass die Jungs großes Interesse an dem Fall haben werden, wenn diese Inga – zumindest offiziell – an Kreislaufversagen gestorben ist. Da ich außerdem weiß, dass du eine verdammte Nervensäge sein kannst, wenn du dir was in den Kopf gesetzt hast, denke ich, ist es am besten, wenn ich selbst nach Kiel komme.«

Fiete war baff. »Das würdest du tatsächlich für mich tun?« Er war tief bewegt über diesen unerwarteten Vertrauensbeweis.

»Für dich bestimmt nicht«, widersprach Freiberg. »Das mach ich aus rein egoistischen Gründen. Ich hab nämlich noch jede Menge Überstunden abzufeiern, und die Flensburger Unterwelt scheint derzeit gesammelt auf Urlaub zu sein. Außer ein paar mehr oder weniger schweren Tätlichkeiten, der einen oder anderen Drogengeschichte und einem Versicherungsbetrug gibt's hier nichts zu tun, was das infernalische Duo nicht allein in den Griff bekommen würde.« Mit dem »infernalischen Duo« meinte er sein Assistentengespann Elke und Frieder. »Ganz abgesehen davon wollte ich schon immer mal auf die Kieler Woche ... Ich meine: Schöne Frauen, gutes Essen und Alkohol, der in Strömen fließt – das ist genau meine Kragenweite.«

»Aha«, machte Fiete, der nicht sicher war, ob er sich wirklich darüber freuen sollte, dass Freiberg nach Kiel kam, immerhin bedeutete das, dass er den Dicken fortan an den Hacken kleben hatte. Gleichwohl konnte die Sache auch von Vorteil sein, da Fiete so offiziell alle Türen offen standen, um an Informationen über den Fall zu gelangen. Also fügte er sich in sein Schicksal und sagte: »Na, dann tu, was du nicht lassen kannst.«

»Jo.« Freiberg schmauchte wieder Rauch aus. »Ich bring bloß noch das Schlachtfeld hier ein bisschen auf Vordermann, fahr nach Hause, pack das Nötigste ein und nehme dann gleich den nächsten Zug. Das bedeutet, ich bin in ungefähr ... vier, nein, drei Stunden bei dir.« Seine berüchtigte Trägheit war mit einem Mal wie weggefegt. Offensichtlich konnte er es kaum erwarten, seine Zelte in

Flensburg abzubrechen und sich in den Trubel der Landeshauptstadt zu stürzen.

Fiete konnte sich einen Kommentar nicht verkneifen. »Du hast es ja auf einmal ziemlich eilig herzukommen. Wenn ich geahnt hätte, dass die Aussicht auf Wein, Weib und Gesang eine derart vitalisierende Wirkung auf dich hat, würde ich dich öfter mal zum Tanz bitten.«

»Das ist reine Langeweile«, entgegnete Freiberg lakonisch. »Wenn man es den ganzen lieben langen Tag ausschließlich mit kriminellen Einfaltspinseln zu tun hat, die zu dämlich sind, sich ihr eigenes Alibi zu merken, kommt ein bisschen Abwechslung ganz gelegen. Abgesehen davon«, fügte er nach einem weiteren Zug an seinem Zigarillo hinzu, »ist mir nicht wohl bei dem Gedanken, dass du so ganz allein irgendwelchen Bösewichtern hinterherschnüffelst. Wenn du tatsächlich Recht hast und die beiden Mädchen wirklich ermordet wurden ... Nun, wer weiß, wozu der Mörder noch fähig ist, wenn er befürchtet, er könnte entlarvt werden?«

»Nun mach dir um mich mal keine Sorgen. Du weißt doch, Unkraut vergeht nicht, und außerdem hab ich ja Struller ...«

Das war natürlich ein Argument. Ungemein beruhigend, zumal Freibier Struller kannte und um dessen zweifelhafte Qualitäten wusste. Eine wahre Kampfmaschine. Sein schläfriger Dackelblick würde umgehend jeden Ganoven in die Flucht schlagen ...

Freibier zeigte sich denn auch unbeeindruckt und blieb bei seinem Entschluss. »Ich trudel dann also in drei Stunden in Kiel ein. Hol mich am besten am Bahnhof ab. Ich versuch noch schnell, meinen Bekannten bei der Kieler Kripo zu erreichen. Möglich, dass der uns schon Genaueres wegen dieser Inga sagen kann. Bis dahin unternimmst du am besten nichts.«

»Zu Befehl, Herr Kommissar!« Obwohl Freiberg es natürlich nicht sehen konnte, salutierte Fiete zackig und knallte die Hacken zusammen wie ein Soldat. »Ich werde mich nicht von der Stelle rühren.«

»Das solltest du viel öfter nicht tun«, meinte Freiberg, hielt sich mit weiterführendem Spott allerdings zurück. Stattdessen brummelte er eine kurze Abschiedsfloskel in den Hörer, legte auf und lehnte sich in seinem Sessel zurück. Draußen vor dem Fenster seines Büros schien irgendwo die Sonne, doch durch den blauschwarzen Rauch der *Best Sumatra*, der wie Nebel durch den Raum zog, bekam man davon nicht viel mit.

Nachdenklich saß er da, wippte vor und zurück, die Hände über seinem gewaltigen Bauch gefaltet, und ließ sich das, was der alte Kauz ihm erzählt hatte, in aller Ruhe durch den Kopf gehen, bevor er erneut zum Telefon griff, um bei den Kollegen in Kiel nachzuhorchen, ob es in den Fällen Karen Schmidt und Inga Nissen irgendwelche Neuigkeiten gab.

Kapitel 11

Als Hauptkommissar Walther Freiberg am frühen Nachmittag am Kieler Hauptbahnhof der Regionalbahn aus Flensburg entstieg, seine imposanten zweihundertvierzig Pfund Lebendgewicht in einen beigefarbenen Leinenanzug gehüllt und das nur spärlich behaarte Haupt mit einem Panamahut bedeckt, die *Best Sumatra* dabei im Mundwinkel, glich er viel mehr einem sizilianischen Mafioso denn einem norddeutschen Kriminalbeamten. Und obwohl Fiete eigentlich nicht sonderlich heiter gestimmt war, wollte es ihm partout nicht gelingen, sich ein amüsiertes Grinsen zu verkneifen. Selbst Struller, der Freibier aus Gründen, die sein Herrchen nie hatte nachvollziehen können, für gewöhnlich mit einem Schwanzwedeln begrüßte, bedachte den Kommissar mit einem skeptischen Blick, und seine angelegten Schlappohren ließen unschwer erkennen, was er von Freibergs extravagantem Aufzug hielt.

»Hölle und Teufel«, raunte Fiete, als Freiberg vor ihm stehen blieb. »Wandelst du auf den Spuren Hercule Poirots, oder hast du die Seiten gewechselt und bist der Cosa Nostra beigetreten?

Kommissar Freiberg zollte derlei Bemerkungen über sein Sommeroutfit keinerlei Beachtung. Er war heilfroh, Regenmantel und Schirm zur Abwechslung mal im Schrank lassen zu können, was in den Breitengraden nördlich von Hamburg leider nicht allzu häufig vorkam, denn im Grunde gab es hier nur zwei Wetterzustände: Entweder es regnete, oder es fing gerade wieder an zu regnen. Deshalb wollte der gewichtige Pfälzer sich diesen sonnigen Tag auf keinen Fall vermiesen lassen, schon gar nicht von einem Fossil wie Fiete, der in modischen Dingen ohnehin vorsintflutliche Vorstellungen vertrat, und einem verwöhnten, egozentrischen Dackel.

Freiberg hielt seinen kleinen, schweinsledernen Koffer in der Linken, während er mit der Rechten Asche vom Zigarillo auf den Bahnsteig schnippte. »Irgendwas Neues?«, fragte er zur Begrüßung.

»Das sollte ich wohl eher dich fragen«, erwiderte Fiete. »Was gedenkst du zuerst zu unternehmen?« Er beeilte sich, mit seinem Freund mitzuhalten, der forschen Schrittes in Richtung Rolltreppe davoneilte.

»Hab noch schnell meinen Bekannten hier angerufen, bevor ich losgetigert bin. Er erwartet uns in der Wohnung dieser Inga. Könnte ganz aufschlussreich sein, sich da mal ein wenig umzuschauen. Er war zwar alles andere als begeistert, seinen freien Nachmittag opfern zu müssen, aber er schuldet mir noch einen mittelschweren Gefallen, weil ich offiziell kein Wort darüber verloren habe, dass er die zweiwöchige Observation eines vermeintlichen Waffenschiebers dadurch vergeigt hat, dass er im entscheidenden Moment lendenmäßig sehr involviert war, wenn du verstehst?«

»Durchaus«, versicherte Fiete. »Und deine Diskretion ist wirklich beispiellos.«

»Ja, nicht wahr?« Freiberg grinste.

Sie steuerten auf eine der Taxen zu, die draußen vor dem Bahnhof auf Kundschaft warteten. Während der Kommissar die Vordertür öffnete, um seinen schwergewichtigen Körper auf den Beifahrersitz zu hieven, nachdem er zuvor mit einem Seufzer des Bedauerns seinen erst zur Hälfte gerauchten Zigarillo in den Rinnstein geworfen hatte, musterte Fiete zunächst eingehend den Fahrer, um sicherzustellen, dass nicht der Möchtegerntenor hinter dem Steuer saß, ehe er schließlich zögernd mit Struller auf dem Arm auf der Rückbank Platz nahm.

»Hat dein Bekannter dir womöglich auch verraten, was die Obduktion ergeben hat?«, fragte Fiete, nachdem Freiberg dem Fahrer das Ziel ihrer Fahrt mitgeteilt hatte und das Taxi sich in den träge fließenden Verkehr einfädelte.

Freiberg kämpfte mit dem Gurt, der vor dem Umfang seines Bauches beinahe zu kapitulieren drohte, und wandte sich dabei halb nach hinten um. »Das Obduktionsergebnis lag noch nicht vor. Wenn wir Pech haben, kann das auch noch 'ne Weile dauern. Die Urlaubszeit hat gerade angefangen; außer mir und einer Hand voll weiterer Unverbesserlicher, die nicht wissen, wo ihr Zuhause ist, arbeitet derzeit doch kein Mensch.« Er schaffte es endlich, den Sicherheitsgurt zu befestigen, wenn auch bloß unter großer Mühe. Fiete hoffte inständig, der Kommissar würde die Luft so lange anhalten können, bis sie bei Ingas Wohnung ankamen, da er den Gurt sonst fraglos sprengen würde.

Der Taxifahrer war gleich hinter dem Bahnhof abgebogen, sodass sich seinen beiden Passagieren ein guter Blick über das Hafenbecken bot. Einige große Frachtschiffe hatten festgemacht, die gelöscht werden mussten. Am Schwedenkai ein Stück weiter lag die *Stena Germanica* und wartete auf Passagiere, um diese über Nacht ins schwedische Göteborg zu schippern. Die gigantischen Kräne der Howaldt-Werft ragten auf der gegenüberliegenden Hafenseite in den tiefblauen, wolkenlosen Sommerhimmel.

Walther Freiberg, der mit Wasser im Allgemeinen und dem Leben an der See im Speziellen bislang noch nicht allzu viel Erfahrung gesammelt hatte, staunte nicht schlecht angesichts der riesigen Pötte und überlegte, ob er sich vielleicht auch mal einen kleinen Wochenendtrip über die Ostsee gönnen sollte, dorthin, wo alle sprachen, als hätten sie heiße Kartoffeln im Mund. Immerhin, wenn er schon in diesem entlegensten Winkel der wiedervereinten Republik seinen Dienst verrichten musste und Skandinavien praktisch vor seiner Haustür lag, konnte es nicht schaden, auch bei den Nachbarnationen mal ein bisschen Unfrieden zu stiften. Außerdem gab es an Bord dieser großen Fährschiffe gute Restaurants – das wusste der Kommissar aus einschlägigen Fernsehserien –, und die Vorstellung, bei einem trockenen Roten den Sonnenuntergang über dem Meer zu genießen, während die Wellen sich am Bug des Schiffes brachen, konnte selbst in einer trägen alten Landratte wie ihm die Reiselust wecken.

Das Taxi bog am Schlossgarten ab, vorbei an einer Statue Kaiser Wilhelms, der mit ernster Miene das Treiben zu Füßen seines Rosses beobachtete, während die Tauben ihm ein wenig Farbe verliehen, fuhr dann die Brunswiker Straße hinauf und kam nur kurze Zeit später vor einem roten Backsteinhaus am Dreiecksplatz zum Stehen.

Freibiers »Bekannter«, ein großer, kahlrasierter Bursche, der seinen Bauchansatz dadurch zu vertuschen suchte, dass er über seinen Shorts ein überdimensionales, wildgemustertes Hawaii-Hemd trug, wartete bereits in Ingas Wohnung im zweiten Stock des Hauses auf sie. Die Begeisterung, an seinem freien Tag bei dreißig Grad im Schatten im stickigen Apartment einer Toten auf jemanden zu warten, dem er bloß deshalb zugeneigt war, weil er um seine Reputation fürchtete, stand ihm deutlich ins Gesicht geschrieben. So fiel seine Begrüßung denn auch dementsprechend »herzlich« aus.

Sobald er auf Freibergs Klingeln hin die Tür öffnete und das sonderbare Gespann nebst Dackel vor sich stehen sah, ließ er ein gequältes Stöhnen hören, in dem die ganze Last seiner unseligen Existenz widerzuhallen schien.

»Verfluchte Scheiße, Freiberg, bist du jetzt völlig übergeschnappt? Was zum Geier soll diese Aktion hier? Reicht es dir mittlerweile nicht mehr, bloß die Flensburger Unterwelt zu terrorisieren und Elke und Frieder das Leben zur Hölle zu machen? Musst du *mich* jetzt auch noch mit deinem Mist belämmern?«

»Ja, muss ich«, erwiderte Freiberg mit breitem Lächeln, klopfte dem Beamten versöhnlich auf die

Schulter und schob sich an ihm vorbei in die Wohnung. »Dieser faltige Zeitgenosse ist übrigens Friedrich Petersen aus Flensburg, ehemaliger Reporter beim *Tageblatt*.«

Paulsen musterte Fiete skeptisch. »Freund von dir?«

»Müsste ich lügen, das zu behaupten«, brummte Freiberg, während er aus der Brusttasche seines Sakkos ein Zigarillo zum Vorschein brachte und gleichzeitig in den Untiefen seiner Hosen nach dem Zippo fischte. »Er steht mir bloß manchmal ehrenamtlich bei meinen Ermittlungen zur Seite.«

»Aha«, machte Paulsen, der offensichtlich rein gar nichts verstand. Irgendwie schien Fiete ihm suspekt zu sein, was ihn allerdings nicht davon abhielt, sich offiziell vorzustellen. »Ich bin ...«

»Kommissarsanwärter Knut Paulsen«, beendete Freiberg den Satz für ihn. Er ließ das Feuerzeug aufschnappen und hielt seine *Best Sumatra* in die Flamme, um dicken Qualm durch die Nasenlöcher entweichen zu lassen; schlagartig roch es wie in einer Müllverbrennungsanlage.

Der Beamte warf seinem gewichtigen Kollegen einen galligen Blick zu. »*Kommissar* Paulsen«, stellte er richtig. »Anwärter, das war mal. Zum Glück. Auch wenn gewisse Personen mich immer noch für ihren Laufburschen halten.«

Freiberg überhörte diese Anspielung geflissentlich. Er war viel zu sehr damit beschäftigt, Rauchkringel gen Decke zu schicken, und ließ seinen Blick scheinbar gelangweilt durch die Diele schweifen, doch abgesehen von ein paar ungeöffneten Briefen, die auf dem Tischchen neben dem Telefon lagen, und einem gerahmten Druck an der Wand, der in expressionistischer Pinselkleckserei etwas darstellte, bei dem es sich sowohl um einen Baum als auch um einen Phallus handeln konnte, gab der Eingangsbereich der Wohnung nicht allzu viel her.

»Was hofft ihr überhaupt, hier zu finden?«, fragte

Paulsen, nachdem er die Tür wieder geschlossen hatte. »Die Kollegen, die heute Morgen hier waren, haben alles haarklein unter die Lupe genommen. Nichts deutet auf ein Gewaltverbrechen hin. Das hat übrigens auch der Polizeiarzt bestätigt – ein alter Hase, dem eigentlich so gut wie nichts entgeht.«

»Dr. Koseler?«, hakte Freiberg nach.

Paulsen nickte. »Nach seinem Dafürhalten ist Inga Nissen tatsächlich an Kreislaufversagen gestorben; kommt bei dieser Affenhitze nicht selten vor. Sollte mich übrigens gar nicht wundern, wenn ich der Nächste wäre, den man mit den Füßen voran aus dieser Wohnung trägt. Nach den Verantwortlichen braucht ihr dann nicht lange zu suchen ...« Er warf Fiete und Freiberg einen vorwurfsvollen Blick zu und wischte sich mit dem Handrücken in einer theatralischen Geste den Schweiß von seinem kahlen Schädel.

»Mir kommen gleich die Tränen.« Freiberg ließ mit keiner Regung erkennen, dass er an das Wohlergehen des anderen Beamten auch nur einen Gedanken verschwendete. Wieder schaute er in die Runde, bevor er mit dem Zigarillo im Mund in die Hände klatschte und um die *Best Sumatra* herum an Fiete gewandt sagte: »Na, dann wollen wir mal sehen, ob die Jungs womöglich doch was übersehen haben.« Zu Paulsen sagte er: »Während der Tattergreis und ich uns hier ein wenig umschauen, kannst du's dir ja bequem machen. Schließlich will ich nicht dafür gerade stehen, wenn du in Ausübung deiner Pflicht an einem Hitzschlag verreckst ...«

Paulsen zeigte dem Hauptkommissar liebenswürdig lächelnd den Mittelfinger und ließ sich dann auf das Sofa in der Diele sinken, während Fiete Struller auf dem Boden absetzte und begann, langsam durch die Zimmer von Ingas Wohnung zu wandern. Wonach er Ausschau hielt, war ihm dabei selbst nicht so ganz klar; er vertraute aber darauf, dass sein Instinkt sich melden würde, sobald ihm irgendetwas von Bedeutung unter die Augen kam.

Die Dreizimmerwohnung war eine typische Studentenbude. Viel *Ikea*, einige alte Möbel, die Inga wahrscheinlich von zu Hause mitgebracht hatte, und ein Sammelsurium aus persönlichen Erinnerungsstücken, Nippes und Geschmacklosigkeiten, wie die meisten Leute sie im Laufe der Jahre zwangsläufig anhäufen.

»Scheint eine Vorliebe für schlechte Literatur gehabt zu haben«, stellte Freibier schmauchend fest, als er die Buchrücken im Regal im Wohnzimmer einer Inspektion unterzog. »Jede Menge Liebesschnulzen. Barbara Cartland, Rosamunde Pilcher, Cynthia Sandford ...« Er verzog das Gesicht. »Davon kriegt man ja Ausschlag.«

Er kehrte den Büchern den Rücken, schaute sich weiter um und blieb schließlich vor einer Fotografie in einem billigen Rahmen stehen, die an der Wand hing. »Kennst du diesen Burschen hier?« Er hielt Fiete das Bild vor die Nase, das Inga mit Eberhardt von Frey zeigte; die beiden standen eng umschlungen vor einem eindrucksvollen Brunnen, zu ihren Füßen ein Heer weißer Tauben, im Hintergrund, schwach zu erkennen, die Uffizien.

Florenz ...

»Das ist dieser Casanova von Frey.« Der Pensionär rumpfte die Nase. »Ingas Ex-Freund, der zufälligerweise in den letzten Monaten mit Karen Schmidt liiert war.«

»Was du nicht sagst.« Freiberg kramte in der Tasche nach seiner Brille, um das Foto eingehender zu betrachten. »Scheint einer dieser geschniegelten Schönlinge zu sein, die mit Papas Kohle um sich werfen und sich jeden Abend 'ne neue Kerbe in ihren Colt schnitzen.« Er stellte das Bild zurück. »Wie ein irrer Serienkiller sieht der eigentlich nicht aus.«

»Gauner, die wie Gauner aussehen, gibt es bloß in *Mickymaus*-Heften«, hielt Fiete dagegen. »Du hättest den Burschen mal gestern Abend erleben sollen, als er mir in dieser Disko die Kiste vermöbeln wollte. Besonders harmlos hat er da beim besten Willen nicht gewirkt.«

Als Freiberg sich eines Kommentars enthielt, wandte Fiete sich Ingas Schreibtisch zu, aber außer einigen Notizen, bei denen es sich anscheinend um Mitschriften von Vorlesungen handelte, sowie ein paar Rechnungen und »Erinnerungen« von mindestens einem Dutzend Versandhäusern, konnte er nichts Brauchbares entdecken.

Absolute Fehlanzeige.

Diese Erkenntnis war Fietes ohnehin nicht allzu sonniger Stimmung höchst abträglich. Doch noch hatte er nicht überall nach dem Rechten gesehen. Vielleicht fanden sie ja nebenan im Schlafzimmer etwas, das ...

Er stockte, als er plötzlich ein Knurren vernahm.

Struller ...

Fiete schaute sich um, konnte den Dackel aber nirgends entdecken. »Struller?«, rief er. »Wo bist du, alter Junge?«

Freiberg watschelte ins Wohnzimmer. »Was gefunden?«

Fiete schüttelte den Kopf. »Wo ist Struller?«

Der Kommissar zuckte mit den mächtigen Schultern. »Keine Ahnung. Weißt du, wo der Köter hin ist, Paulsen?«

Keine Antwort aus der Diele. Kein Wunder: Paulsen lag lang ausgestreckt auf dem Sofa und schnarchte in gleichmäßigem Rhythmus leise vor sich hin.

Freibier rümpfte missbilligend die Nase. »Hat denn dieser Kerl kein Büro, wo er sich auspennen kann?«

Bevor Fiete darauf etwas erwidern konnte, erklang das Knurren erneut, und mit einem Mal war der alte Herr wie elektrisiert. »Das ist Struller!«, raunte er. Sein Blick ruhte auf der Tür zum Badezimmer, und trotz der drückenden Hitze lief es ihm mit einem Mal eiskalt den Rücken hinunter.

Was, wenn Inga tatsächlich ermordet worden war und der Täter noch einmal an den Ort seines Verbrechens zurückgekehrt war, um irgendwelche Spuren zu verwischen? Möglich, dass er dabei von Kommissar Paulsen überrascht worden war und sich im Bad versteckt hatte ...

Walther Freiberg hatte offensichtlich denselben Gedanken. Er bedeutete Fiete mit einer Handbewegung, still zu sein, drückte den Stummel seiner *Best Sumatra* in einem auf der Fensterbank stehenden Blumentopf aus und schlich, so lautlos das mit seinen zweihundertvierzig Pfund Lebendgewicht auf dem alten Holzfußboden möglich war, in Richtung Badezimmertür.

Fiete, der sich schnell einen gusseisernen Kerzenständer vom Regal schnappte, folgte ihm auf Zehenspitzen und fuhr bei jedem Knarren der Bodendielen unwillkürlich zusammen. Seine Nackenhaare kribbelten, als stünden sie unter Strom.

Freibier stand nun unmittelbar vor der Badezimmertür, die einen Spalt weit geöffnet war. Vorsichtig beugte er sich vor, schob die Tür ein Stückchen weiter auf und spähte hinein, bereit, den Kopf sofort wieder zurückzuziehen, sollte Gefahr im Verzug sein.

Ein Scheppern von drinnen ...

Freibier griff nach dem Kerzenständer, den Fiete in Händen hielt, ehe er kraftvoll die Tür aufstieß, über die Schwelle sprang und seine Waffe drohend hoch hielt, bereit, jedem den Schädel zu spalten, der ihm nicht friedlich gesonnen war.

Doch das Badezimmer lag verlassen da – abgesehen von Struller, der mit aufgestelltem Nackenfell knurrend neben einem zerbrochenen Blumentopf hockte.

Der Kommissar atmete auf und ließ den Kerzenhalter sinken. »Falscher Alarm«, informierte er Fiete über die Schulter. »Ist nur diese Wurst auf Beinen, die du so hochtrabend einen ›Hund‹ zu nennen pflegst.« Er wirkte erleichtert, gleichzeitig jedoch klang ein Anflug von Enttäuschung in seiner Stimme mit. Mit Sicherheit hätte ein zünftiges Handgemenge mit einem brutalen Frauenmörder ein wenig Farbe ins Einerlei seines Büroalltags gebracht, zumal er damit bei seinen Kollegen kräftig Eindruck hätte schinden können ...

Freiberg drehte sich um und wollte das Bad gerade wieder verlassen, als ihn ohne jede Vorwarnung plötzlich etwas von hinten ansprang. Den Bruchteil einer Sekunde verharrte er vor Schreck wie erstarrt, den Ausdruck grenzenloser Verwunderung im Gesicht, gepaart mit einem Anflug nackter Angst. Doch schon im nächsten Augenblick hatte er sich wieder unter Kontrolle, wirbelte herum und schlug noch in der Drehung mit dem Leuchter zu, um sich gegen den Angreifer zu verteidigen.

Aber sein Schlag zischte ins Leere.

Stattdessen fühlte er mit einem Mal einen brennenden Schmerz über seinem rechten Ohr. Seine Hand fuhr blitzschnell nach hinten, in seinen Nacken, und bekam ein haariges Etwas zu packen, dass sich aus Leibeskräften zur Wehr setzte, kratzte und sich wand wie ein Aal.

Verdutzt betrachtete Freiberg seinen Gegner.

Eine fetter Perserkater zappelte in seiner Hand. Das Tier gebärdete sich wie wild und fauchte ihn wütend an, die Zähne klein, weiß und verteufelt spitz. Die Sonnenstrahlen, die durchs Fenster hereinfielen, ließen die Augen des Katers wie pures Gold funkeln.

Fiete, der das Geschehen zunächst ängstlich und dann mit wachsender Belustigung verfolgt hatte, klopfte seinem Freund anerkennend auf die Schulter. »Bravo, Dickerchen. Für diesen spektakulären Fang bekommen wir mit Sicherheit 'ne Medaille von der Hutträgerin verliehen ...«

Freibier konnte der Situation allerdings nichts Komisches abgewinnen; dafür waren die Kratzer an seinen Händen einfach zu schmerzhaft. Er bedachte erst Fiete und dann das Biest in seinem Griff mit einem giftigen Blick, ehe er den Kater auf dem Fußboden absetzte, der daraufhin – sehr zu Strullers Bedauern – wie ein geölter Blitz durch das bloß angelehnte Badezimmerfenster ins Freie flüchtete.

»Ich hasse Feliden«, knurrte er, während Fiete Struller, der in Anbetracht der herben Enttäuschung, den Stubentiger nicht zur Strecke gebracht zu haben, enttäuscht die Ohren hängen ließ, tröstend den Kopf kraulte. Das Grinsen des alten Herrn war so breit, dass es selbst Julia Roberts zur Ehre gereicht hätte.

Freiberg stellte den Leuchter auf dem Rand der Badewanne ab, murmelte mit Blick auf das Fenster irgendwas in seinen Walrossbart, das verdächtig nach »Frittieren, die Bestie!« klang, und verließ schmollend den Raum. Es war klar, dass er für heute genug hatte. Er wollte die Suche nach diesem Debakel möglichst schnell zu Ende bringen und diesen Brutkasten von Wohnung verlassen, um sich in irgendeiner lauschigen Bar ein paar Hektoliter Flüssigweizen zu genehmigen, zumal es schien, als hätten die Kollegen tatsächlich gründliche Arbeit geleistet. Hier gab es nichts, was Fietes Mordthese auch nur ansatzweise untermauert hätte.

Vollkommene Fehlanzeige ...

Resigniert fragte er sich, warum er sich überhaupt wider besseres Wissen von diesem alten Querulanten hatte hinreißen lassen, sich in diesen Fall einzumischen? Abgesehen von Fietes »berühmtem« Instinkt und der Tatsache, dass die beiden Frauen zufällig miteinander bekannt gewesen waren, sprach nicht das Geringste dafür, dass sie einem Verbrechen zum Opfer gefallen waren. Karen Schmidt hatte Selbstmord begangen; Inga Nissen war an Kreislaufversagen gestorben. Beide Male hatte der Arzt Fremdverschulden ausgeschlossen. Und dennoch hatte er sich in den Zug gesetzt und war hergekommen. Wenn es also jemanden gab, auf den er sauer sein konnte, dann auf sich selbst, was ihm doppelt gegen den Strich ging, da er lieber auf andere wütend war.

Freiberg seufzte demonstrativ und fischte in der Tasche seines Sakkos nach seinen Zigarillos, um sich mit einer Dosis Nikotin über die Schmach hinwegzutrösten, sich wegen eines Katers fast in die Hosen gemacht zu haben.

Fiete sah dem Kommissar amüsiert nach und ging dann daran, die Überreste des Blumentopfes beiseite zu räumen, den die Katze vom Fensterbrett geworfen hatte. Anschließend richtete er sich auf und schaute sich näher im Badezimmer um.

Stumm vor sich hinschmunzelnd, inspizierte er erst die Ablagen auf dem Regal hinter der Tür – Q-Tipps, Slipeinlagen, in einem Seitenfach einer Plastikkulturtasche zwei Kondome mit Erdbeergeschmack – und dann das verspiegelte Schränkchen, das über dem Waschbecken angebracht war.

Sein Blick glitt über die diversen Kosmetikartikel, die hier deponiert waren. Wie es aussah, hatte die junge Frau, wenn auch mit zweifelhaftem Erfolg, einen erheblichen Teil ihrer Zeit mit dem Auflegen von Schönheitsmasken und dem Maniküren ihrer Fingernägel verbracht; anders konnte er sich die vielen Töpfe und Tiegelchen, Fläschchen und Flakons beim besten Willen nicht erklären.

Nachdenklich rückte Fiete die Fläschchen hin und her, nahm ein Döschen mit Anti-Faltencreme zur Hand, schraubte den Deckel ab und roch an der glänzenden weißen Paste darin, ehe er die Dose wieder wegstellte, die linke Seite des Spiegels zumachte und die rechte aufklappte, wo Inga ihre Medikamente aufbewahrte. Im ersten Moment dachte er sich nichts weiter dabei, schließlich fand sich in jedem Haushalt irgendwo ein Erste Hilfe-Set nebst Pflastern, Heilsalbe und Ähnlichem, doch als er die Ansammlung von Arzneien näher in Augenschein nahm, stellte er fest, dass es sich ausschließlich um Tabletten,

Zäpfchen und Pillen handelte; und *Aspirin* gehörte nicht dazu.

Fiete runzelte die Stirn.

Das war seltsam.

Warum hortete eine junge Frau Anfang zwanzig, die einen überaus gesunden, lebhaften Eindruck gemacht hatte, solche Unmengen von Medikamenten? Hatte Fiete sich womöglich von ihrer agilen Art darüber hinwegtäuschen lassen, dass es mit Ingas Gesundheit nicht zum Besten stand? Gab es am Ende doch eine natürliche Erklärung für ihren plötzlichen Tod?

Fiete zog seine Lesebrille aus der Brusttasche, setzte sie auf und unterzog die unzähligen Pillendosen und -röhrchen einer genaueren Prüfung. Dabei stellte er fest, dass es zwar eine ganze Reihe Tabletten gegen alles Mögliche gab, der Großteil des Schränkchens jedoch deutlichen Beweis davon ablegte, dass Inga lediglich dem bedauerlichen Trend verfallen war, sich mit diversen Vitamin- und Mineralpräparaten voll zu pumpen.

Das war ja heutzutage groß in Mode. Statt es mit einer vernünftigen Ernährung zu versuchen, stopfte man sich lieber mit Pommes Frites und Burgern voll und schmiss dann hinterher ein paar dieser kleinen bunten Pillchen ein, um den Vitamin- und Cholesterinspiegel im Lot zu halten. Kein Wunder, dass die Jugend von heute so saft- und kraftlos war ...

Doch auch Fiete verließ langsam die Energie. Es war nicht gerade ein Ansporn, ständig feststellen zu müssen, dass es für seine Mordtheorie nicht den geringsten Anhaltspunkt gab.

Er wollte gerade enttäuscht den Rückzug antreten, als sein Augenmerk eher zufällig auf ein unscheinbares, kleines, weißes Tablettenröllchen fiel, das auf der Ablage unter dem Spiegel stand, neben dem Zahnputzbecher mit der rosa Bürste.

Anders als die anderen Verpackungen, die in schicker Aufmachung daherkamen und von Kraft und Gesundheit bis zur ewigen Jugend so ziemlich alles versprachen, was junge Frauen hören wollten, war diese vollkommen neutral gehalten. Lediglich Ingas Name war handschriftlich auf dem Etikett vermerkt. Keine Kenntlichmachung des Präparats, keine Angabe der Inhaltsstoffe und auch nicht der Name der Apotheke, die das Medikament verkauft hatte.

Fiete versuchte, das Röhrchen zu öffnen, scheiterte jedoch an dem kindersicheren Verschluss. Er wollte gerade nach der Schere greifen, die auf einem der Regale hinter der Tür lag, um es zur Abwechslung mal mit grober Gewalt zu versuchen, als der massige Schatten von Hauptkommissar Freiberg auf ihn fiel, der den Türrahmen fast gänzlich füllte.

»Hey, Sherlock, wie wär's, wenn wir uns langsam vom Acker machen? Hier ist nix zu holen.« Er kratzte sich beiläufig den Wanst. »Außerdem ist unser junger Freund gerade aufgewacht und quengelt rum, weil er noch eine Verabredung hat.«

»Ist gut«, sagte Fiete. »Ich komme.«

Er vergewisserte sich mit einem raschen Blick, dass der Koloss bereits den Rückzug in Richtung Flur angetreten hatte, und ließ das mysteriöse Röhrchen dann in seiner Hosentasche verschwinden. Schließlich wollte er nicht Gefahr laufen, sich Freibiers Gardinenpredigt über Dienstvorschriften und andere lästige Rechtsnormen anhören zu müssen.

Er schaute auf Struller hinab, der neben der Badewanne saß und sein Herrchen aus treuen Augen musterte. »Na, komm, alter Knabe.« Er bückte sich und nahm den Hund auf den Arm. »Gehen wir. Hier gibt es nichts mehr für uns zu tun.«

Kapitel 12

Das Taxi setzte Freiberg vor dem Portal des renommierten Hotels *Maritim* ab, das überaus idyllisch, umgeben von viel Grün, in Düsternbrook gelegen war, der nobelsten Gegend von Kiel. Hier, in unmittelbarer Nachbarschaft von Ministerien und Landeshaus, direkt an der Kieler Förde, gedachte der Kommissar während seines Aufenthaltes in der Landeshauptstadt zu residieren. Zwar würde ein Gutteil seines sauer Ersparten dabei draufgehen, aber schließlich kam es nur alle Jubeljahre mal vor, dass er für ein paar Tage ausspannen konnte, und wenn, dann wollte er sich wenigstens etwas gönnen. Was hatte er schon sonst vom Leben?

Als Freibier dem Wagen entstieg, hellte sich seine Miene denn auch gleich ein wenig auf. Die Aussicht auf ein nettes Hotelzimmer, gutes Essen und einen ruhigen, entspannten Abend, den er bei einer guten Flasche Rotwein und ein paar *Best Sumatras* auf dem Balkon mit Blick auf die Förde zu verbringen gedachte, ließ sein Stimmungsbarometer, dass seit dem wenig rühmlichen Zweikampf im Badezimmer stark gegen den Nullpunkt tendierte, gleich ein wenig ansteigen. Nachdem er sich, wenn auch widerwillig, von Fiete dazu hatte breitschlagen lassen, sich nochmals nach Ingas Obduktionsergebnissen zu erkundigen und ihn über den Stand der Dinge auf dem Laufenden zu halten, verabschiedete er sich mit einem beinahe heiteren Lächeln von dem Pensionär, holte die Tasche aus dem Kofferraum und ging die Stufen zum Eingang des Hotels hinauf; einen Moment später war er in der Lobby verschwunden.

Fiete zog es derweil zurück zum Blücherplatz. Er hoffte, Hannes in der Wohnung der Mädchen anzutreffen, da er das unbestimmte Gefühl hatte, dass sich ihm die Verbindung Annas zu diesem sonderbaren jungen

Burschen letztlich doch noch als nützlich erweisen könnte ...

Er hatte Glück.

Hannes war gerade auf dem Weg zur Tür hinaus, als Fiete, dem sein nächtlicher Ausflug noch immer merklich in den Knochen steckte, schwer atmend die letzten Stufen zu Annas Wohnung emporgekrochen kam.

»Oh, hey!« Hannes begrüßte ihn mit fast überschwänglichem Enthusiasmus. »Schön, Sie zu sehen, Herr Petersen! Na, wie war Ihr Tag? Sitzt der Mörder schon hinter Gittern?«

»So gut wie.« Fiete stützte sich keuchend am Geländer ab, Struller im Arm. »Allerdings könnte ich bei der endgültigen Überführung des Bösewichts Ihre Unterstützung gebrauchen. Haben Sie vielleicht einen Moment Zeit?« Er wischte sich erschöpft mit seinem Taschentuch über die Stirn.

Hannes schien nicht sicher, ob er wirklich gehört hatte, was er gehört zu haben glaubte. Dann kam er zu dem Schluss, dass dem wohl doch so war, und warf einen Blick auf seine Uhr. »Klar doch. Ein paar Minuten hab ich. Was gibt's denn so Dringendes?«

Fiete brachte das Tablettenröhrchen aus seiner Tasche zum Vorschein. »Das hier ...«

Der junge Mann griff nach dem Röhrchen, drehte es in den Händen und schaute den alten Herrn fragend an.

»Die hab ich aus Ingas Wohnung«, erklärte Fiete. »Keine Ahnung, ob diese Dinger etwas mit ihrem Tod zu tun haben, aber ich wüsste zu gern, was das für Pillen sind. Könnten Sie mir da vielleicht irgendwie behilflich sein?«

Hannes lächelte. »Aber klar, Herr Petersen. Null problemo.« Er ließ das Röhrchen in dem schmuddeligen Rucksack verschwinden, den er über der Schulter hängen hatte. »Ich wollte sowieso gerade zur Uni. Hab da Zugang zu einem echt coolen Labor. Da werd ich den kleinen Übeltätern schon auf die Spur kommen.«

»Wunderbar.« Fiete nickte zufrieden. »Allerdings wäre ich Ihnen sehr verbunden, wenn das vorerst unter uns bleiben könnte. Kein Wort zu den Mädchen, und vor allen Dingen nichts zu meiner Tochter; die kann ihren Mund noch schlechter halten als ich. Sie wissen ja, wie Frauen sind.« Er klopfte Hannes mit einem verschwörerischen Augenzwinkern auf die Schulter.

Hannes grinste. »Na, logo, das bleibt unter uns Männern! Ist doch Ehrensache. Ich ruf Sie an, wenn ich weiß, was das für 'n Zeug ist, okay?«

»Jo, man!«, sagte Fiete und bildete dabei mit Zeige- und Mittelfinger das Victory-Zeichen; das hatte er gestern Abend in der Disko öfter bei den jungen Leuten gesehen.

Hannes schenkte Fiete ein spitzbübisches Lächeln, das seine Freude darüber, dass der alte Herr ihn ins Vertrauen zog, nicht verhehlen konnte, und eilte dann, immer drei Stufen auf einmal nehmend, die Treppe hinunter, wobei er einen alten Song von Bob Dylan pfiff.

Fiete sah ihm stirnrunzelnd nach.

Wie immer, wenn er mit Annas Freund zusammentraf, konnte er sich nur wundern. Hannes gab ihm nach wie vor Rätsel auf. Er konnte ums Verrecken nicht sagen, was von diesem blauhaarigen, schlaksigen Oberöko zu halten war. Was ihn jedoch am meisten erschreckte, war, dass er sich, sämtlichen Vorsätzen zum Trotz, widerwillig eingestehen musste, dass Hannes ihm nicht halb so unsympathisch war, wie er es gern gehabt hätte; ganz im Gegenteil. Irgendwie war ihm der Bursche schon jetzt ans Herz gewachsen.

Fiete zuckte resigniert die Schultern.

Vielleicht wurde er wirklich langsam alt ...

Er betrat die Wohnung, setzte Struller auf dem Boden ab, schloss die Tür hinter sich und machte sich auf den Weg in die Küche. Doch die Mädchen schienen alle ausgeflogen zu sein; nur Anna entdeckte er. Sie lag mit einem seligen Lächeln auf dem Bett in ihrem Zimmer und schlief.

Obwohl Fiete gehofft hatte, den Abend gemeinsam mit seiner Tochter verbringen zu können, die er seit seiner Ankunft in der Stadt dank seiner Ermittlungen kaum zu Gesicht bekommen hatte, weckte er sie nicht, sondern deckte sie nur vorsichtig mit einer Wolldecke zu und zog sich dann leise ins Wohnzimmer zurück, um den Tag gemeinsam mit Struller vor dem Fernseher ausklingen zu lassen.

Aber kaum, dass er es sich in dem alten Lehnstuhl vor der Flimmerkiste bequem gemacht hatte, ein Glas Eistee in der einen und einen Teller belegter Brote in der anderen Hand, klingelte mit einem Mal das Telefon.

Fiete stemmte sich leise fluchend vom durchgesessenen Polster seiner Sitzgelegenheit hoch, wobei ein Teil seiner Schnittchen im Rachen des Dackels landete, der bettelnd zu seinen Füssen kauerte, und schlurfte, die »Segnungen« des modernen Kommunikationszeitalters verwünschend, zum läutenden Apparat im Flur.

Wer konnte das sein?

Vermutlich irgendjemand was für die Mädchen.

Missmutig nahm er den Hörer ab und meldete sich.

»Ja, hier Heinis Billardhalle; Heini am Apparat. Was kann ich für Sie tun?«

Es war Freiberg.

»'n Abend, Opa. Ich hatte gehofft, dich zu erwischen, ehe du dich wieder auf Aufreißtour durch die Clubs der Stadt begibst, um was Junges, Knackiges für deine überschäumende Libido aufzutreiben ...«

»Sehr komisch«, grollte Fiete, der nicht in der Stimmung für Freibiers Sticheleien war. »Wirklich amüsant.« Er schnaufte. »Also, was gibt's? Du rufst doch mit Sicherheit nicht an, nur um meinen melodischen Bariton zu hören, oder?«

Freiberg rang um einen dem Ernst seines Anrufs angemessenen Tonfall. »Ich hab gerade noch mal mit den Jungs von der Kieler Kripo gesprochen. Die Obduktionsergebnisse von Inga Nissen sind jetzt da.«

Sofort war Fiete hellwach. »Und?«

»Naja, vermutlich wird's dich nicht besonders freuen, aber die Autopsie hat ergeben, dass die Kleine tatsächlich an Kreislaufversagen gestorben ist. Zudem hat die Durchsicht ihrer Krankenakte bei ihrem Hausarzt ergeben, dass sie schon von Kindheit an unter schwerwiegenden Kreislaufproblemen litt, und ihre Schwangerschaft und die Hitze der letzten Tage haben das Fass offensichtlich zum Überlaufen geb… «

Fiete unterbrach ihn. »Inga war schwanger?«

»Im vierten Monat«, bestätigte Freiberg. »Wie auch immer, es gibt jedenfalls keinerlei Anzeichen dafür, dass sie einem Verbrechen zum Opfer gefallen ist, also …«

»Kommt dir das nicht sonderbar vor?«, schnitt Fiete ihm zum zweiten Mal das Wort ab. »Ich meine, zwei junge Frauen, die einander kannten, denselben Mann liebten, vermutlich beide von ihm schwanger waren und außerdem dasselbe Studienfach belegten, sterben innerhalb von achtundvierzig Stunden. Die eine verübt, für all jene, die sie kannten, völlig überraschend, Selbstmord; die andere wird vollkommen unerwartet von einem Kreislaufversagen dahingerafft.« Der Pensionär wechselte den Hörer von einem Ohr zum anderen. »Glaubst du wirklich ernsthaft, das ist Zufall, oder wirst du einfach nur alt und hast Angst, dir könnte im Büro der Wind ins Gesicht wehen?«

Freiberg atmete tief durch. Natürlich hatte der alte Narr irgendwie schon Recht. Das waren reichlich viele Zufälle auf einmal, wenn er dem Umstand, dass Inga ebenfalls schwanger gewesen war, auch bei weitem nicht dieselbe Bedeutung zumaß wie Fiete, immerhin waren stets Millionen Frauen in anderen Umständen; da lag es durchaus im Bereich des Möglichen, dass es zwei davon erwischte. Andererseits sprachen die Ergebnisse der Obduktionen für sich. Sollte Fiete mit seiner Mordtheorie dennoch richtig liegen, mussten der, die oder diejenigen, die hinter dieser Sache steckten, verteufelt clever zu Werke gegangen sein, was bedeutete, dass es unverantwortlich war, den alten Mann auf eigene Faust weitermachen zu lassen, da es sonst womöglich bald einen dritten Todesfall gab. Immerhin waren Herzinfarkte in Fietes Alter keine Seltenheit ...

Freiberg überlegte, wie er das dem Freizeitdetektiv am anderen Ende der Leitung klarmachen sollte, dessen Sturheit ihn einmal mehr an den Rand der Verzweiflung zu treiben drohte. »Jetzt hör mir mal zu, alter Freund«, begann er. »Ich weiß ja, dass du nur ungern einen Rückzieher machst, wenn du dir erst mal was in den Kopf gesetzt hast, aber wenn du mich fragst, solltest du dich lieber aus dieser Sache raushalten.« Fietes missmutiges Schnaufen ließ keinen Zweifel daran zu, was der Pensionär vom Geschwätz des Beamten hielt, aber Freiberg ließ sich nicht beirren. »Obwohl ich zugeben muss, dass all diese Zufälle höchst sonderbar sind, spricht einiges dafür, dass du einem Phantom hinterherjagst – oder jemandem, der so geschickt zu Werke geht, dass es für dich ziemlich brenzlig werden könnte, wenn du weiter rumschnüffelst. Am besten lässt du die Finger davon und vertraust auf die Polizei. Auch wenn es manchmal vielleicht anders aussieht – wir Jungs von der Kripo sind nicht alle in den Kaffeetopf gefallen.«

Obgleich Fiete sich von Freibergs Argumenten in keiner Weise beeindrucken ließ, beschloss er, den Kommissar in dem Glauben zu lassen, sich dessen ermahnende Worte zu Herzen zu nehmen, einfach, um einer sinnlosen Diskussion über das Know-how und die Effektivität deutscher Kripobeamter zu entgehen.

»Ist ja gut, Dicker. Hast ja irgendwie Recht. Ich glaube zwar immer noch, dass die Angelegenheit nicht ganz koscher ist, aber was kann ich alleine schon ausrichten?

Vielleicht sollten wir uns tatsächlich aus der Angelegenheit raushalten und uns lieber ein wenig ins Kieler-Woche-Getümmel stürzen.«

»Endlich wirst du vernünftig.« Freiberg klang erleichtert. »Nicht weise, aber vernünftig.«

»Das ist das Wetter«, erwiderte er. »Die Hitze zieht mir die Zähne.« Er bemühte sich um einen resignierten Tonfall, um Freiberg in Sicherheit zu wiegen. »Wie auch immer, es war ein anstrengender Tag, und ich bin ein alter Mann, der seinen Schönheitsschlaf braucht. Lass uns morgen telefonieren, in Ordnung?«

»Wenn's unbedingt sein muss ... Also, bis dann.«

Nachdenklich legte Freiberg den Hörer auf, trat auf den Balkon seines Hotelzimmers hinaus, setzte sich auf die Liege und ließ seinen Blick über die Förde gleiten, während er sich eine *Best Sumatra* zwischen die Lippen klemmte und sich ein Glas von dem französischen Roten einschenkte, den er sich hatte kommen lassen. Paffend schaute er hinaus in die Abenddämmerung. Die letzten Sonnenstrahlen spiegelten sich in der sanften Dämmerung wider und brachten das Wasser zum Glitzern. Unzählige Segelboote glitten lautlos durch die Fluten. Aus der Ferne drang gedämpfte Musik von der Spiellinie am Fördeufer herauf. Es war ein Abend, wie man ihn in diesen Breiten nur selten erlebt, doch statt sich am schönen Wetter und dem Bilderbuchausblick zu erfreuen, saß der Kommissar in Gedanken versunken da, ohne seine Umgebung wirklich zu registrieren.

Etwas gab ihm zu denken.

Der alte Knabe hatte sich zu schnell geschlagen gegeben. Das war sonst gar nicht seine Art. Waren seine Argumente so überzeugend gewesen? Wohl kaum, denn wenn er ehrlich war, musste er sich eingestehen, dass er in Bezug auf den Tod der beiden Mädchen selbst gewisse Zweifel hegte. Andererseits war er lange genug bei der Kripo, um zu wissen, dass sie mit dem, was sie in Händen hielten – nämlich nichts als heiße Luft –, in der nach unumstößlichen Fakten gierenden Bürokratie des Polizeiapparats nicht weit kommen würden.

Dennoch ...

Er hatte das unbestimmte Gefühl, dass es besser war, auch weiterhin ein Auge auf den alten Kauz und seine Aktivitäten zu haben. Wer konnte schon voraussehen, auf was für sonderbare Ideen Fiete noch kam, um seine Mordtheorie zu beweisen? Oder ob an seinen Vermutungen nicht tatsächlich mehr dran war, als es auf den ersten Blick schien?

Grübelnd nippte Freiberg an seinem Rotwein. Es war klar, dass Fiete sich noch lange nicht geschlagen gegeben hatte. Er würde seine Nase auch weiterhin in diese Sache stecken, ganz egal, ob er damit jemandem auf die Zehen trat.

Die Frage war nur: Was hatte die alte Nervensäge vor?

Kapitel 13

Freiberg hatte natürlich Recht.

Fiete dachte keineswegs daran, sich aus dieser Sache herauszuhalten und sich damit zufrieden zu geben, über die Spiellinie zu flanieren und bei Fischbrötchen und Bier die Segelschiffe zu bewundern. Für diese Art von Unterhaltung hatte er noch genügend Zeit, wenn er irgendwann mal alt und klapprig war. Derzeit hingegen war er voller Tatendrang. Immerhin gab es da zwei tote Mädchen, die vermutlich einem hinterhältigen Verbrecher zum Opfer gefallen waren, und im Gegensatz zu Freiberg hatte der alte Herr nicht vor, sich durch irgendwelche Obduktionsbefunde von seiner Überzeugung abbringen zu lassen, ebenso, wie er nicht beabsichtigte, angesichts der potentiellen Gefahr durch einen in die Enge getriebenen Mörder den Schwanz einzuziehen.

Unanständig gut gelaunt schwang er sich an diesem Morgen gegen halb zehn aus dem Bett. Die Müdigkeit des gestrigen Tages war aus seinen Knochen verschwunden; ja, er fühlte sich so gut wie seit langem nicht mehr. Irgendwie spürte er, dass der heutige Tag ihn seinem Ziel, das Geheimnis um die beiden Todesfälle zu lüften, einen Schritt näher bringen würde.

Nach einer ausgiebigen Dusche streifte Fiete ein frisches weißes Hemd über, entschied sich nach einigem Abwägen für eine große, rotblau karierte Fliege, zog seinen Sommeranzug an und verließ, nachdem er vor dem Spiegel im Flur penibel seinen Schieber auf seinem gekämmten Haupt platziert hatte, das Haus. Die Mädchen bekam er nicht zu Gesicht; kein Wunder. Anna war schon vor zwei Stunden zur Arbeit gegangen, und die anderen beiden Mädels weilten vermutlich noch in Morpheus' Armen.

Sehr zu Strullers Entzücken machte sein Herrchen mit ihm einen ausgedehnten Spaziergang rund um den Blücher, bevor sie schließlich in der nahe gelegenen *Forstbaumschule* landeten, dem einzigen »richtigen« Biergarten der Landeshauptstadt. Hier verdiente sich Anna das Geld, mit dem sie ihre zwar dürftige, aber dennoch kostspielige Garderobe finanzierte, und da Fiete a) heute sonst kaum Gelegenheit hatte, seine Tochter zu Gesicht zu bekommen und b) im Kühlschrank der Mädchen wie üblich gähnende Leere herrschte, fand der Pensionär, dass es eine gute Idee war, sein Frühstück hier einzunehmen.

Fiete hatte kaum an einem der zahlreichen im Freien aufgebauten Tische Platz genommen, als Anna auch schon neben ihm stand. Sie trug wie üblich fast nichts, was den Begriff Kleidung wert gewesen wäre; daran konnte auch die weiße Servierschürze nichts ändern, die sie sich umgebunden hatte.

»Morgen, Paps.« Sie gab ihrem Vater einen Kuss auf die Stirn und begrüßte dann Struller, indem sie ihn ausgiebig hinter den Ohren krauelte. »Was macht ihr denn hier? Ist was passiert, oder seid ihr einfach nur hungrig?«

»Wir hatten einfach Sehnsucht nach dir, stimmt's nicht, alter Knabe?«

Der Dackel wuffte zustimmend.

Anna lächelte. »Ihr seid lieb.«

»Tja, aber um ganz ehrlich zu sein, könnten wir auch gut was zu Essen vertragen. Ich brauche jetzt ein anständiges Frühstück, und ich glaube, Struller wäre auch nicht abgeneigt; seinen Kaffee trink ich dann. Also, junge Dame, schwingen Sie die Hüften und bringen Sie was Nahrhaftes an den Laden. Aber ein bisschen hurtig, wenn ich bitten darf, wir beiden haben heute nämlich noch einiges vor ...«

Er zwinkerte Anna zu und sah ihr nach, wie sie in dem roten Backsteingebäude verschwand, das sich am Rande eines großes Parkgeländes befand, das zwischen dem nördlich des Kieler Zentrums gelegenen Stadtteil Wik auf der einen und Düsternbrook auf der anderen Seite gelegen war und sich bis hinunter zum Hindenburgufer erstreckte. Zu dieser Stunde war es hier noch vergleichsweise ruhig; bloß vereinzelt sah man Spaziergänger oder Mütter mit ihren Kindern, die sich in Erwartung eines weiteren schweißtreibenden Tages bereits jetzt einen der begehrten schattigen Plätze unter einem der großen alten Bäume gesichert hatten. Aber, Fiete konnte sich lebhaft vorstellen, wie es hier in einigen Stunden zugehen würde. Vor allem der Biergarten platzte dann wahrscheinlich aus allen Nähten – und Anna hatte alle Hände voll zu tun, den Durst der Gäste mit kühlem, flüssigem Weizen zu löschen.

Er überlegte, ob er die Gunst der Stunde nutzen und ein Vater-Tochter-Gespräch mit Anna führen sollte, so wie er es bereits seit seiner Ankunft in Kiel vorgehabt hatte. Nicht, dass er ernsthaft annahm, sie würde ihm Gehör schenken. Er kannte seine Tochter zu gut, um sich einzubilden, dass er tatsächlich irgendeinen Einfluss auf sie hatte. Sie tat, was sie für richtig hielt, denn sie war eigenwillig und von einer Sturheit, die ihresgleichen suchte.

Andererseits konnte ihn diese Erkenntnis nicht davon abbringen, immer wieder den Versuche zu unternehmen, ihren Lebenswandel in die rechten Bahnen zu lenken, oder das, was er dafür hielt. Es gab da einiges, was seiner Meinung nach einer grundlegenden Änderung bedurfte; angefangen bei der Auswahl ihrer Männer bis hin zu diesem Job im Biergarten, der einen Großteil ihrer Zeit beanspruchte und ihr offensichtlich kaum Raum ließ, sich um ihr Studium zu kümmern.

Wahrscheinlich war es wirklich das Beste, wenn er die Chance beim Schopf packte, sie hier und jetzt ins Gebet zu nehmen, bevor ihm wieder irgendwelche mysteriösen

Todesfälle dazwischenkamen oder – noch schlimmer – Hannes auftauchte und sich von einer Seite zeigte, die es ihm entgegen seiner tiefsten Überzeugung nahezu unmöglich machte, Anna diesen langhaarigen Ökoburschen ernsthaft ausreden zu wollen.

Keine zwei Minuten später tauchte Anna wieder an seinem Tisch auf und stellte einen Teller, ein Körbchen mit Brötchen und eine kleine Servierplatte mit Wurst, Käse und Schälchen mit Marmelade vor ihn hin.

»So, mein Herr. Das Managerfrühstück. Ich hoffe, Sie werden zufrieden sein. Und für Strullerchen hab ich sogar noch ein Würstchen aufgetrieben.« Sie bückte sich und hielt dem Dackel den Leckerbissen hin.

Der Hund machte sich sofort heißhungrig darüber her und schlang die ganze Wurst auf einmal hinunter. Dann schnupperte er skeptisch an Annas Händen. War das etwa schon alles? Nur ein mickriges kleines Würstchen?

»Ehm, hast du vielleicht einen Moment Zeit?«, fragte Fiete. »Es gibt da ein paar Dinge, über die ich gern mit dir sprechen würde.« Er blickte Anna mit seiner unschuldigsten Miene an, während er sich eine gehörige Portion Zucker in den Kaffee schüttete, umrührte und dabei fieberhaft überlegte, wie er anfangen sollte.

Anna runzelte die Stirn. »Geht es um Karen und Inga?«

Er schüttelte den Kopf. »Das weniger. Eigentlich wollte ich mit dir über Hannes reden, und ...«

»Hey, einen wonniglichen Guten allseits!«

Fiete schaute sich überrascht um.

Hannes ...

»Wenn man vom Teufel spricht ...«, murmelte Fiete grimmig und verdrehte gequält die Augen. Wie um alles in der Welt schaffte es der Kerl bloß, immer dann aufzutauchen, wenn man ihn am wenigsten gebrauchen konnte?

»Morgen, Herr Petersen.« Hannes verpasste Fiete einen freundschaftlichen Klaps auf die Schulter, wobei diesem ein wenig Kaffee über das Hemd kleckerte, und drückte Anna einen dicken Kuss auf die Wange, ehe er sich auf den Stuhl gegenüber fallen ließ. »Gut, dass ich Sie treffe! Hab Sie schon überall gesucht. Hier ...« Er griff in die Tasche und schob dem alten Herrn, der sich gerade vergeblich bemühte, die Kaffeeflecken mit einer Serviette abzutupfen, einen vollgekritzelten Zettel zu.

»Was ist das?« Fiete warf missmutig einen Blick auf das Papier. Es war kaum zu entziffern, was da stand, da Hannes' Handschrift offenbar noch schlechter war als sein Geschmack, was Haarfarben anbetraf, doch es schien sich um chemische Formeln oder dergleichen zu handeln.

»Das ist das Ergebnis einer schlaflosen Nacht«, erklärte er Fiete. »Die Analyse dieser Pillen, die Sie mir gegeben haben. Sie wissen schon ...« Er blickte nervös in Annas Richtung.

Fietes Unmut war plötzlich wie weggeblasen. Er warf die Serviette auf den Tisch, schaute sich flüchtig um und sagte zu Anna: »Du, Liebes, ich glaube, da hinten warten ein paar Gäste darauf, bedient zu werden.« Er deutete auf einen der Tische, an dem sich gerade ein junges Pärchen niedergelassen hatte.

Annas Brauen glitten misstrauisch in die Höhe. »Willst du mich etwa loswerden?«

»Gut erkannt.« Ihr Vater grinste und wartete, bis Anna außer Hörweite war, ehe er sich erneut den Zettel vornahm und Hannes über den Tisch hinweg fragend ansah. »Und, was haben Sie herausgefunden? Was sind das für Pillen?«

Hannes stibitzte eine Scheibe Käse von Fietes Teller, schob sie sich in den Mund, kaute und meinte dann: »Ehrlich gesagt, weiß ich das selbst nicht so genau. Ich bin Chemiker, kein Mediziner. Hab noch einen Freund zu Rate gezogen, der früher mal Pharmazie studiert hat. Wir waren die ganze Nacht damit zu Gange, herauszufinden, woraus diese kleinen Dinger überhaupt bestehen. Das Ergebnis unserer Mühen hab ich Ihnen notiert.« Er wies auf den schmuddeligen Zettel in Fietes Hand.

Erneut versuchte der Pensionär, das Gekritzel des jungen Mannes zu entschlüsseln und erkannte, dass es sich dabei um eine Liste der Inhaltsstoffe dieses ominösen Medikaments handelte. Wesentlich schlauer als zuvor war er deshalb aber trotzdem nicht.

»Mein Kumpel meint, es würde sich vermutlich um irgendein neues Medikament handeln. In der *Roten Liste* war jedenfalls nichts zu finden, in dem diese Wirkstoffe in dieser Dosierung und Zusammensetzung vorkommen.«

»Was Sie nicht sagen.« Nachdenklich legte er den Zettel neben seinen Teller und begann, beiläufig an seinem Brötchen zu knabbern. All diese merkwürdigen Bezeichnungen.

Tilidin.

Naloxon.

Flupirtin ...

Er hatte nicht die geringste Ahnung, was das für Wirkstoffe waren oder wozu sie dienten. Obwohl ...

Irgendwie hatte er das Gefühl, einige dieser kaum lesbaren und noch weniger aussprechbaren Wörter kürzlich irgendwo gesehen zu haben. Wo, das war ihm allerdings schleierhaft.

Missmutig sah er zu, wie das zweite Stück Käse in Hannes' Mund verschwand, griff nach seiner Kaffeetasse und sagte nach einem vorsichtigen Schluck: »Wussten Sie übrigens, dass Inga schwanger war?«

Hannes war überrascht. »Wirklich?«

»Wirklich«, bestätigte Fiete.

»Komischer Zufall, finden Sie nicht?«

Fiete nickte. »Durchaus. Mein geschätzter Freund Freiberg sieht das allerdings anders. Er hält sich an der Aussage des Pathologen fest, Inga wäre an Kreislaufversagen gestorben, was bedeutet, dass der Fall bereits zu den Akten gelegt ist, genau wie Karens Selbstmord. Ist schon ziemlich erschreckend, oder? Zu sehen, wie man mit allem davonkommen kann, wenn man es nur schafft, es so zu drehen, dass die deutsche Polizeibürokratie keine Morgenluft schnuppert.«

»Voll übel«, brummte Hannes, schnappte sich mit einem resignierten Seufzen das zweite Brötchen aus dem Korb und biss herzhaft hinein. »Schätze, dann müssen wir beide wohl zusehen, dass wieder Schwung in die Untersuchungen kommt, eh? Ich helfe Ihnen dabei. Hab ich ja versprochen. Sie müssen mir bloß sagen, was zu tun ist. Und keine Bange: Sie können sich voll und ganz auf mich verlassen. Ich bin auf Ihrer Seite.«

Fiete wusste nicht recht, was er sagen sollte. Eigentlich war das genau das, was er von Freiberg hatte hören wollen. Doch der Dicke schien derzeit mehr daran interessiert, sein Körpervolumen zu vergrößern, als bösen Buben nachzuspüren. Aber, ein bisschen Hilfe konnte Fiete gut gebrauchen, und wenn Hannes das Beste war, was ihm zur Verfügung stand, würde er sich eben wohl oder übel mit diesem komischen Vogel auf Verbrecherjagd begeben. Wenigstens schien der junge Mann nicht auf den Kopf gefallen zu sein, und was noch wichtiger war, er hatte Zugang zu den Kreisen, in denen Karen und Inga verkehrt hatten. Das konnte sich als nicht zu unterschätzender Vorteil erweisen, zumal er es vorzog, weder Professor Friesendeich noch Eberhardt von Frey unter die Augen zu treten, sofern dies nicht zwingend erforderlich war. Hannes dagegen konnte sich auf dem Campus umhören, ohne Verdacht zu erregen. Als potentieller Schwiegersohn und Enkelerzeuger mochte der Kerl zwar eine absolute Niete sein, vielleicht erwies er sich aber dennoch zumindest in *einer* Beziehung als Glücksgriff ...

»Nun gut.« Fiete nahm eine Scheibe Salami und warf

sie Struller zu, der sie geschickt auffing und mit einem einzigen gierigen Haps verschlang. »Dann passen Sie auf.«

Hannes beugte sich neugierig vor.

Unwillkürlich dämpfte Fiete seine Stimme. »Im Augenblick sieht es so aus, als wäre Eberhardt unser Hauptverdächtiger. Sie wissen schon, dieser von Frey. Er war mit beiden Mädchen befreundet und kommt sowohl als Vater von Karens als auch von Ingas Kind in Betracht. Abgesehen davon hab ich ihn wenige Stunden vor Ingas Tod mit ihr gesehen; Sie haben sich vor dem *Velvet* auf offener Straße ziemlich in die Haare bekommen, bis sie ihm eine kräftige Ohrfeige verpasst hat und davongeeilt ist. Ich schlage also vor, Sie versuchen, diesen Schürzenjäger ausfindig zu machen und herauszufinden, wo er gestern nach seiner Auseinandersetzung mit Inga war. Aber Vorsicht!« Der Pensionär hob warnend den Zeigefinger. »Der Bursche ist ein Hitzkopf. Aggressiv und gewaltbereit, also passen Sie auf, dass er nicht mitbekommt, was Sie treiben. Außerdem wäre es interessant zu wissen, in welchem Verhältnis Inga zu diesem Professor Friesendeich stand.« Er sah Hannes forschend an. »Meinen Sie, Sie kriegen das geregelt?«

Hannes gab sich zuversichtlich. »Das dürfte kein Problem sein. Heute stehen keine wichtigen Vorlesungen an, also kann ich mich voll und ganz auf diese Sache konzentrieren. Außerdem werd ich mich, wenn ich schon dabei bin, noch mal mit Ingas Freundinnen unterhalten; auch wenn sie 'ne Zicke war, gibt's da ein paar Mädels an der Uni, mit denen sie öfter rumgehangen hat. Vielleicht kann ich ja noch irgendwas Neues in Erfahrung bringen.« Er warf Struller den Rest von »seinem« Brötchen zu. »Und was treiben Sie derweil so?«

»Ich werde mir ein paar heiße Gedanken um diese mysteriösen Pillen machen. Ich kann zwar nicht sagen, warum, aber ich werde das Gefühl nicht los, dass diese

Dinger womöglich etwas mit dem Tod der Mädchen zu tun haben.« Nachdenklich schlürfte er seinen Kaffee.

»Alles klar.« Hannes schob den Stuhl mit den Kniekehlen zurück und stand auf; erst jetzt fiel Fiete auf, dass er knallbunte, knielange Shorts mit lauter kleinen Krokodilen darauf trug. »Ich mach mich dann auf die Socken. Sobald ich was weiß, meld ich mich, okay?« Und schon war der junge Mann verschwunden. Seine wallende, metallic-blaue Mähne schimmerte in der Sonne, als er, wie immer in Wollsocken und Sandalen, den kleinen Sandpfad in Richtung Straße entlangeilte, seinen klobigen Rucksack, der vor lauter Büchern schier zu platzen drohte, auf dem Rücken.

Mit einem Mal verengten sich Fietes Augen zu Schlitzen.

Etwas in seinem Kopf machte *klack*!

Die Bücher ...

Wie er Hannes so nachschaute, fiel es ihm unvermittelt wie Schuppen von den Augen. Plötzlich wusste er wieder, wo er einige dieser unaussprechlichen Namen der Wirkstoffe von der Liste schon einmal gesehen hatte.

Mit einem Mal hatte er es sehr eilig. Hastig wischte er sich den Mund mit der Serviette ab, sprang auf und war schon fast auf dem Weg, als ihm klar wurde, dass er vor lauter Aufregung beinahe vergessen hätte zu zahlen.

Wo steckte Anna bloß?

Er sah sich nach ihr um, doch sie war nirgends zu sehen. Also kramte er in den Hosentaschen nach Barem, legte einen Zwanziger auf den Tisch, schnappte sich Struller und machte sich eilig auf den Weg.

Anna, die gerade Pause machen und sich zu ihrem Vater an den Tisch setzen wollte, um sich anzuhören, was er so Wichtiges mit ihr zu besprechen hatte, kam gerade noch rechtzeitig, um Fiete und Struller, eine feine Staubwolke hinter sich herziehend, davonhasten zu sehen.

Während sie das Geschirr abräumte und das Geld in

ihrer Börse verschwinden ließ, schüttelte sie resigniert den Kopf. Was war nur wieder in ihren alten Herrn gefahren? Wirklich wundern tat sie sich über sein sonderbares Verhalten jedoch nicht – dazu war sie ihrem Vater einfach zu ähnlich.

Der Apfel fiel eben doch nicht weit vom Stamm ...

Kapitel 14

Aufgeregt stürmte Fiete die Treppen zu Annas Wohnung hinauf. Der arme Struller mit seinen kurzen Dackelbeinen kam kaum hinterher, so sehr war Herrchen in Fahrt. Schwer hechelnd, die Zunge fast auf dem Boden hängend, versuchte er mit dem alten Herrn Schritt zu halten.

Fiete suchte hektisch nach dem Haustürschlüssel. Wo war dieses blöde Ding bloß geblieben? Das war ja mal wieder typisch. Da, na endlich. Er steckte den Schlüssel ins Schloss und öffnete die Tür. Dann stürmte er in die Wohnung.

Was war bloß mit Herrchen los? War er jetzt völlig verrückt geworden? Struller beäugte misstrauisch das Geschehen, nicht sicher, was er von der plötzlichen Betriebsamkeit des alten Herrn halten sollte, bevor er zögerlich hinterher dackelte.

Fiete war bereits in Karens Zimmer angelangt.

Er stand über ihren Schreibtisch gebeugt und blätterte hektisch in den aufgeschlagenen Büchern.

Da.

Das war eine der Stellen, die er gesucht hatte.

Er kramte Hannes Liste aus seiner Brusttasche, setzte schnell seine Lesebrille auf, um auch ganz sicher zu gehen, dass er keinem Irrtum unterlag, und begann dann langsam die Inhaltsstoffe der Tabletten aus Ingas Wohnung mit den unterstrichenen Stellen in Karens Büchern zu vergleichen.

Bingo.

Sein Erinnerungsvermögen hatte ihn also nicht getäuscht. Zu sämtlichen Wirkstoffen, die auf der Liste vermerkt waren, fand er markierte Textstellen – alles fein säuberlich in leuchtendem Grün unterstrichen und zum Teil mit stichwortartigen Notizen versehen.

Wie es aussah, hatte Karen sich intensiv mit diesen Stoffen auseinander gesetzt.

Aber was hatte das zu bedeuten? Woher wusste Karen von diesen Tabletten?

Dass sie etwas von diesem Präparat gewusst haben musste, stand für Fiete jedenfalls außer Zweifel. Karen hatte sich vielleicht im Rahmen ihrer Examensvorbereitung mit den Grundlagen der Pharmazie und Chemie beschäftigen müssen, aber dass sie sich ausgerechnet besonders intensiv mit den Inhaltsstoffen dieser seltsamen Pillen aus Ingas Wohnung auseinander gesetzt hatte, dass konnte wohl kaum ein Zufall sein.

Hatte sie die Tabletten vielleicht selbst eingenommen?

Fiete rannte unter den noch immer skeptischen Blicken Strullers ins Bad und machte sich an dem kleinen Medizinschränkchen der Mädchen zu schaffen, das er erst am Morgen neben der Dusche erspäht hatte.

Fehlanzeige.

Ein Tablettenröhrchen, wie das, dass er aus Ingas Wohnung »geliehen« hatte, konnte er nirgends entdecken.

In Gedanken versunken kehrte er wieder an den Schreibtisch zurück. Vielleicht, so überlegte er, wäre es hilfreich, wenn er einfach versuchte die markierten Textpassagen und Notizen durchzulesen, dann würde er schon dahinterkommen, worum es hier eigentlich ging.

Das war jedoch einfacher gesagt als getan. Die Zeit verging, während er über den Schreibtisch gebeugt dasaß. Kleine Schweißperlen bildeten sich auf seiner Stirn, aber sosehr er sich auch konzentrierte, die erhoffte Erleuchtung blieb aus.

All diese schwierigen Wörter und Begriffe ...

Warum, so fragte er sich, mussten die Verfasser von Fachbüchern eigentlich immer mit so viel Fremdwörtern um sich schmeißen? Bot die deutsche Sprache nicht genug Möglichkeiten, sich auszudrücken? Dann hätten vielleicht auch ganz normale Leute wie er ihren Nutzen aus ihnen ziehen können.

Fiete raufte sich die Haare, wobei sein Schieber, der noch immer auf seinem Kopf saß, auf dem Boden landete. Er bereute, dass er während der Schulzeit seine Hausaufgaben in Latein immer von seinem Banknachbarn abgeschrieben hatte und mit seinem Wissensschatz in Chemie war es leider auch nicht sehr weit her, wie er zu seinem Bedauern feststellen musste. Vielleicht hatte er sich doch etwas zu oft um diese verhassten Stunden herumgedrückt und stattdessen die Zeit mit ein paar gleichgesinnten Jungs beim Fußballspiel totgeschlagen. Aber wie hätte er auch ahnen können, dass seine Kenntnisse auf diesen Gebieten ein halbes Jahrhundert nach seinem Abitur noch einmal relevant werden würden?

Erschöpft ließ Fiete sich auf Karens Sofa fallen. Er lag auf dem roten Zweisitzer und starrte zur Decke. Es schien, als beobachte er einen dicken Brummer, der sich neben der Lampe niedergelassen hatte, während seine Gedanken sich immer weiter um Karen, Inga und diese dubiosen Pillen drehten.

Was sollte er nur tun? Es gab so viele offene Fragen, die es zu beantworten galt. Irgendwie musste es doch möglich sein, mehr über dieses Medikament in Erfahrung zu bringen. Vor allen Dingen eine Frage machte ihm zu schaffen. Woher stammte dieses ominöse Präparat? Wer hatte Inga die Pillen verschrieben?

Struller, der sein Herrchen schon seit einiger Zeit beobachtet hatte, sprang zu ihm aufs Sofa. Der Dackel war ein bisschen beleidigt, dass Fiete ihm so wenig Aufmerksamkeit schenkte. Überhaupt – seit sie nach Kiel gekommen waren, hatte der alte Herr sich reichlich merkwürdig verhalten. Ständig schien er über irgendetwas nachzugrübeln und blickte ernst drein, statt sich, wie sonst üblich, um das Wohlergehen seines kleinen Lieblings zu sorgen. Struller fand, dass es an der Zeit war, dass er endlich wieder in den Mittelpunkt des Geschehens rückte, so wie es ihm zustand, und um seinem Anspruch gleich

Nachdruck zu verleihen, drängelte er sich zwischen Herrchen und die Sofalehne und machte sich breiter, als er eigentlich war. Mit Genugtuung registrierte er, dass Fiete, der noch immer grübelnd zur Decke starrte, sich genötigt sah, seinen Blick von dem fetten Insekt, welches langsam von der Deckenmitte Richtung Wand krabbelte, abzuwenden und sich stattdessen ihm zuwandte.

»Ach, Struller, musst du dich unbedingt so dick machen? Und pass auf – du haarst ja das ganze Sofa voll.«

Das war ja wohl die Höhe.

Seit wann störte es Fiete denn, wenn er auf dem Sofa lag? Wenn das so weiter ging, musste er sich wohl nach einem neuen Herrchen umsehen, denn er war ganz sicher nicht gewillt, sich damit abzufinden, dass man ihn wie einen Hund behandelte ...

Hätte Fiete geahnt, wie sehr er Struller durch sein Verhalten verletzte, hätte er sich wohl mehr Zeit für seinen vierbeinigen Freund genommen. Schließlich war dieses kleine haarige Untier seit Jahren sein ständiger Begleiter und hatte ihm schon in manch brenzliger Situation zur Seite gestanden. Aber er hing viel zu sehr seinen eigenen Gedanken nach, um den vorwurfsvollen Blick zu bemerken, mit dem Struller ihn bedachte, bevor er sich schwer seufzend zu einer kleinen runden Kugel zusammenrollte und einschlief.

Nach einer Weile stand Fiete auf. Was nützte es, wenn er hier herumlag und Löcher in die Luft starrte? Dann war es vielleicht doch noch besser Freibier anzurufen, auch wenn ihm schon jetzt vor der Standpauke graute, die er würde über sich ergehen lassen müssen, wenn er dem Kommissar beichtete, dass er etwas aus Ingas Wohnung mitgenommen hatte – etwas sehr Winziges zwar, fast ein Nichts, aber sicherlich genug, um Freibier zum schäumen zu bringen.

Er atmete tief durch, bevor er die Nummer des *Maritim* wählte, um sich von der Rezeptionistin mit Freibiers

Zimmer verbinden zu lassen. Einerseits hoffte er, der Kommissar sei auf seinem Zimmer und nicht bereits zu einem fröhlichen Streifzug durch die Stadt aufgebrochen, andererseits fürchtete er sich fast ein wenig davor, dem alten Griesgram seine Missetat einzugestehen. Nervös spielte er an der Schnur seines Telefons herum.

»Ja, hier Freiberg.«

Fiete zuckte unwillkürlich zusammen. Scheinbar hatte er einen ungünstigen Moment erwischt, denn Freibier klang noch unwirscher als sonst. Dabei hatte er doch Urlaub.

»Moin, Freibier, ich bin's, Fiete.«

»Du schon wieder? Ich wüsste gern, warum du eigentlich immer genau im falschen Moment das Bedürfnis verspürst meine wohlklingende Stimme zu hören. Hab mir gerade 'n Zigarillo angesteckt und 'n gepflegtes Schaumbad eingelassen. Eine gut gekühlte Pikkoloflasche steht schon auf dem Rand der Badewanne. Also, sag was du zu sagen hast, bevor mein Badewasser kalt und der Sekt warm wird.«

Na toll. Besser hätte er es wirklich nicht treffen können. Das heißt, vielleicht doch ... Zumindest hatte das alte Ekel nichts von einer knackigen Blondine erwähnt, die auf ihn wartete. Aber das hätte wahrscheinlich auch keinen Unterschied mehr gemacht. Freibier dabei zu stören, wie er dem luxuriösen Nichtstun frönte, dass war schon für sich allein eine Todsünde – nur dass zu befürchten stand, dass diese nicht erst im Jenseits bestraft werden würde ...

»Ja siehst du, ich stör dich ja höchst ungern, aber es gibt da etwas, was ich dir unbedingt sagen muss ...« Er machte eine kleine Pause, als wolle er den Augenblick der Wahrheit möglichst lange hinauszögern. »Um ehrlich zu sein, ich hab letzt aus Ingas Wohnung eine Kleinigkeit mitgenommen ...« Er stockte. Vielleicht war es das gesündeste, wenn er erstmal Freibiers Reaktion abwartete, bevor er weiter ins Detail ging.

Der Kommissar sagte nichts, aber Fiete hörte, dass sein Atem plötzlich ein paar Takte schneller ging. Der alte Miesepeter würde doch wohl hoffentlich keinen Infarkt kriegen? Schließlich war er schwer übergewichtig und qualmte schlimmer als jeder Schornstein ... Da konnte so eine kleine unerfreuliche Neuigkeit vielleicht das Fass zum überlaufen bringen ...

»Geht's dir gut?«, fragte er zaghaft.

»Ob es mir gut geht?«, Freibiers Stimme klang gedämpft, hatte jedoch einen gefährlichen Unterton, der nichts Gutes erahnen ließ. Dann donnerte er mit der ganzen Kraft seiner Bassstimme los, die nicht nur den Telefonhörer erzittern ließ.

»Bist du denn von Sinnen? Weißt du eigentlich, in was für eine Lage du mich da bringst? Ich überrede nichts Böses ahnend Paulsen, uns in die Wohnung zu lassen, und du hast nichts Besseres zu tun, als mögliche Beweismittel mitgehen zu lassen. Du hast vielleicht Nerven.« Wütend schnaubte er in den Hörer.

»Ich wollte es dir ja eigentlich gleich sagen, aber du hattest es ja so eilig, von dort zu verschwinden ... Außerdem glaubt die Polizei doch ohnehin nicht an ein Verbrechen und hat den Fall zu den Akten gelegt. Genaugenommen handelt es sich also gar nicht mehr um Beweismittel ...«

Freibier zog es vor, diesen dürftigen Versuch Fietes, sich zu rechtfertigen, nicht zu kommentieren. »Was genau hast du widerrechtlich von dort mitgenommen?«

»Ein Röllchen Tabletten.«

»Ein Röllchen Tabletten?« Jetzt verstand der Kommissar gar nichts mehr. »Wenn du 'ne Aspirin wolltest, warum hast du nichts gesagt? Wär nicht nötig gewesen, uns deshalb in Teufels Küche zu bringen.«

Fiete seufzte. Manchmal war Freibier wirklich ein bisschen schwer von Begriff. »Du verstehst nicht. Die Dinger fielen mir im Bad auf. Passten so gar nicht zu den anderen diversen Medikamenten, die da rumstanden, und irgendwie hatte ich gleich so'n komisches Gefühl ...«

Jetzt war es wieder an Freibier zu seufzen. »Hab ich's doch gewusst. Schuld ist mal wieder dein berühmt-berüchtigter Instinkt. Eines Tages wird uns dein untrüglicher Spürsinn noch Kopf und Kragen kosten – und mich meinen Job. Und das so kurz vor meiner Pensionierung ...« Fassungslos schüttelte er seinen Kopf.

»Jetzt komm mir nicht mit der alten Leier.« Fiete befand, dass er Freibiers Unmut jetzt lange genug geduldig über sich hatte ergehen lassen. Es war an der Zeit endlich zum Wesentlichen zu kommen. »Also, pass auf. Ich hab die Pillen Annas Neuem gegeben. Der hat die Dinger mit zur Uni genommen und gemeinsam mit einem Freund auf ihre chemischen Bestandteile hin überprüft. Heute Morgen hat er mir eine Aufstellung der Ergebnisse seiner Analysen gegeben und nun rate mal, was sich dabei herausgestellt hat.«

»Keine Ahnung, aber wie ich dich kenne, gibt es nichts, was dich davon abhalten könnte, es mir zu verraten.«

»Die Liste stimmt mit den unterstrichenen Textstellen aus Karens Büchern überein.«

Jetzt war Freibier gänzlich verwirrt. »Welche Bücher?«

»Na, die auf Karen Schmidts Schreibtisch.«

Ach so, nun war dem Kommissar natürlich alles klar. Wie konnte er nur so dumm sein und fragen.

»Ich seh schon, ich muss dir mal wieder alles haarklein beipulen ...« Und Fiete begann, Freibier alle Einzelheiten seiner Entdeckung bis ins Kleinste zu schildern. Er war sich sicher, wenn sein Freund erst einmal verstand, dass sie auf eine wichtige Spur gestoßen waren, würde er Fietes kleinen Fehltritt nicht mehr so ernst nehmen und einsehen, dass der Zweck eben tatsächlich manchmal die Mittel heiligte – auch wenn es unter Umständen nötig war, dafür die eine oder andere unbedeutende Dienstvorschrift dezent zu übergehen.

Freibier hörte sich die Ausführungen seines Freundes geduldig an. Nur ab und zu dachte er für den Bruchteil einer Sekunde an sein wohltemperiertes Schaumbad, dem er ein paar Tropfen dieses wohlriechenden, herbmännlichen Herrenparfüms zugesetzt hatte, das ihm seine Assistentin Elke letztes Jahr zum Geburtstag geschenkt hatte, dessen Temperatur sich wahrscheinlich gerade jetzt dem Gefrierpunkt näherte, sowie an seinen Sekt, den er der Minibar seines Zimmers entnommen hatte und den er spätestens bei seiner Abreise noch teuer würde bezahlen müssen. Manchmal überlegte er ernsthaft, was er in seinem früheren Leben eigentlich so Schreckliches verbrochen hatte, dass er mit einem Freund wie Fiete geschlagen war ...

»... und du musst doch wohl zugeben, dass das ein paar seltsame Zufälle zu viel sind. Das wird doch selbst einem geistig unflexiblen Kripobeamten wie dir einleuchten.«

»Wie? Ja, ja. Du hast schon irgendwie Recht.« In der Hoffnung, Fiete würde nicht bemerken, dass er einige kleine, unwichtige Details seines Vortrages nicht mitbekommen hatte, holte Freibier schnell sein Zippo aus der Tasche seines Bademantels und zündete sich eine neue *Best Sumatra* an. »Und was meinst du, soll ich jetzt tun?«

Aber Fiete war nicht so leicht hinters Licht zu führen. Er bemerkte sofort, dass der werte Kommissar ihn mal wieder nicht für voll nahm.

Ach, was soll's, dachte er. Wenn Freibier ihm schon keinen Glauben schenken wollte, dann sollte er wenigstens seine Fühler wegen dieser Tabletten ausstrecken. Schließlich hatte er als Kripobeamter schon von Berufswegen die besseren Möglichkeiten etwas in Erfahrung zu bringen. Den Rest würde er dann schon alleine schaffen. »Was ich von dir erwarte ist, dass du dich wegen dieses Medikaments umhörst. Was mich vor allen Dingen interessieren würde ist, was für Tabletten das eigentlich sind und woher sie stammen könnten.«

»Na gut, weil du's bist. Auch wenn ich's wahrscheinlich wieder bereuen werde ... Aber damit du's gleich weißt: Das ist das letzte Mal, dass ich meine Beziehungen in dieser Sache spielen lasse.« Freibier überlegte, dass es schon eine Bürde sein konnte, wenn man so gutmütig war ...

»Danke, du wirst es nicht bereuen. Ich schick dir nachher Hannes mit der Liste vorbei.«

»Eigentlich hatte ich ja vor über den Europäischen Markt auf dem Rathausplatz zu spazieren. Hab mir sagen lassen, dass es dort die dollsten Leckereien aus aller Herren Länder gibt. Will mir das auf gar keinen Fall entgehen lassen ... Wenn ich schon mal auf der Kieler Woche bin ... Sag also am besten diesem Hannes, er soll den Wisch an der Rezeption für mich hinterlassen.«

»Geht klar. Und viel Spaß dann noch beim großen Fressen auf dem Rathausplatz.«

Fiete legte den Hörer auf.

Er konnte mit dem Ausgang des Gesprächs zufrieden sein. Stellte sich nur die Frage, was er selbst machen sollte, während er darauf wartete, dass Freibier die gewünschten Informationen hatte. Rumsitzen und Däumchendrehen wollte er jedenfalls nicht. Eigentlich, so überlegte er, wäre es keine schlechte Idee, wenn er sich noch einmal mit seiner Tochter unterhielt. Immerhin hatte sie mit Karen unter einem Dach gelebt und auch wenn es den Anschein hatte, als wäre Karen nicht besonders mitteilsam gewesen, so bestand doch immerhin die Möglichkeit, dass Anna sich noch an die eine oder andere Kleinigkeit erinnerte, die sich jetzt, da er langsam, wenn auch noch etwas verschwommen, eine Ahnung davon hatte, in welche Richtung seine Nachforschungen gingen, vielleicht als wichtig herausstellen würde.

Er zerrte seine Uhr aus seiner Tasche und warf einen flüchtigen Blick auf das Ziffernblatt. Eigentlich müsste Anna jeden Moment von der Arbeit kommen.

Fiete beschloss in die Küche zu gehen, um schon mal Wasser aufzusetzen. Bei einer Tasse Kaffee plauderte es sich schließlich immer noch am besten und außerdem hatte Anna den ganzen Tag gearbeitet; da konnte sie einen kleinen Muntermacher sicherlich gebrauchen.

Er suchte nach der Dose mit dem Kaffee, den er am Tag nach seiner Ankunft in der kleinen Bäckerei um die Ecke gekauft hatte. Er öffnete die Dose – aber statt des wohlriechenden braunen Pulvers, das er zu finden erwartet hatte, strömte ihm der widerliche Geruch von Kamillentee entgegen. Natürlich aus *integriertem* Anbau – das verstand sich von selbst.

Pfui Teufel.

Fiete rümpfte verächtlich die Nase. Wenn er Hannes in die Finger bekam ... Der konnte was erleben.

Während er noch überlegte, wie er sich am besten an dem jungen Mann rächen konnte – unentschlossen, ob er Hannes nun einfach vertrimmen oder aber zu einer Hochzeit mit Anna überreden sollte, wobei er Letzteres schließlich verwarf, weil es ihm doch *zu* grausam erschien –, stand seine Tochter auch schon in der Tür.

»Hi, Paps, wie geht's? Siehst 'n bisschen mitgenommen aus. Was ist denn los? Ist schon wieder jemand gestorben?«

»Schlimmer. Frag lieber nicht.« Er schaute wehmütig zu der Kaffeedose. »Setz dich doch erstmal. Ich hab da noch ein paar Fragen wegen Karen. Wenn du 'n Augenblick Zeit hast ...«

»Geht klar. Bin jetzt eh zu müde, um noch zu lernen. Also schieß ruhig los.« Sie kauerte sich auf einen der

Küchenstühle, wobei sie mit ihren langen Armen ihre Knie umfing.

»Du erinnerst dich doch sicher an die vielen Pharmaziebücher auf Karens Schreibtisch. Hat sie je mit dir darüber gesprochen, warum sie sich so intensiv mit diesem Thema auseinander gesetzt hat?«

Anna überlegte einen Moment. »Nein, eigentlich nicht. Aber ich hab sie auch nie danach gefragt. Bin einfach davon ausgegangen, dass das ein Teil ihrer Examensvorbereitung war. Wieso, ist das wichtig? Meinst du, das hat was mit ihrem Tod zu tun?«

»Könnte schon sein. Bin mir allerdings noch nicht so ganz sicher inwiefern.«

»Bist du etwa auf was gestoßen? Verheimlichst du mir was?« Ihre großen braunen Augen schauten ihn fragend an.

»Wie kommst du denn darauf?« Er bemühte sich seinem Gesicht einen möglichst unschuldigen Ausdruck zu verpassen.

Aber da Freibier jetzt ohnehin von den Pillen wusste, konnte er seiner Tochter eigentlich auch von seiner Vermutung erzählen.

Anna verfolgte Fietes Bericht über seine neuesten Entdeckung mit sichtlichem Interesse. Besonders den Teil der Geschichte, in dem von Freibiers unfreiwillig komischen Auftritt in Ingas Bad die Rede war, schien sie amüsant zu finden.

»Sieht so aus, als hättest du gestern 'n recht lustigen Nachmittag gehabt. Der olle Freibier hat bestimmt geschäumt.«

»Könnte man so sagen. Aber immerhin hat er mir versprochen, dass er sich noch mal wegen der Pillen umhören will. Übrigens, hast du in der letzten Zeit vielleicht beobachtet, dass Karen irgendwelche Medikamente eingenommen hat? Oder hattest du den Eindruck, dass sie irgendwie krank war?«

Anna schüttelte den Kopf. »Kann mich nicht erinnern, sie je dabei gesehen zu haben, wie sie Tabletten oder Pillen schluckte. Selbst wenn sie krank war, hat sie sich strikt geweigert irgendwas einzunehmen. War aber auch kaum nötig. Karen war gesund und kräftig wie 'n Ochse.«

Fiete schüttelte den Kopf. Wenn Karen diese dubiosen Pillen gar nicht selbst eingenommen hatte, woher kannte sie dann deren Inhaltsstoffe und warum hatte sie sich so eingehend mit ihnen auseinander gesetzt? Von Inga hatte sie ihre Informationen bestimmt nicht – darauf hätte Fiete gewettet.

»Wo ich so drüber nachdenke ...« Anna schien doch noch etwas eingefallen zu sein.

»Ja?« Fiete blickte sie hoffnungsvoll an.

»Na ja, in letzter Zeit hat sie öfter über Übelkeit geklagt. 'n paar Mal hat sie sich sogar übergeben. Aber das hatte ja wohl mit ihrer Schwangerschaft zu tun.«

Fiete ließ den Kopf wieder enttäuscht sinken. *Schwangerschaftsübelkeit*. Hörte sich nicht gerade aufregend an. Dass ihm das weiterhelfen würde, wagte er zu bezweifeln.

»Hallo, Leute.«

Anna und Fiete drehten sich überrascht zur Tür um.

Es war Hannes.

Der junge Mann schmiss seinen Rucksack in die Ecke und ließ sich mit lautem Stöhnen auf einen der Stühle sinken.

»Mann, is das heiß. Bin den ganzen Tag auf dem Campus hin und her gerannt und hab mit Gott und der Welt geredet, und dann musste ich auch noch quer durch die ganze Stadt, um diesen Eberhardt ausfindig zu machen. Bin total geschafft.«

»Was Sie jetzt brauchen, ist ein anständiger Kaffee. Dann wären Sie im nu wieder obenauf. Aber *irgendjemand* hat es ja vorgezogen meinen Kaffee gegen Kamillenblüten auszutauschen ...« Fiete bedachte Hannes mit einem strengen Blick. Ein Hauch von Unmut klang in seiner Stimme mit.

Der junge Mann blickte verschämt zur Decke und Anna, die spürte, dass dunkle Gewitterwolken am Firmament ihres Familienidylls aufzogen, beeilte sich schnell ihren gebündelten weiblichen Charme aufzubieten, um ihren Vater davon abzuhalten, seinem Ärger freien Lauf zu lassen.

»Wie wär's, wenn Hannes uns erzählt, was er in der Uni so rausgefunden hat, während ich uns einen Eistee mache. Den magst du doch so gern.« Sie schenkte ihm ein gewinnendes Lächeln und gab ihm einen Kuss auf die Wange.

Fiete, der sich natürlich darüber im Klaren war, was Anna mit ihrer plötzlichen Fürsorge bezweckte, grummelte einige wenig freundliche Worte – die hier besser nicht wiedergegeben werden –, entschloss sich dann jedoch, wenn auch widerwillig, im Interesse seiner weiteren Zusammenarbeit mit Hannes seinen Rachegelüsten zu widerstehen.

»Na, dann lassen Sie mal hören.«

»Zunächst hab ich mich bei Karens und Ingas Freundinnen etwas umgehört. Wirklich nette Mädels und vor allen Dingen so kooperativ ... Haben mir jede Menge Klatsch und Tratsch berichtet. Mehrere von ihnen haben mir das Gerücht bestätigt, Karen hätte was mit diesem Friesendeich gehabt. Ob Inga ebenfalls mit dem Professor was am Laufen hatte, davon wussten sie allerdings nichts.«

»Haben Sie die jungen Damen auch gefragt, ob ihnen in letzter Zeit irgendwas Besonderes an Karen oder Inga aufgefallen ist? Ob sie vielleicht häufig krank waren oder so?«

Hannes überlegte. »Also, ich weiß nicht, ob das von Bedeutung ist, aber eine der Studentinnen erzählte mir,

Inga hätte in letzter Zeit häufig schlecht ausgesehen und mehrfach die Vorlesungen fluchtartig verlassen, weil sie sich übergeben musste.«

Fiete schien nachdenklich. »Das ist ja sehr interessant.«

»Und dann, nach vielem Hin und Her, hab ich diesen Eberhardt aufgetrieben. Saß mit 'ner aufgetakelten Blondine im *Feld*, so 'nem schicken Restaurant – beim Arbeitsessen ...« Er rümpfte die Nase. »Tat wie immer sehr wichtig und furchtbar beschäftigt, aber schließlich hab ich's doch noch geschafft, ihm 'n paar Informationen aus der Nase zu ziehen. Hat mich jede Menge Charme gekostet – und noch mehr Selbstbeherrschung.«

Fiete grinste. Wäre sicher unterhaltsam gewesen zu beobachten, wie Hannes mit seinem »gepflegten« Äußeren in einem Nobelrestaurant bei Eberhardt und seiner Begleitung gut Wetter machte.

Der junge Mann fuhr fort: »Unser geschätzter Freund behauptet, er sei, nachdem er das *Velvet* verlassen hat, sofort nach Hause gefahren. Allein ... Erst am nächsten Tag hätte er erfahren, dass Inga tot ist.«

»Das bedeutet, dass er zumindest in einem Punkt lügt. Schließlich hab ich ihn selbst noch mit Inga auf der Straße streiten sehen. Er hat also auf keinen Fall *sofort* nach Verlassen dieses Lokals den Heimweg angetreten und da er allein war, gibt es auch niemanden, der bestätigen kann, dass er direkt nach Hause gefahren ist. Wäre also durchaus möglich, dass er einen kleinen Umweg über Ingas Wohnung gemacht hat ...«

Anna stellte ihm ein Glas Eistee vor die Nase. »Und was wollt ihr als Nächstes machen? Wie soll's jetzt weitergehen?«

»Zunächst einmal wäre es gut, wenn Hannes die Liste mit den Inhaltsstoffen zu Freibier ins *Maritim* bringt.«

Hannes starrte Fiete entsetzt an. »Ist das Ihr Ernst? Ich soll zu diesem Hotel? Noch heute?« Er schien nicht sehr angetan von der Idee, das Haus noch einmal verlassen zu müssen, nachdem er bereits den ganzen Tag damit zugebracht hatte auf der Suche nach Eberhardt kreuz und quer durch die Stadt zu rasen.

Aber Fiete kannte keine Gnade. »Die Liste muss unbedingt noch heute zu Freibier. Am besten gleich jetzt. Die Sache duldet keinen Aufschub.«

Hannes zuckte resigniert mit den Schultern. Er wusste, dass es keinen Sinn hatte, Widerstand zu leisten, und so kramte er seinen schäbigen Rucksack wieder hervor und machte sich schwer seufzend auf den Weg.

»Geben Sie den Zettel an der Rezeption ab. Für Kommissar Walther Freiberg«, rief Fiete dem jungen Mann hinterher. Er lachte leise in sich hinein. Jetzt hatte er doch noch seine Rache gehabt ...

Kapitel 15

Fiete verbrachte eine höchst unruhige Nacht. Nicht nur, dass Struller offenbar alles daransetzte, sein Herrchen auf gar keinen Fall Schlaf finden zu lassen, auch Mutter Natur hatte sich offensichtlich gegen ihn verschworen. Trotz geöffneten Fensters und der Tatsache, dass Fiete seine Decke kurzerhand aus dem Bett befördert hatte, war die Schwüle der Sommernacht einfach unerträglich.

Unruhig wälzte Fiete sich im Bett hin und her.

Seine Gedanken kreisten ständig um Karen und Inga, wie ein Karussell, dass niemals zum Stehen kam.

War er wirklich auf der richtigen Spur?

Was sollte er als Nächstes tun?

Und – vor allem – die alles entscheidende Frage: Würde es ihm gelingen, dem Mörder auf die Schliche zu kommen?

Und dann kehrten die Zweifel zurück. Was, wenn nun doch alles nur eine Aneinanderreihung dummer Zufälle war? Wenn die Indizien, die er gefunden hatte – oder gefunden zu haben glaubte –, sich als reine Hirngespinste entpuppten?

Als er endlich einschlief, deutete ein heller, rotgoldener Streifen am Horizont bereits den kommenden Tag an, und die ersten Vögel, unverbesserliche Frühaufsteher, begannen schon zu singen. Kein Wunder also, dass Fiete sich, als er ein paar Stunden später die Augen aufschlug, fühlte, als hätte man ihn aufs Rad gebunden und einen Abhang hinunter geschickt.

Ächzend schwang er sich aus dem Bett, rieb sich den Schlaf aus den Augen und torkelte schlaftrunken in die Küche, um mit einem Glas kalten Leitungswasser die Socke wegzuspülen, die ihn im Hals kratzte. Auf der Schwelle jedoch zögerte er, als er den gedeckten Frühstückstisch erblickte, der nur auf ihn zu warten schien.

Misstrauisch furchte er die Stirn.

Was war denn jetzt los?

Hatte er vielleicht heute Geburtstag?

Da waren Brötchen, Marmelade, Käse und Aufschnitt, und statt des sonst unumgänglichen Kamillentees stand eine Kanne mit dampfendem Kaffee für ihn bereit; zumindest nahm er an, dass dieses Festmahl für ihn angerichtet worden war.

Während er sich verwundert eine Tasse voll einschenkte, sog er den herrlichen Duft, der von dem schwarzen Gebräu ausging, tief ein und spürte sofort, wie seine müden Lebensgeister auf Trab kamen.

Er trank einen Schluck und schnalzte anerkennend mit der Zunge. Zur Hölle, so musste Kaffee schmecken! Stark, heiß und mit genug Koffein, dass es ein Ferkel umgehauen hätte. Nicht so ein dünnes herz- und magenschonendes Zeugs, wie es einem in der Werbung ständig angepriesen wurde und das die Bezeichnung »Kaffee« eigentlich überhaupt nicht verdiente.

»Na, schon wach? Hast du gut geschlafen?« Anna tauchte hinter ihm auf, gab ihm einen Kuss auf die unrasierte Wange und setzte sich ihrem Vater gegenüber. Offenbar musste sie heute später zur Arbeit, denn sie trug noch ihr Nachthemd, oder das, was sie als solches betrachtete. Sie fischte eine Kirsche aus einer Schale mit frischem Obst. »Die Idee mit dem Frühstück stammt übrigens von Hannes. Wollte sich bei dir entschuldigen – wegen dieser Sache mit dem Kamillentee. Ist doch süß von ihm, oder?«

Fiete, der eben herzhaft von seinem Brötchen abgebissen hatte, murmelte einige unverständliche Worte, die bösartig geklungen hätten, wenn sein amüsierter Gesichtsausdruck Hannes nicht gerade die Absolution erteilt hätte. Er konnte sich nicht helfen; irgendwie war der Junge schon in Ordnung.

»Hab heut' Nacht noch mal über alles nachgedacht«, meinte Fiete, nachdem er einige Minuten schweigend und in aller Ruhe vor sich hingekaut hatte, während Anna die aktuelle Ausgabe der *Kieler Nachrichten* durchblätterte. »Mir ist da etwas eingefallen. Ist zwar nur ’n Schuss ins Blaue, aber schaden kann’s auch nicht, da mal nachzuhaken.«

Anna sah von der Zeitung auf. »Na?«

Ihr Vater bestrich ein weiteres Brötchen mit Butter, und während er einige dicke Scheiben Käse auf eine der Hälften türmte, fuhr er fort: »Weißt du zufällig, zu welchem Arzt Karen immer gegangen ist? Wer ihr Hausarzt war?«

Anna schüttelte bedauernd den Kopf. »Nö. Keine Ahnung.« Raschelnd legte sie die Zeitung beiseite. »Wie schon gesagt, eigentlich war sie nie krank. Na ja, abgesehen von der Übelkeit in letzter Zeit.«

»Genau darauf wollte ich hinaus.« Er genehmigte sich noch einen Schluck von dem vorzüglichen Kaffee. »Erinnerst du dich an das, was Hannes gestern gesagt hat? Er meinte, ein paar von Ingas Freundinnen hätten erzählt, sie musste die Vorlesungen wiederholt verlassen, weil sie sich nicht gut fühlte und sich übergeben musste. Natürlich hing das vermutlich mit ihrer Schwangerschaft zusammen. Worauf ich aber hinaus will, ist Folgendes: Wir wissen, dass Karen sich eingehend mit den Pillen beschäftigt hat, die ich in Ingas Wohnung entdeckt habe, und da nicht anzunehmen ist, dass Inga ihr von diesem Medikament erzählt oder sie in dieser Sache um Rat gefragt hat, immerhin waren die beiden Erzrivalinnen, könnte es doch gut sein, dass es sich bei diesem mysteriösen Medikament um ein Mittel gegen Schwangerschaftsübelkeit oder so handelt und dass Karen ebenfalls in Besitz dieser Pillen war.«

»Ziemlich weit hergeholt«, meinte Anna. Dennoch ließ sie sich die Sache durch den Kopf gehen. »Okay, mal angenommen, du liegst richtig: Woher hatten die beiden dann diese Pillen? Du hast doch selbst gesagt, dass das keine gewöhnlichen Tabletten sind, die man in jeder Apotheke bekommt.«

»Und genau *das* ist der Punkt, wo wir ansetzen müssen.« Er schob seinen Kaffeebecher zwischen den Handflächen hin und her. »Es ist anzunehmen, dass sowohl Karen als auch Inga die Pillen von derselben Person bekommen haben, und zwar aller Wahrscheinlichkeit nach von einem Arzt, da sonst niemand auf derartige Medikamente Zugriff hat. Möglicherweise hatten die beiden ja denselben Arzt?«

»Möglich«, meinte Anna, nicht sehr überzeugt.

»Wie auch immer ...« Fiete ließ sich nicht von dem Gedanken abbringen. »Ich denke, wenn wir den Arzt finden könnten, der den beiden diese Pillen gegeben hat, würde uns das der Lösung dieses Rätsels ein großes Stück näher bringen.« Er schenkte seiner Tochter ein ungewohnt fröhliches Lächeln, das bei Anna unverzüglich sämtliche Alarmglocken bimmeln ließ.

Irgendwie konnte sie sich des Eindrucks nicht erwehren, dass der alte Herr bereits eine ziemlich genaue Vorstellung davon hatte, wie er dieser Sache auf die Spur kommen konnte, und eine innere Stimme flüsterte ihr zu, dass sie eine nicht unwesentliche Rolle in diesem Vorhaben spielen sollte.

Misstrauisch musterte Anna ihren Vater. »Du heckst doch schon wieder was aus. Was hast du vor?« Ihr schwante, dass ihr die Antwort nicht gefallen würde.

Fiete biss erst einmal herzhaft in sein Brötchen, bevor er sich zu einem Kommentar herabließ. »Nun. Da wir zwar nicht wissen, zu welchem Arzt die Mädchen gegangen sind, jedoch mit einiger Gewissheit davon ausgehen können, dass es sich um ein und dieselbe Person handelt, müssen wir uns eben was einfallen lassen; unsere kleinen grauen Zellen auf Touren bringen.« Wie um seine Worte zu unterstreichen, klopfte er sich gegen die Stirn.

Anna schien noch immer nicht ganz zu verstehen,

worauf Fiete hinauswollte. »Und was soll das konkret heißen? Hör mal, es gibt schätzungsweise eine Million Ärzte in dieser Stadt. Willst du die vielleicht alle abklappern? In eine Praxis nach der anderen reinmarschieren und fragen: Sagen Sie mal, guter Mann, haben Sie zufällig diese tollen Pillen im Angebot?« Sie bemühte sich, so zu klingen wie Charles Bronson, hart, tief und männlich.

Fiete schüttelte ungläubig den Kopf; manchmal war es wirklich zum Verzweifeln mit diesem Kind. »Natürlich nicht. Überleg doch mal. Karen und Inga waren beide schwanger. Da liegt es doch nahe anzunehmen, dass sie bei einem *Gynäkologen* in Behandlung waren; bei einem Frauenarzt.«

Anna seufzte. »Na, dann bleiben ja bloß noch ein paar Dutzend Ärzte übrig ...« Jetzt war es an ihr, den Kopf zu schütteln.

Wie um alles in der Welt stellte ihr alter Herr sich das eigentlich vor? Glaubte er, die Kieler Ärzteschaft warte- te nur darauf, ihm auf einen vagen Verdacht hin Rede und Antwort zu stehen? Außerdem gab es ja auch noch so- was wie die ärztliche Schweigepflicht.

Fiete schien ihre Gedanken zu erraten. »Natürlich ist mir klar, dass niemand uns freiwillig Auskunft über das geben wird, was wir wissen wollen. Also müssen wir ein wenig in der Trickkiste wühlen; doch dazu kommen wir gleich. Zunächst mal: Die Liste potentieller Pillendreher lässt sich noch weiter reduzieren als auf sämtliche Frau- enärzte der Stadt.«

»Ach?« Anna musterte ihn neugierig. »Und wie?«

Er trank einen Schluck Kaffee. »Erinnerst du dich an den Tag, an dem ich in Kiel angekommen bin? Nachdem wir von Karens Tod gehört hatten, bin ich in den Schre- venpark gegangen, um mir den Fundort der Leiche näher anzuschauen, und während ich so durch die Grünanlage spaziert bin, fiel mir auf, dass sich in der Gegend eine Menge niedergelassen haben; gut möglich, dass eine davon der Hauptgewinn ist, immerhin könnte es doch sein, dass Karen vorher bei ihrem Arzt war und der Mörder ihr in der Nähe der Praxis im Park aufgelauert hat.«

»Soso. Und da hast du dir gedacht, dass wir am besten dort anfangen. Hab ich Recht?«

»Brillant kombiniert, Dr. Watson«, meinte er anerkennend. »Allerdings ist dir da ein klitzekleiner Fehler unterlaufen. Nicht *wir* werden dort anfangen, sondern *du* ...«

Anna verschluckte sich fast an ihrem Kaffee. Nach einem mittelschweren Hustenanfall keuchte sie: »Ich? Wieso ich?« Doch sie wusste es längst. Ihr alter Herr hatte mal wieder einen seiner fragwürdigen Pläne ausgebrütet und ihr in seinem Räuber-und-Gendarm-Spiel die Rolle des Lockvogels zugedacht; ein Part, den sie auf gar keinen Fall zu spielen gedachte. »Ich hab zwar keine Ahnung, was du vor hast, aber ich rate dir, dir die Sache am besten gleich wieder aus dem Kopf zu schlagen, denn ich werd da nicht mitmachen.«

Fiete seufzte. »Ach, Annalein ... Nun sei doch nicht so zickig. Wenn wir in dieser vertrackten Angelegenheit endlich weiterkommen wollen, sind Kooperation und persönlicher Einsatz gefragt. Oder willst du etwa, dass ich mich längerfristig hier in Kiel niederlasse? Bei dir ... und dem lieben Hannes? Denn so viel ist sicher, bevor wir diese Sache nicht zum Abschluss gebracht haben, fahre ich nicht nach Hause zurück. Und du kennst mich gut genug, um zu wissen, dass ich ein furchtbar unbequemer Gast sein kann.« Er hoffte, seine Drohung würde ihre Wirkung nicht verfehlen. Zwar war das nicht die feine englische, aber was blieb ihm anderes übrig? Er brauchte bei dieser Aktion Annas Hilfe, allein schon deshalb, weil es ihm vermutlich ziemlich schwer fallen würde, eine Geschichte zu erfinden, die es glaubhaft erscheinen ließ, dass ein Mann, noch dazu in seinem Alter, einen Frauenarzt konsultierte. Anna hingegen konnte sich in der Praxis eines Gynäkologen umsehen ohne Verdacht zu erregen.

Ein paar Sekunden herrschte Schweigen in der Küche.

Fiete ließ Anna nicht aus den Augen, sagte aber nichts.

Als seine Tochter schließlich resigniert seufzte, wusste er, dass er gewonnen hatte. »Das ist nicht fair«, schmollte sie mit anklagendem Blick. »Um ehrlich zu sein, ist das eine ganz miese Nummer, selbst für deine Verhältnisse.«

Fiete lächelte liebenswürdig. »So isses.«

Anna fasste einen Entschluss. »Also gut. Ich mach mit, auch wenn ich weiß, dass es ein Fehler ist.« Sie sah ihn fast herausfordernd an. »Und was genau soll ich machen?«

Fietes Lächeln wurde noch breiter. Er hatte doch gewusst, dass es nur der richtigen Argumente bedurfte, um seine Tochter umzustimmen ...

»Dein Job ist eigentlich ganz einfach. Du musst nichts weiter tun, als zu den betreffenden Ärzten zu gehen. Erzähl ihnen, du wärst schwanger und würdest unter ständiger Übelkeit leiden. Wenn wir Glück haben und der Richtige dabei ist, gibt er dir möglicherweise ein paar von diesen Pillen. Und damit haben wir ihn dann.«

Anna war skeptisch. »Und wenn einer dieser Ärzte auf die Idee kommt, mich untersuchen zu wollen? Wie lange, glaubst du, wird es dann wohl dauern, bis herauskommt, dass ich gar nicht guter Hoffnung bin?«

»Das musst du natürlich auf jeden Fall verhindern.« Fiete kratzte sich die stoppelige Wange. »Halt dir die Quacksalber unbedingt vom Hals.«

»Und wie, wenn ich fragen darf?«

»Na, du bist doch 'ne Frau, oder? Es wird dir also nicht besonders schwer fallen, die Ärzte anzuflunkern. Das liegt bei euch in den Genen; wissenschaftlich erwiesen.«

»Soso.« Anna konnte sich noch immer nicht so recht für Fietes Plan erwärmen. »Und wann hast du dir gedacht, soll diese tolle Aktion starten?«

»Am besten gleich nach dem Frühstück. Denk immer

dran: Je eher wir wissen, was hier eigentlich vorgeht, desto früher wirst du deinen alten Vater wieder los. Ist doch eigentlich ein ziemlich gutes Geschäft, oder?«

»Ach, Paps, du weißt ganz genau, dass ich mich immer freue, wenn du mit Struller zu Besuch kommst. Wenn ich das tue, dann doch nicht, um euch loszuwerden, sondern weil ich wissen will, was Karen zugestoßen ist.« Sie stand auf, versetzte ihm einen kleinen Stoß zwischen die Rippen und verschwand aus der Küche, um sich anzuziehen, schließlich konnte sie ja schlecht im Nachthemd auf Verbrecherjagd gehen.

Zumindest hoffte Fiete, sie würde das nicht tun ...

Keine zwei Stunden später, nachdem Anna sich endlich darüber klar geworden war, wie sie sich in der Rolle als werdende Mutter am besten in Szene setzen konnte, was allerdings erst nach dem dritten Durchwühlen ihres gesamten Kleiderschranks und dem x-ten Aufenthalt im Badezimmer der Fall war, konnten sich Vater und Tochter schließlich gemeinsam auf den Weg zum Park machen.

Während Anna in Richtung der Arztpraxen verschwand, die um das Grünareal herum lagen, machte Fiete es sich mit Struller auf einer der Bänke bequem und schaute beim Warten immer wieder ängstlich gen Himmel empor.

Schwarze Wolken verdunkelten den Horizont, und die schwül-warme Luft ließ darauf schließen, dass es nicht mehr allzu lange dauern würde, bis der Himmel seine Schleusen öffnen und ein gewaltiger Schauer auf die Stadt hernieder gehen würde. Zwar hatte Fiete schon seit Tagen auf einen Wetterumschwung gehofft, da die Hitze der letzten Tage nicht wenig an seinen Nerven zerrte, doch nun befand er, es müsse ja nicht gerade jetzt losgehen, da er wartend inmitten des Schrevenparks saß, den Elementen schutzlos ausgeliefert.

Struller schien sich in dieser Beziehung wesentlich weniger Sorgen zu machen. Er schloss sogleich Freundschaft mit einem kleinen Terrier, dessen Herrin zwei Bänke weiter kauerte, und während die beiden Hunde fröhlich kläffend durchs Unterholz tollten, sah Fiete plötzlich eine große, schlaksige Gestalt auf sich zukommen. Er wunderte sich nicht einmal mehr darüber, wie der junge Mann ihn nun schon wieder aufgespürt hatte; er schien einfach instinktiv zu ahnen, wo sich sein potentieller Schwiegervater derzeit aufhielt.

»Moin, Moin«, begrüßte Fiete ihn.

Hannes setzte sich zu ihm auf die Bank. »Hi. Wie sieht's aus? Schon irgendwas Neues von der Front?«

Fiete schüttelte den Kopf. »Noch nicht.« Als müsste er seine Anwesenheit hier erklären, meinte er: »Ich warte auf Anna. Sie hat sich dazu breitschlagen lassen, mir dabei zu helfen, den Arzt zu finden, dem wir diese mysteriösen Pillen verdanken.«

Hannes nickte. »Ich weiß. Sie hat mich vorhin angerufen, um 's mir zu erzählen.« Im Sitzen hob er einen Kiesel vom Weg auf, wog ihn einen Moment lang abschätzend in der Hand und warf ihn dann wieder auf den Boden. »Und? Schon was von Ihrem Freund, dem Kommissar, gehört?«

Der alte Herr schüttelte den Kopf. »Noch nicht. Und wie ich Freibier kenne, kann das auch noch 'ne Weile dauern, was im Übrigen auch der Grund dafür ist, dass ich es für besser halte, selbst an der Sache dranzubleiben.«

»Schon klar«, sagte Hannes und schaute einem dicklichen Jogger hinterher, der schwitzend in einer kurzen roten Hose und einem Muskelshirt an ihnen vorbeilief, eine Schweißfahne wie ein Banner hinter sich herziehend.

Angewidert rümpfte Fiete die Nase. Dann blinzelte er, als ihn ein feuchter Tropfen auf die Stirn traf. Und noch einer. Gleichzeitig kam Wind auf. Und ehe er sich versah, regneten dicke Tropfen auf die staubtrockenen Wege des Schrevenparks, was diejenigen, die dem nahenden Unwetter bisher getrotzt hatten, dazu veranlasste, in aller Eile ihre Habseligkeiten zusammenzukramen und fluchtartig das Weite zu suchen, bevor Petrus richtig aufdrehte.

Hannes betrachtete missmutig die düsteren Wolkengebirge, die sich über ihren Köpfen auftürmten und aussahen, als würden sie wesentlich mehr als Wind und Regen in sich bergen. »Ich glaube, wir sollten uns besser verdünnisieren. Das sieht mir ganz nach einem kräftigen Tänzchen aus.« Er stemmte sich von der Bank hoch. »Kommen Sie, mein Auto steht da hinten.« Er wies irgendwo nach Norden.

Fiete zögerte einen Augenblick. Hatte er wirklich die Nerven, sich ein zweites Mal auf dieses Wagnis einzulassen? Andererseits hatte er gar keine Wahl, zumindest dann nicht, wenn er nicht bis auf die Knochen nass werden wollte. Also schnappte er sich Struller und folgte Hannes, wobei er sich fragte, was potentiell riskanter war: die Gefahr, bei einem Gewitter im Park vom Blitz getroffen zu werden, oder bei der Fahrt in Hannes alter Klapperkiste einem Herzinfarkt zu erliegen ...

Der wolkenbruchartige Regen, der Fiete mit einiger Wucht ins Gesicht peitschte, erleichterte ihm die Entscheidung, sein Schicksal in die Hände des jungen Mannes zu legen, deutlich. Auf den Gehwegen, die nach der Dürre der vergangenen Wochen knochentrocken waren, hatten sich bereits Rinnsale gebildet, die sich rasch zu kleinen Bächen auszuwachsen drohten, und der langsam zu einem Sturm anschwellende Wind zerrte an den Ästen der Bäume und ließ Blätter durch die Luft wirbeln. Irgendwo in der Ferne grollte dumpfer Donner.

Eine Minute später erreichten sie Jimmy die Ente.

»Kommen Sie, steigen Sie ein!« Hannes hielt ihm die Wagentür auf, und Fiete, tapfer seine Bedenken ignorierend, wie lange die rostigen Scharniere der Ente den orkanartigen Böen wohl standhalten würden, beeilte sich einzusteigen.

Hannes schlug die Beifahrertür zu, rannte, gegen die Wucht des Sturmes ankämpfend, um das Auto herum, schaffte es nach einigem Zerren und Ziehen, die klemmende Fahrertür zu öffnen und warf sich keuchend auf den Sitz neben Fiete. Das blaue Haar klebte ihm wie ein sonderbarer Helm am Kopf.

Erst versuchte Hannes, den Motor durch gutes Zureden zum Laufen zu bewegen, dann probierte er es mit Verwünschungen aller Art. Als er gerade dazu überging, Jimmy zornig mit der Verschrottung zu drohen, sollte er nicht augenblicklich anspringen, entdeckte Fiete plötzlich Anna, die völlig durchnässt durch den immer stärker werdenden Regen auf sie zugelaufen kam, und ein Blick in ihr aufgewühltes Gesicht reichte aus, um ihm zu verraten, dass etwas geschehen war.

Etwas Wichtiges.

Kapitel 16

Mit einem Ruck riss Anna die hintere Wagentür auf und sprang auf die Rückbank der Ente. Sie keuchte angestrengt, während sie sich die tropfnassen Haare aus dem Gesicht strich.

»Gott sei Dank«, stieß sie, ganz außer Atem, hervor. »Ich dachte, ihr wärt schon los.« Sie schüttelte sich; winzige Tröpfen flogen zu allen Seiten davon. »Herrgott, was für ein Mistwetter ...«

Unterdessen hatte Hannes es mit allerlei Drohungen, in denen die Wörter »Recycling« und »Abfallverwertung« mehr als einmal vorgekommen waren, endlich geschafft, den Motor der Ente zum Laufen zu bringen, und donnerte nun in der ihm eigenen halsbrecherischen Art dem Blücherplatz entgegen, während Anna hinten im Wagen in ihrer Handtasche kramte.

Triumphierend hielt sie ein Röllchen Tabletten hoch.

»Schaut mal, was ich hier habe! Ist es vielleicht das, wonach ihr so verzweifelt sucht?« Der Stolz in ihrer Stimme war nicht zu überhören; sie strahlte regelrecht.

Fiete, der sie erwartungsvoll beobachtet hatte, konnte es kaum fassen. Benommen starrte er das Röllchen an, das ihm bereits auf den ersten Blick verdächtig bekannt vorkam, und versuchte, ruhig zu bleiben. Er hatte zwar gehofft, dass Annas Streifzug durch die Arztpraxen von Erfolg gekrönt sein würde, aber dass es gleich beim ersten Anlauf klappen würde, hatte selbst er nicht für möglich gehalten.

Fiete griff nach dem unscheinbaren Röhrchen, drehte es hin und her und kam zu dem Schluss, dass es tatsächlich dem, das er in Ingas Bad gefunden hatte, vollkommen glich.

»Volltreffer!«, raunte er anerkennend. Er schaute

Anna mit großen Augen an. »Woher hast du die Pillen? Los doch, Kind, erzähl schon!«

»Ja!«, drängelte Hannes. »Erzähl schon!« Er schien beinahe noch begieriger darauf zu erfahren, was Anna herausgefunden hatte, als Fiete, und vergaß über seiner Neugier ganz, auf die Straße zu achten. Stattdessen verrenkte er sich den Hals, um einen Blick auf Annas »Beute« zu erhaschen, sodass es bloß Fietes Reaktionsvermögen sowie seinem beherzten Eingreifen zu verdanken war, dass Jimmy der Ente eine unschöne Kollision mit einem in zweiter Reihe geparkten Lieferwagen im letzten Moment erspart wurde.

»Hölle und Teufel!«, fluchte Fiete atemlos. Schweiß machte seine Handflächen klebrig. »Sie sehen jetzt gefälligst auf die Straße, verdammt, sonst bringe ich Sie um, bevor Ihr Fahrstil dasselbe für uns alle erledigt, kapiert?«

Hannes nickte zerknirscht.

Zufrieden wandte Fiete sich wieder seiner Tochter zu. »So, und jetzt erzähl uns bitte, woher du diese Pillen hast.« Er hielt das Röllchen hoch.

Anna strich sich eine feuchte Haarsträhne aus dem Gesicht. »Also, ich war bei drei Gynäkologen. Bei den ersten beiden hatte ich kein Glück. Das waren ganz seriöse Typen. Todernst. Haben sich erst mein Problem angehört und mir dann erzählt, es täte ihnen Leid, aber da könne man nicht viel machen; das wäre vollkommen normal. Und dann wollten die mich natürlich untersuchen.« Sie zog eine Grimasse. »Da hab ich mich dann ganz schnell verabschiedet, denn irgendwie kann ich mir kaum was Unangenehmeres vorstellen als diesen Stuhl ...«

»Himmel, Anna, nun komm schon endlich zum Wesentlichen!« Hannes, sonst die Ruhe in Person, wurde langsam ungeduldig. Er wollte endlich wissen, woher diese Pillen stammten.

»He, Augen gerade aus!« Fiete beobachtete den jungen Mann, der die Ente durch knietiefes Wasser steuerte, mit Argusaugen. Er hoffte nur, dass Jimmy von den Fluten nicht davongespült wurde, denn wenn er schon Zweifel an der Straßentauglichkeit dieser Rostlaube hegte – eine Bootspartie wollte er in dieser Blechbüchse erst recht nicht riskieren.

Er drehte sich wieder zu Anna um. »Weiter«, sagte er.

»Naja, beim dritten Anlauf bin ich dann bei einem gewissen Dr. Lantula gelandet. Joachim Lantula. Auf den ersten Blick schien er ganz okay zu sein, aber als ich ihm erzählt habe, ich wäre schwanger und litte unter ständiger Übelkeit, hat er nicht lange gefackelt und mir diese Pillen gegeben.« Sie wies auf das Röllchen. »Er meinte, das wäre ein neues Präparat, an dessen Entwicklung er selbst mitgewirkt hätte. Die Dinger seien überaus wirkungsvoll, aber völlig harmlos für mich und das Baby, und würden mir mit Sicherheit helfen.«

»Und er hat dir das Medikament gegeben, ohne dich vorher zu untersuchen oder Genaueres über deinen Gesundheitszustand zu erfragen? Einfach so?«

Anna nickte. »Einfach so«, bestätigte sie.

Fiete war fassungslos. Auch, wenn er bemüht war, keine voreiligen Schlüsse zu ziehen, konnte er nicht umhin, das Verhalten des Arztes in höchstem Maße sonderbar, um nicht zu sagen: verantwortungslos zu finden. Gleichwohl, über die Maßen erstaunt war er eigentlich nicht. Er hatte noch nie sonderlich großes Vertrauen in Ärzte gehabt und vertrat die Überzeugung, dass er trotz seiner »fortgeschrittenen Verwesung« nur deshalb noch so gut beisammen war, weil er es stets vermieden hatte, irgendwelche Quacksalber an sich herumdoktern zu lassen; die machten einen mit ihren weißen Kitteln, ihren Spritzen und medizinischen Begriffen, die kein Mensch ohne Studium verstehen konnte, doch erst richtig krank.

Nachdenklich betrachtete er das Röhrchen in seiner Hand. Stand der Tod der beiden Mädchen tatsächlich in Zusammenhang mit diesen kleinen, unscheinbaren Pillen? Irgendwie schien es Fiete nahe liegender, Eberhardt zu verdächtigen. Der junge Mann besaß ein Motiv für beide Morde, und mit Sicherheit hatte er auch die Gelegenheit gehabt, Karen und Inga in aller Ruhe aus dem Weg zu räumen, immerhin hatten sie ihm vertraut. Aber war dieser verwöhnte Schnösel tatsächlich in der Lage, einen fast perfekten Mord zu begehen, und das gleich *zweimal*? Hatte er wirklich das Zeug dazu, seine Verbrechen derart geschickt zu tarnen, dass selbst die Polizei darauf hereinfiel?

Je länger er darüber nachdachte, desto absurder erschien ihm diese Theorie. Von Frey war ein aufgeblasener Gockel, der einzig und allein an sein Vergnügen dachte, ein neureicher Sonnyboy, dessen Verstand zu einem Großteil unterhalb seines Nabels saß. Er hatte weder die Intelligenz noch das Format, so eine Sache durchzuziehen.

Und der Professor? Würde ein Mann in Friesendeichs Position wirklich alles aufs Spiel setzen – Karriere, Ehe, akademische Zukunft –, nur um eine Affäre mit einer seiner Studentinnen zu vertuschen? Zumal ohnehin alle von dem Verhältnis gewusst hatten oder zumindest geahnt zu haben schienen, dass zwischen ihm und Karen etwas im Busch war. Und warum um alles in der Welt hätte er Inga töten sollen?

Irgendwie passte das alles nicht so recht zusammen. Da gab es schlicht zu viele lose Enden, zu viele Unschlüssigkeiten, die sich einfach nicht zu einem logischen Ganzen zusammenfügen wollten. Irgendetwas fehlte, und zwar sowohl bei Eberhardt von Frey als auch bei Prof. Friesendeich. Zugleich hatte er das unbestimmte Gefühl, dass des Rätsels Lösung tatsächlich mit diesen mysteriösen kleinen Pillen und diesem Dr. Lantula zusammenhing. Noch fehlte zwar das eine oder andere Teilchen dieses mörderischen Mosaiks, aber irgendetwas, das er nicht näher in Worte zu fassen vermochte, sagte ihm, dass es nicht mehr lange dauern würde, bis sich alles zu einem sinnvollen Ganzen zusammenfügte.

Plötzlich brachte Hannes die Ente mit quietschenden Reifen so abrupt zum Stehen, dass Fiete in seinem Sicherheitsgurt hart nach vorn geworfen wurde. Schlagartig wurde er aus seinen Grübeleien gerissen und starrte wild um sich.

Sie waren zurück am Blücher. Allerdings hatten die über die Stadt hereinbrechenden sintflutartigen Wassermassen die Gullys zum Überlaufen gebracht und die Straßen in reißende Bäche verwandelt. Unmengen von Wasser sprudelten über den Asphalt, und obwohl die Haustür keine zehn Meter entfernt war, konnte man sie hinter dem dichten Vorhang aus Regen kaum ausmachen.

Dennoch hatten sie keine andere Wahl. Wollten sie nicht den Rest des Tages in der Ente verbringen und dabei Gefahr laufen, in dem klapprigen Vehikel kurzerhand weggespült zu werden, gab es keine andere Möglichkeit, als sich in die Aussicht auf eine unfreiwillige Dusche zu fügen.

Mit Struller auf dem Arm sprang Fiete aus dem Wagen und sprintete, dicht gefolgt von Anna, auf die rettende Haustür zu; aber so sehr er sich auch beeilte, die wenigen Meter zum Haus reichten aus, um ihn bis auf die Knochen nass werden zu lassen. Als er endlich den rettenden Eingang erreichte und in den Flur stürmte, klebte ihm das Hemd wie eine zweite Haut am Körper. Wasser schwappte aus seinen Schuhen, als er die Treppe zur Wohnung der Mädchen hochstieg, und eine Spur aus kleinen Pfützen ließ jeden seiner Schritte erkennen.

Auch Struller war nicht verschont geblieben. Als Fiete ihn vor der Wohnungstür auf dem Boden absetzte, schüttelte der Dackel sich ausgiebig, um das unliebsame Nass loszuwerden, und falls der alte Herr zu diesem Zeitpunkt noch irgendwo eine trockene Faser am Leib gehabt hatte, war es damit spätestens jetzt endgültig vorbei.

Aber Fiete ließ sich durch derlei Kleinigkeiten nicht beirren. Er hatte an wichtigere Dinge zu denken als an ein Paar ruinierte Schuhe oder triefende Socken, und während Anna noch in aller Ausführlichkeit über ihre zerstörte Frisur lamentierte, schälte er sich eiligst aus seinen Sachen, warf seinen Morgenmantel über und schlüpfte in seine Pantoffeln.

Hannes, der nach einigem Suchen einen »Anlegeplatz« für Jimmy die Ente gefunden hatte, entdeckte den alten Herren in Karens Zimmer. Wie bereits mehrere Male zuvor durchforstete der Pensionär die Unterlagen der Toten, drehte jedes einzelne Stück Papier hin und her, schaute in den Kleiderschrank und hob selbst die Blumentöpfe an, um sich zu vergewissern, dass er auch ja nichts übersehen hatte.

Nachdem Hannes Fiete eine Weile schweigend beobachtet hatte, begann er selbst auf allen Vieren durch den Raum zu kriechen, ohne genau zu wissen, wonach er eigentlich suchte. Er schaute unters Bett, unter den Kleiderschrank und gab sich alle Mühe, den alten Herrn zu unterstützen, der gerade dabei war, das Bett abzuziehen, um die Matratze zu überprüfen.

Als Anna einige Minuten später nach einer heißen Dusche aus dem Bad kam, ein großes rotes Handtuch um ihren schlanken Körper geschlungen, ein zweites wie einen Turban auf dem Kopf, und die beiden Männer so geschäftig vorfand – ihren Vater in seinem alten Frotteebademantel, Hannes in seinen klatschnassen Klamotten – konnte sie nicht anders, als herzhaft zu lachen. Es war schlichtweg ein Bild für die Götter, wie das ungleiche Gespann mit wissenschaftlicher Akribie jeden Quadratzentimeter des Zimmers in Augenschein nahm.

Das Lachen verging ihr allerdings im nächsten Moment, als ihr Freund unter dem Schreibtisch hervorgekrochen kam und triumphierend mit einem großen braunen Umschlag wedelte. »Seht mal, was ich gefunden habe! Das hier war mit Klebestreifen unter die Tischplatte geklebt.«

Fiete, der gerade damit beschäftigt war, die Sofaritze einer gründlichen Inspektion zu unterziehen, war sofort zur Stelle. Er riss Hannes den Umschlag förmlich aus der Hand, öffnete die Lasche und schüttete den Inhalt auf dem Tisch aus.

Eine wahre Flut von Geldscheinen regnete auf die Platte nieder.

»Was zur Hölle ...« Anna wollte ihren Augen nicht trauen. Neugierig trat sie zu ihnen, nahm einen der Scheine auf und starrte ihn an, als hätte sie noch nie zuvor in ihrem Leben einen Hunderter in der Hand gehabt. Ungläubig musterte sie den Papierberg. »Woher kommt dieses ganze Geld?«

Fiete konnte sich den unerwarteten Geldregen auch nicht so recht erklären. Verwundert betrachtete er abwechselnd den braunen Umschlag in seiner Hand und das Geld, das Hannes sogleich zu zählen begonnen hatte. Schweigend verfolgte er, wie der junge Mann die Scheine zu Stapeln à zehntausend Mark aufschichtete.

Am Ende waren es über ein Dutzend.

Hannes pfiff leise durch die Zähne. »Mein lieber Scholli, wenn ich gewusst hätte, dass Karen so 'ne gute Partie ist ...« Er grinste viel sagend, bereute seinen Anflug von Heiterkeit jedoch sofort, denn Anna verpasste ihm einen kräftigen Schlag gegen den Hinterkopf und warf ihm einen giftigen Blick zu, der unmissverständlich klar stellte, was sie von dieser Art von Humor hielt; nämlich gar nichts.

»Seht mal, hier.« Fiete zog einen Zettel aus dem Umschlag. »Den hätten wir beinahe übersehen.« Er faltete das Papier auseinander und überflog das, was darauf stand.

»Lies doch laut, Paps«, drängelte Anna. »Komm schon, was steht da?« Neugierig schielte sie auf den Zettel.

Aber Fiete hörte sie kaum. Er hatte nur noch Augen für den Brief in seiner Hand. Selbst seinen eigenen Gedanken zu folgen, die mit einem Mal rasend schnell wie Blitze durch sein Hirn zischten und aus all den Puzzleteilen, die er in den vergangenen Tagen gesammelt hatte, ein vollständiges Bild formten, fiel ihm schwer.

Plötzlich passte alles zusammen.

Das Geld, die teuren Möbel, die neue Stereoanlage ...

»Hölle und Teufel«, murmelte er benommen. »Das ist es.«

Anna zerrte ungeduldig an seinem Ärmel. »Paps, jetzt sag schon endlich! Was steht da?«

»Wie?« Fiete war, als würde er aus einem Traum erwachen. »Ach so. Ja. Hier, lies selbst.« Er drückte ihr das Papier in die Hand, zögerte noch einen Moment und lief dann ohne weitere Erklärungen vorbei an Anna und Hannes, die den Brief gemeinsam überflogen und sich dann fragend anschauten, aus dem Zimmer.

»Lieber Himmel«, raunte Hannes. »Darum geht's also ...«

Das Schreiben in der Hand, eilte Anna ebenfalls hinaus. Hannes folgte ihr kopfschüttelnd. Es war kaum zu fassen, aber dieses alte Schlitzohr hatte von Anfang an Recht gehabt.

Sie fanden Fiete in Annas Zimmer am Telefon.

Das Telefonbuch lag aufgeschlagen vor ihm.

Anna wusste zwar nicht genau, was ihr Vater vorhatte, aber sie hatte das ungute Gefühl, dass es etwas Unvernünftiges war. »Paps, was tust du da? Bitte, lass das. Sprich lieber noch mal mit Freiberg über die Sache, bevor du irgendwas unternimmst, ja?« Sie klang fast flehend.

Aber Fiete war nicht zu bremsen; nicht so dicht vor dem Ziel. Mit einer ärgerlichen Handbewegung deutete er ihr an, den Mund zu halten, während er darauf wartete, dass am anderen Ende der Leitung jemand ans Telefon ging.

Nach dem fünften oder sechsten Klingeln meldete sich eine kühl-distanzierte Frauenstimme. »Ja, hier Praxis Dr. Lantula. Was kann ich für Sie tun?«

Fiete wünschte ihr einen schönen guten Tag, nannte seinen Namen und wünschte, mit Dr. Lantula zu sprechen; es sei wirklich wichtig. Als die Sprechstundenhilfe nachhakte, was er vom Herrn Doktor wolle, erwiderte er, dass seine Tochter eine Patientin von Dr. Lantula sei und er gern mit dem Doktor über ihren Fall reden wolle. Offenbar brachte er die Geschichte überaus glaubwürdig rüber, denn die Dame stellte ihn ohne weitere Fragen durch, und bereits wenige Sekunden später drang eine tiefe, maskuline Männerstimme an Fietes Ohr.

»Ja? Dr. Lantula hier. Wie kann ich Ihnen helfen?«

Fiete zuckte unwillkürlich zusammen. Für den Bruchteil einer Sekunde kamen ihm Zweifel, ob er wirklich das Richtige tat oder ob es nicht tatsächlich vernünftiger gewesen wäre, sich erst bei Freiberg Rückendeckung zu holen, so, wie Anna vorgeschlagen hatte. Wenn er richtig lag, war der Mann am anderen Ende der Leitung immerhin verantwortlich für den Tod zweier junger Frauen, und wer konnte schon mit Bestimmtheit sagen, ob der ehrenwerte Doktor nicht noch mehr Leichen im Keller hatte? Dennoch, Fietes Wunsch, Karens Mörder zur Strecke zu bringen, ließ ihn alle Bedenken über Bord werfen. Er war bis jetzt mit allem fertig geworden, da wollte er die Sache auch allein zu Ende bringen.

»Guten Tag, Dr. Lantula.« Fietes Stimme klang ein wenig zittrig, doch als er fortfuhr, bemühte er sich, selbstbewusster zu wirken. »Ich wollte mit Ihnen gerne über eine Patientin von Ihnen sprechen; ihr Name ist Karen Schmidt.«

Der Doktor zögerte einen Moment zu lange. »Schmidt? Karen Schmidt? Tut mir Leid, aber da müssen

Sie sich täuschen. Ich glaube nicht, dass ich eine Patientin mit diesem Namen habe.«

»*Nicht mehr*, nein«, bestätigte Fiete. »Karen ist nämlich tot. Das macht sie dann also eher zu einer Ex-Patientin.«

»Karen ... *Schmidt*?« Lantula gab sich alle Mühe, so zu klingen, als hätte er den Namen noch nie gehört.

Fiete ließ sich jedoch nicht beirren. »Da Sie diesbezüglich offenbar gerade an einem Anfall galoppierender Amnesie leiden, lassen Sie uns doch lieber über diese netten Pillen sprechen, die Sie so freimütig an Ihre Patientinnen verteil-«

»Pillen? Was für Pillen?«, fiel Lantula ihm ins Wort, und obwohl er sich alle Mühe gab, wütend zu wirken, ließ das unruhige Timbre seiner Stimme keinen Zweifel daran, dass der Frauenarzt nervös war. »Ich habe wirklich nicht die geringste Ahnung, wovon Sie da eigentlich sprechen.«

»Natürlich nicht«, sagte Fiete.

»Natürlich«, fuhr Lantula fort, »verschreibe ich meinen Patientinnen auch Medikamente, aber ich denke nicht, dass ich mich dafür bei Ihnen rechtfertigen muss, Herr ... Zur Hölle, wer sind Sie überhaupt?«

»Mein Name ist Petersen«, erklärte Fiete ruhig. »Friedrich Petersen. Und ich bin zufällig im Besitz von Unterlagen, die beweisen, dass Sie nicht zugelassene Medikamente an Ihre Patientinnen ausgeben; Pillen, die vom Gesundheitsministerium nicht genehmigt wurden.«

»Also, das ist ja ...« Lantula rang hörbar nach Luft. »Das ist ja ... Unerhört ist das!«

Lantula tat entrüstet, aber Fiete ließ sich dadurch nicht aus dem Konzept bringen. Er fuhr unbeirrt fort. »Was Sie da tun, ist illegal. Sie missbrauchen Ihre Patientinnen ohne deren Einverständnis als Versuchskaninchen, aber das wissen Sie mit Sicherheit selbst am besten. Ich muss gestehen, ich überlege ernsthaft, ob ich Ihre kriminellen

Machenschaften nicht der Polizei melden soll, schließlich bin ich ein rechtschaffener, gesetzestreuer Bürger.« Er machte eine kleine Pause, damit Lantula Zeit hatte, darüber nachzudenken, welche Konsequenzen das für ihn nach sich ziehen würde, ehe er den Faden wieder aufnahm. »Andererseits trifft es sich gerade, dass ich mich finanziell in einem kleinen Engpass befinde. Es wäre also durchaus möglich, dass ich meine moralischen Bedenken außer Acht lassen könnte, wenn Sie bereit wären, mir mit einem kleineren Betrag auszuhelfen. Ich denke, fünfzigtausend sollten ausreichen, um mein Gewissen zu beruhigen. Am besten in kleinen Scheinen. Fünfziger und Hunderter. Natürlich nur, wenn es Ihnen nicht zu viele Umstände macht.«

Einen Moment lang herrschte ungläubiges Schweigen in der Leitung. Dann holte Dr. Lantula hörbar Luft. »Sie sind ja vollkommen verrückt«, stieß er aufgebracht hervor. »Glauben Sie allen Ernstes, dass Sie mich mit Ihrem völlig haltlosen Gewäsch beeindrucken können? Ihre Beschuldigungen entbehren jeder Grundlage. Meine Reputation ist makellos. Wenn Sie also zur Polizei gehen wollen, nur zu. Sie können jedoch sicher sein, dass ich Sie dann wegen Verleumdung belangen werde.« Lantula schien sich seiner Sache sehr sicher, oder zumindest versuchte er, Fiete diesen Eindruck zu vermitteln.

Doch der alte Herr hatte ohnehin nicht ernsthaft damit gerechnet, dass der Doktor sich am Telefon zu einem Geständnis hinreißen lassen würde, und fuhr ungerührt fort. »Ich schlage vor, wir treffen uns so schnell wie möglich. Am besten noch heute Abend. Sagen wir ... gegen achtzehn Uhr? Und zwar ...«

Aber wo? Darüber hatte er sich noch gar keine Gedanken gemacht. Er konnte den Doktor ja schlecht zur vermeintlichen Geldübergabe in Annas Wohnung bitten.

Fiete überlegte fieberhaft. Dann fiel ihm etwas ein; ein Ort, der zugleich öffentlich und vergleichsweise abgeschieden war. »... im Aquarium. Ich werde Sie dann ansprechen. Aber seien Sie pünktlich. Ich mag es nicht, wenn man mich warten lässt.«

Das zum Institut für Meereskunde gehörige Aquarium befand sich unten am Hafen. Fiete war vor Jahren einmal beruflich dort gewesen, als er noch Reporter beim *Flensburger Tageblatt* war, und er wusste, dass es dort während der Kieler Woche nur so vor Menschen wimmelte. Ein geeigneter Platz also, um sich mit einem mutmaßlichen Mörder zu treffen, denn inmitten so vieler Zeugen würde der werte Doktor sicher nicht auf dumme Ideen kommen; zumindest hoffte Fiete das ...

»Das ist alles absolut lächerlich«, beharrte Dr. Lantula. »Wenn *Sie* Ihren Abend damit zubringen möchten, sich Fische anzugucken, dann nur zu. Auf mich müssen Sie dabei allerdings verzichten. Ich werde bestimmt nicht kommen. Wozu auch? Ich habe mir schließlich nichts zuschulden kommen lassen.«

»Wie Sie wollen«, erwiderte der Pensionär ruhig. »Es liegt ganz bei Ihnen, ob Sie Ihren nächsten Geburtstag in Freiheit verbringen oder hinter schwedischen Gardinen.« Damit legte er den Hörer auf, ohne dem Frauenarzt die Möglichkeit zu weiteren Unschuldsbeteuerungen zu geben.

Anna, der die Sorge um ihren Vater überdeutlich ins Gesicht geschrieben stand, konnte nicht glauben, was sie da gerade eben gehört hatte. »Lieber Himmel«, keuchte sie und fuhr sich mit den Händen durchs Haar. »Bist du denn von allen guten Geistern verlassen?« Sie starrte ihren Vater ungläubig an. »Du kannst dich doch nicht allen Ernstes mit diesem Kerl treffen wollen? Verdammt, es könnte sein, dass das ein Mörder ist! Und was soll diese Erpressungsnummer? Was versprichst du dir davon, außer, dass Lantula womöglich versuchen wird, dich den Fischen zum Fraß vorzuwerfen?«

»Dass du immer so maßlos übertreiben musst ...« Er

wollte seine Tochter in einer beruhigenden Geste die Hand auf den Arm legen, doch sie wich vor ihm zurück. Er seufzte. »Jetzt hör mir mal zu, Kleines. Wenn Lantula tatsächlich derjenige ist, für den ich ihn halte, wird er sicher nicht auf die Idee verfallen, mich in aller Öffentlichkeit beseitigen zu wollen; das wäre viel zu riskant. Sollte er hingegen mit dem Geld auftauchen, um sich damit mein Schweigen zu erkaufen, haben wir dadurch den Beweis, dass er tatsächlich unser Mann ist.«

»Also, ich weiß nicht recht.« Hannes kratzte sich nachdenklich am Kinn. »Sie wissen, ich hab Sie von Anfang an bei dieser Sache unterstützt, aber was Sie jetzt vorhaben, gefällt mir ebenso wenig wie Anna. Denken Sie nicht, dass es vielleicht besser wäre, wenn Sie das der Polizei überlassen? Rufen Sie doch Ihren Freund, den Kommissar, an; der wird schon wissen, was zu tun ist.«

Fiete verdrehte die Augen. Diese jungen Leute heutzutage waren doch allesamt Waschlappen! Kaum wurde es ein bisschen brenzlig, gerieten sie auch schon in Panik und rannten wild durcheinander, kopflos, ohne Sinn und Verstand.

»Was nützt es denn, wenn ich die Polizei rufe?«, wollte er von Hannes wissen. »Die nehmen mich doch gar nicht ernst. Und der olle Freibier frisst sich bestimmt gerade durch sämtliche Imbissstände der Stadt. Von dem haben wir nichts zu erwarten.« Er sah Anna an. »Aber zu deiner Beruhigung werd ich Struller mitnehmen. Der passt schon auf mich auf. Nicht wahr, alter Knabe?« Er blickte auf den Hund hinab.

Der Dackel wuffte und wedelte eifrig mit dem Schwanz.

Doch Anna war alles andere als beruhigt. Zwar war sie dem kleinen Vierbeiner mit Haut und Haaren verfallen und wusste auch, dass Struller kämpfen konnte wie ein

Löwe, wenn es darauf ankam, aber irgendwie widerstrebte es ihr dennoch, das Leben ihres Vaters in seine Pfoten legen.

»Ich finde, du solltest den Kommissar trotzdem anrufen«, drängelte sie. »Bitte, Paps. Mir wäre wesentlich wohler, wenn ich wüsste, dass Freiberg in deiner Nähe ist, wenn du dich schon unbedingt mit diesem Halunken treffen musst.«

Fiete wollte weitere Einwände erheben, doch ein Blick in Annas Gesicht sagte ihm, dass gegen ihren Starsinn kein Kraut gewachsen war. Wenn er nicht nachgab, würde sie versuchen, ihn mit allen Mitteln davon abzuhalten, zu diesem Treffen mit Dr. Lantula zu gehen, und so lange weitermachen, bis er schließlich doch klein beigab. Also konnte er die Sache auch abkürzen und gleich tun, was sie von ihm verlangte.

Kopfschüttelnd griff er zum Telefonhörer, wählte die Nummer des *Maritim*-Hotels und ließ sich mit Freibiers Zimmer verbinden. Doch wie er bereits vermutet hatte: Der Kommissar war anscheinend nicht da, denn nach dem zwanzigsten Klingeln ging noch immer niemand an den Apparat.

Er sah Anna mit einem Schulterzucken an. »Tja, wie es scheint, ist der Dicke nicht in seinem Zimmer. Also werd ich wohl doch allein gehen müssen, denn wenn ich bei dem Treffen nicht auftauche, kriegt der gute Doktor womöglich Panik, dass ich ihn an die Polizei verpfiffen hab, und macht sich auf Nimmerwiedersehen aus dem Staub. Ist es das, was du willst? Dass Karens Mörder ungeschoren davonkommt?« Er wusste, dass es eine ziemlich miese Tour war, Anna so in die Ecke zu drängen, doch er hatte keine andere Wahl.

»Natürlich will ich das nicht«, brauste sie auf. »Aber ich lasse auf keinen Fall zu, dass du allein gehst. Wenn Freiberg schon nicht dabei ist, wird eben Hannes dich begleiten.«

»Häh?« Hannes blinzelte überrascht. »Ist das dein Ernst?«

Anna nickte. »Mein vollster.«

»Aha.« Er brauchte einen Moment, um das zu verdauen. Als das jedoch geschehen war, schien ihm der Gedanke, gemeinsam mit dem alten Herrn auf Ganovenjagd zu gehen, gar nicht so schlecht zu gefallen. Er verbrachte genügend seiner Zeit bei irgendwelchen peacigen Veranstaltungen; da konnte ein bisschen Randale zur Abwechslung nicht schaden. »Tja, dann ...« Er schaute Fiete an. »Wenn Sie wollen, bin ich dabei. Ich kann zwar kein Judo oder Karate oder so, aber meine rechte Gerade ist gar nicht mal so übel.« Um seinen Worten mehr Nachdruck zu verleihen, drosch er ein paar Mal gestenreich auf die Luft ein.

»Was Sie nicht sagen ...« Fiete war von der Vorstellung, den Jungöko mitnehmen zu müssen, wenig angetan, zumal er im Gegensatz zu Anna fand, dass er alt genug war, um allein auf sich aufpassen zu können. Andererseits hatte er gar keine andere Wahl, als Hannes' Begleitung zu akzeptieren, denn so, wie er seine Tochter kannte, war sie glatt dazu fähig, die Wohnungstür abzuschließen und den Schlüssel zu verstecken. »Also, gut«, sagte er deshalb mit einem resignierten Seufzen. »Meinetwegen. Nehm ich Hannes eben mit.«

Der grinste. »Cool! Das wird der Oberhammer! Dem Mistkerl ziehen wir die Eier lang, okay, Paps?«

Paps, dachte Fiete fassungslos. *Er nennt mich wirklich und wahrhaftig Paps ...*

Insgeheim gab er Hannes den guten Rat, lieber den Mund zu halten und sich zurückzuhalten, denn sonst konnte es gut sein, dass der Kieler Kripo bald der nächste ungeklärte Mordfall auf den Tisch flatterte ...

Kapitel 17

Hannes parkte Jimmy die Ente am Schlossgarten.

Der Himmel war wieder strahlend blau, und bloß die eine oder andere Pfütze erinnerte noch an das Unwetter, das wenige Stunden zuvor über die Landeshauptstadt hinweggezogen war.

Sie konnten das Aquarium, das direkt am Fördeufer gelegen war, von hier aus bequem zu Fuß erreichen, wenngleich es einige Zeit dauerte, die wenigen hundert Meter zurückzulegen, denn wie jedes Jahr zur Kieler Woche war das Gebiet in eine riesige Partyzone umfunktioniert worden, auf der vom frühen Vormittag bis spät in die Nacht hinein gespielt, gegessen, gefeiert und getanzt wurde. Sah man hier den Rest des Jahres nur einige betuliche Spaziergänger und ein paar jugendliche Inlineskater ihre Runden drehen, wimmelte es jetzt nur so von Menschen jeden Alters, die auf der Spiellinie dem sinnlosen Vergnügen frönten.

Fiete, wie immer mit Struller auf dem Arm, und Hannes schlängelten sich zwischen den Leuten hindurch. Wären sie nicht in wichtiger Mission unterwegs gewesen, hätten sie mit Sicherheit an der einen oder anderen Bude Halt gemacht, um sich einen kleinen Imbiss zu gönnen. Vielleicht wären sie sogar stehen geblieben, um einer der vielen Bands zu lauschen, die auf den zahlreichen Bühnen ihr Repertoire zum Besten gaben, oder hätten sich die Clowns und Pantomimekünstler angeschaut, die hier nicht bloß zur Belustigung der Kleinen ihr Unwesen trieben. Aber für derlei Dinge hatten die beiden Hobbydetektive jetzt keine Zeit.

Das Treffen mit Lantula nahm sie völlig in Anspruch.

Vor dem Aquarium hatten sich eine ganze Menge Neugierige eingefunden, die einen Blick auf die Seehunde werfen wollten, die sich in einem kleinen Pool vor dem Gebäude tummelten.

Fiete nahm die Umstehenden skeptisch in Augenschein, konnte aber niemanden entdecken, der Annas Beschreibung von Lantula entsprochen hätte. Er griff in die Tasche, ließ den silbernen Deckel der Uhr aufschnappen und kaute auf seiner Unterlippe.

Fünf vor sechs.

Wenn der werte Herr Doktor vorhatte, pünktlich zu ihrem Treffen zu erscheinen, würde er sicher bald auftauchen.

»Ich werde jetzt reingehen«, sagte Fiete und drückte seinem langhaarigen Begleiter den Hund in die Hand, der misstrauisch seine schwimmenden »Verwandten« beobachtete. »Sie bleiben mit Struller hier draußen. Aber passen Sie auf, dass er nicht ins Wasser hüpft! Er kann nämlich nicht schwimmen.«

Hannes fiel es wesentlich schwerer, seine Befürchtungen im Zaum zu halten als dem alten Herrn. »Soll ich nicht besser mit reinkommen? Ich glaube nicht, dass Anna damit einverstanden wäre, wenn ich Sie ganz allein lasse.«

»Ach, nun kommen Sie mir bloß nicht so!«, fuhr Fiete ihn an, ohne es wirklich so böse zu meinen. »Anna ist nicht hier. Wir Männer sind jetzt unter uns, und da damit automatisch *ich* das Sagen habe, werden Sie hier draußen bleiben und alles im Auge behalten.«

»Aber –«, setzte Hannes an.

Fiete hob streng die Hand. »Kein Aber«, fuhr er dem jungen Mann barsch über den Mund. »Wenn Sie auch nur den Hauch einer Chance haben wollen, dass ich Sie irgendwann mal mag, tun Sie besser, was ich sage. Haben wir uns verstanden?«

Hannes nickte zaghaft.

Fiete lächelte zufrieden und rückte seine Fliege zurecht. »Im Übrigen wird es langsam Zeit, dass Sie sich ein bisschen emanzipieren, mein Lieber. Wie lange wollen Sie sich noch von Anna auf der Nase rumtanzen lassen?

Das ist ja erniedrigend. Sind Sie nun ’n Mann oder ’ne Maus?« Ohne Hannes’ Antwort abzuwarten, ließ er den sichtlich verdutzten Studenten stehen und ging zum Eingang des Aquariums, um nur Sekunden später in eine völlig andere Welt einzutauchen.

Im Aquarium war es nahezu dunkel und im Gegensatz zu dem draußen herrschenden Lärm paradiesisch still. Bloß wenige Besucher hatten an diesem späten Nachmittag den Weg hierher gefunden; tatsächlich war die Ausstellung – wenn man es denn so nennen konnte – beinahe verwaist. Vermutlich war es den meisten Besuchern der Kieler Woche hier einfach zu langweilig.

Fietes Augen brauchten ein paar Sekunden, um sich an das Dämmerlicht zu gewöhnen. Dann betrachtete er fasziniert die vielen verschiedenen Fischarten, die lautlos durch die Becken links und rechts von ihm glitten, einige bunt schillernd und agil, andere grau und regungslos, sodass man Mühe hatte, sie inmitten der Wasserpflanzen und Gesteinsbrocken auszumachen.

Hier, in dieser Oase der Ruhe, schien die Zeit still zu stehen; alle Hektik, die draußen vor den Türen herrschte, war vergessen, beinahe, als hätte sie nie existiert.

Langsam schlenderte Fiete durch die Flure und vergaß fast, was ihn eigentlich hergetrieben hatte. Als es ihm wieder zu Bewusstsein kam, suchte er hastig nach dem Diktafon, das er sich von Anna geborgt hatte, um das Gespräch mit dem Doktor aufzunehmen, schaltete auf Aufnahme und steckte es wieder in die Tasche. Wenn alles lief wie geplant, würde er in Kürze den unwiderlegbaren Beweis dafür in Händen halten, dass er kein seniler alter Spinner war, sondern von Anfang an den richtigen Riecher gehabt hatte.

Sein Blick schweifte suchend durch den Raum.

Gerade hatte ein großer, kräftig gebauter Herr mittleren Alters mit einem kleinen Aktenkoffer das Aquarium betreten. Wenn Anna den Doktor zutreffend beschrieben hatte, konnte das sein Mann sein.

Fiete kniff die Augen angestrengt zusammen.

War das Dr. Lantula?

Der Mann schaute sich um, schien nach jemandem Ausschau zu halten.

Fiete spürte, wie seine Nervosität zunahm. Was, wenn Anna doch Recht gehabt hatte und der Doktor versuchen würde, ihn ebenfalls aus dem Weg zu räumen? Er hatte ihr gegenüber zwar so getan, als wäre das völlig ausgeschlossen, aber mit einem Mal war er sich da nicht mehr so sicher. Wie es aussah, hatte der saubere Lantula bereits zwei Menschenleben auf dem Gewissen; er hatte also nicht mehr viel zu verlieren. Und das machte die Sache gefährlich.

Fiete wünschte, er hätte Freibier doch erreicht. Den schwergewichtigen Kommissar in der Nähe zu wissen, wäre sehr beruhigend gewesen, schließlich war bereits Freibiers bloßer Anblick ausreichend, um selbst die abgebrühtesten Ganoven zur Aufgabe zu bewegen ...

Reiß dich zusammen, alter Junge, ermahnte Fiete sich. *Du hast diese Sache angefangen, also bring sie auch zu Ende. Da musst du jetzt durch ...*

Er nahm all seinen Mut zusammen und ging langsam auf den Mann mit dem Aktenkoffer zu. Das Diktafon in seiner Tasche lief; es konnte also losgehen.

»Dr. Lantula?«, sprach er den Mann an.

Sein Gegenüber betrachtete ihn misstrauisch, und ein Hauch von Verblüffung huschte über seine Miene; offenbar hatte er sich den Erpresser ein wenig anders vorgestellt – *jünger*. Erst nach ein paar Sekunden nickte er.

»Haben Sie das Geld dabei?«

Lantula schaute sich um, als wollte er sich vergewissern, dass niemand sie beobachtete, und hob dann den Koffer hoch. »Fünfzigtausend, wie besprochen.« Seine Stimme war gedämpft. Er ging in die Knie, öffnete die Verschlüsse und klappte den Deckel des Koffers auf.

Fiete beugte sich ein wenig vor, um das Geld in Augenschein zu nehmen – und riss überrascht die Augen auf, als Lantula völlig unerwartet aufsprang und er mit einem Mal etwas Kaltes, Spitzes an seinem Hals spürte; eine Nadel durchdrang seine Haut. Im Halbdunkel des Aquariums war die Spritze, die der Doktor in der Hand hatte, kaum zu erkennen.

»Sie alter Narr«, zischte Lantula ihn an. Seine Augen glommen im Zwielicht unheilvoll wie glühende Kohle. »Dachten wohl, Sie sind besonders schlau, was? Dachten, Sie könnten mich einfach so über den Tisch ziehen, hm? Aber da haben Sie sich getäuscht! Jetzt werden Sie sehen, was Sie davon haben, Ihre Nase in Dinge zu stecken, die Sie nichts angehen.« Seine Stimme klang gefährlich leise, doch die Nadel blieb, wo sie war – vorerst.

Fiete war vor Schreck wie gelähmt.

Lantula packte ihn mit der anderen Hand am Arm, obwohl das gar nicht nötig gewesen wäre, denn selbst wenn Fiete es gewollt hätte, wäre er überhaupt nicht in der Lage gewesen, zu fliehen. Seine Beine versagten ihm einfach den Dienst, fühlten sich an wie Blei. Er war nicht mal sicher, ob er auch bloß einen Finger rühren konnte.

Lantula brachte sein Gesicht so dicht an Fietes, dass der Pensionär seinen Atem riechen konnte; Pfefferminzpastillen. »In dieser Spritze befindet sich ein Narkosemittel. Die Dosis ist so hoch, dass Sie innerhalb von Sekunden tot sein werden. Alles, was ich tun muss, ist, den Kolben runterzudrücken. Also sollten Sie besser keinen Ärger machen. Verstehen wir uns?«

Fiete nickte vorsichtig mit dem Kopf. Allmählich begannen seine Gehirnzellen wieder zu arbeiten. *Denk nach*, alter Junge, ermahnte er sich. *Um Himmels willen, lass dir was einfallen! Du musst versuchen, Zeit zu gewinnen. Verwickel ihn in ein Gespräch ...*

Aber Lantula schien es nicht eilig zu haben, die Sache zum Abschluss zu bringen. »Was mich interessieren würde«, sagte er, nachdem er einen neuerlichen Blick in die Runde geworfen und sich vergewissert hatte, dass niemand sie beobachtete. »Wie sind Sie mir auf die Schliche gekommen? Woher haben Sie Ihre Informationen?«

Fietes Zunge fühlte sich seltsam trocken an. Nur mit Mühe gelang es ihm, zu sprechen. »Ich habe Karen Schmidt gekannt. Die Geschichte mit dem Selbstmord kam mir von Anfang an seltsam vor, und da hab ich eben angefangen, mich umzuhören ... Auf die Sache mit den Pillen bin ich eher zufällig gestoßen.« Er versuchte, den Druck der Nadel an seinem Hals zu ignorieren, und sprach in gedämpftem Tonfall weiter. »Anfangs war mir zwar nicht klar, was es damit auf sich hatte, aber dann hab ich in Karens Zimmer das Geld und den Brief vom Bundesgesundheitsministerium gefunden, aus dem hervorging, dass dieses Medikament, das Sie so eifrig verteilen, offiziell überhaupt nicht zugelassen ist. Den Rest konnte ich mir dann relativ einfach zusammenreimen.«

»Sie scheinen ein ziemlich cleveres Bürschchen zu sein, Alterchen – wenn auch nicht clever genug, wie es aussieht.« Der Doktor lachte leise und verstärkte den Druck der Spritze an Fietes Hals, um seinen Worten Nachdruck zu verleihen.

»Sie werden mich töten, richtig?«, fragte Fiete.

»Ich habe keine andere Wahl«, entgegnete Lantula mit fast bedauerndem Unterton. »Sie wissen einfach zu viel.«

»Aber längst nicht alles«, meinte Fiete. »Warum erzählen Sie mir nicht, warum alles so kommen musste? Nur, damit ich weiß, wofür ich eigentlich sterben soll.«

Lantula schien amüsiert. »Sie haben zu viele Romane von Agatha Christie gelesen, hm? Wo die Mörder am Ende immer in aller Ausführlichkeit darlegen, warum sie dieses und jenes getan haben?« Er schien darüber nachzudenken und kam allem Anschein nach zu dem Schluss, dass es nicht schadete, dem alten Knacker zu sagen, was er wissen wollte, immerhin würde er keine Gelegenheit mehr haben, es irgendwem zu erzählen. »Naja, dieses verdammte kleine Miststück hat mich erpresst. Sie war schwanger und litt unter Übelkeit. Ich hab ihr meine Tabletten mitgegeben. An diesem Medikament arbeite ich seit Jahren. Es ist mein Lebenswerk. Und eines Tages stand sie dann da. Sie wollte Geld. Hat gedroht, mich anzuzeigen, die elende Schlampe. Ich habe ihr Geld gegeben. Dachte, die Sache wäre damit aus der Welt. Aber sie kam immer wieder, wollte immer mehr ...« Lantulas Stimme triefte vor Hass. »Vor einigen Tagen ist sie wieder zu mir in die Praxis gekommen. Zwanzigtausend wollte sie diesmal; ich sagte ihr, sie kriegt das Geld. Als sie daraufhin etwas trinken wollte, hab ich ihr heimlich ein Schlafmittel ins Glas geschüttet und gewartet, bis sie kaum noch bei Sinnen war und sich nicht mehr wehren konnte. Dann habe ich angefangen, ihr Alkohol einzuflößen, und noch mehr Schlaftabletten. Der Rest war eigentlich ein Kinderspiel. Ich habe gewartet, bis es ganz dunkel war, und sie dann in den Park geschafft; kein Mensch hat mich gesehen. Danach musste ich nur noch einige leere Tablettenröllchen in ihrer Tasche deponieren, um die Bullen auf eine falsche Fährte zu locken. Die haben den Brocken dann ja auch problemlos geschluckt. Alles war in bester Ordnung – bis Sie aufgetaucht sind, Alterchen.« Wieder wurde der Druck der Nadel verstärkt. »Jetzt wissen Sie's also. Allerdings, fürchte ich, werden Sie keine Chance mehr haben, Ihr Wissen auszuplaudern.«

»Und was ist mit Inga?«, fragte Fiete hastig, bevor das Gespräch ins Stocken geraten und Lantula auf dumme Gedanken kommen konnte. »Warum haben Sie die getötet?«

»Sie meinen Frau Nissen?«

Fiete nickte.

Lantula schnalzte mit der Zunge. »Ein bedauerlicher

Unfall. Hab ihre Kreislaufprobleme wohl ein wenig unterschätzt. Sowas passiert hin und wieder. Außerdem verlangt die Entwicklung neuer Medikamente nun mal Opfer. Das lässt sich nicht immer vermeiden, und man muss immer daran denken, dass es nur zum Wohle der Allgemeinheit ist.«

Fiete war überrascht. Er hatte zwar angenommen, dass Ingas Tod mit den Tabletten und Lantula zusammenhing, aber damit, dass sie tatsächlich einem Kreislaufzusammenbruch erlegen war, hatte er nicht gerechnet. Gleichwohl, dies war keineswegs der richtige Zeitpunkt, sich mit diesem Problem auseinander zu setzen. Die Nadel steckte bereits in seinem Hals; Lantula brauchte lediglich den Kolben runterzupressen, und es wäre um ihn geschehen ...

»Wie auch immer«, sagte der Doktor dann. »Ich glaube, wir haben uns jetzt lange genug unterhalten. Dennoch bitte ich Sie, mich zu verstehen. Ich stehe kurz vor Beendigung meiner Arbeit, und da kann ich einen miesen kleinen Erpresser wie Sie einfach nicht gebrauchen. Tut mir Leid, Alterchen ...«

Fiete spürte, wie die Nadel der Spritze tiefer in seinen Hals getrieben wurde, und begann instinktiv, sich im Griff des Arztes zu winden. Er versuchte den Kopf wegzudrehen. Doch Lantula war viel stärker als er; sein Arm umklammerte ihn wie ein Schraubstock. Fiete hatte keine Chance. Panisch sah er aus dem Augenwinkel, wie ein böses Lächeln über das Gesicht des Arztes huschte.

»Wir sehen uns in der Hölle, Alterchen«, zischte er.

»Ich werde auf Sie warten«, keuchte Fiete.

Grinsend schickte sich Lantula an, den Kolben der Spritze nach unten zu drücken, doch bevor er dazu kam, geriet das Halbdunkel des Aquariums plötzlich in Bewegung.

Zwei Gestalten sprangen hinter einem der Fischbassins hervor; Metall blitzte im Zwielicht. »Lassen Sie den

Mann sofort los, Dr. Lantula! Wir haben alles gehört! Sie haben keine Chance!«

Fiete hätte jubeln können.

Freibier!

Gott sei Dank ...

Dr. Lantula verharrte den Bruchteil einer Sekunde, auf dem Gesicht ein Ausdruck von Verwunderung. Dann stieß er Fiete mit aller Macht in Richtung seiner Widersacher, wirbelte auf dem Absatz herum und rannte zum Ausgang.

Fiete prallte gegen Freibiers Bauch ab wie gegen einen Gummiball, stieß dann gegen Paulsen und fiel zu Boden. Noch bevor er wieder hochkommen konnte, hatte der Kommissar bereits die Verfolgung des flüchtigen Pillendrehers aufgenommen, und das mit einer Behändigkeit, die in krassem Widerspruch zu seiner Körperfülle stand.

Während Paulsen Fiete wieder auf die Beine half, stürmte Freiberg durch die Tür, aus dem Aquarium ins Freie. Einen Moment lang war er von der Sonne geblendet, aber dann entdeckte er den Flüchtenden, der sich seinen Weg am Seehundsbecken vorbei in Richtung Innenstadt bahnte, in der Menschenmenge. Fluchend setzte er seine zweihundertvierzig Pfund inklusive diverser Leckereien, die er während eines ausgiebigen Bummels über die Spiellinie zu sich genommen hatte, in Bewegung und eilte Dr. Lantula nach, doch der Doktor war einfach wesentlich flinker und wendiger als er.

Während Lantula geschickt zwischen den Besuchern der Spiellinie hindurch schlüpfte, hatte Freibier einige Mühe, seinen vollschlanken Körper durch das Gewirr von Menschen und Ständen zu bugsieren. Sein Fluchen brach nicht ab. Warum zur Hölle hatte er sich in den letzten Tagen auch unbedingt den Bauch so voll schlagen müssen?

Nun lief Lantula auf der Kaimauer entlang, wodurch er noch schneller vorankam.

Der Kommissar zögerte und überlegte, ob er es dem Doktor wirklich gleich tun sollte, als er plötzlich ganz unerwartet Hilfe bekam. Mit einem Mal schoss ein knurrendes Fellknäuel mit Lichtgeschwindigkeit an ihm vorbei und nahm die Verfolgung des Flüchtigen auf.

Freiberg traute seinen Augen kaum.

Struller!

Furchtlos lief der Dackel am Rande des Hafenbeckens entlang und schloss trotz seiner kurzen Beinchen rasch zu Lantula auf. Als der Doktor den Hund bemerkte, versuchte er, ihn mit einem Fußtritt loszuwerden, doch Struller wich schnell zur Seite aus und kläffte den Mediziner wütend an. Sein Nackenhaar stand hoch wie eine Drahtbürste.

»*Verschwinde, du blödes Mistvieh!*« Lantula trat erneut nach dem Hund, verfehlte ihn aber wieder. »Sieh zu, dass du wegkommst, du elende Töle!«

Struller wartete, bis der Arzt erneut ausholte, um nach ihm zu treten, und schoss dann unvermittelt vor. Seine Zähne gruben sich schmerzhaft in die Wade seines Widersachers.

Lantula schrie auf und versuchte, Struller abzuschütteln. Das gelang ihm zwar, doch seine hastigen Bewegungen brachten ihn aus dem Gleichgewicht. Seine Augen weiteten sich, als er ahnte, was gleich passieren würde. Verzweifelt ruderte er mit den Armen, versuchte vergeblich, die Balance wiederzuerlangen, doch es war bereits zu spät.

Mit einem gedämpften Aufschrei stürzte er in die Förde. Einen Augenblick lang verschwand er unter Wasser. Dann kam er prustend wieder hoch, spie Kieler Fördewasser aus und paddelte mit Armen und Beinen, um sich oben zu halten.

Als Freibier einen Moment später die Stelle erreichte, an der Lantula sein unfreiwilliges Bad nahm, stand Struller schwanzwedelnd auf der Kaimauer, hechelte und betrachtete voller Stolz den baden gegangenen Doktor. Er hatte die Lefzen so weit zurückgezogen, dass es ein wenig aussah, als würde er grinsen.

»Gut gemacht, Junge!« Freibier, nach der Hetzjagd ein wenig außer Atem, ging neben dem Dackel in die Knie und tätschelte seinem haarigen Gehilfen anerkennend den Kopf. »Dafür bekommst du auch 'ne Wurst von mir. Versprochen.«

Struller wuffte glücklich.

Einen Moment später erreichten auch Fiete, Hannes und Paulsen den Ort des Geschehens. Freiberg gab seinem Kollegen ein Zeichen, er möge dafür sorgen, dass der mörderische Mediziner aus dem Wasser gefischt werde, und wandte sich dann Fiete zu. Nebeneinander wirkten der hagere alte Mann und der dicke Kommissar ein wenig wie die norddeutsche Billigausgabe von *Laurel & Hardy* alias *Dick & Doof*.

»Du verdammter sturer Hund!«, fuhr Freiberg Fiete an. »Zum Henker, wie oft hab ich dir gesagt, dass du nichts auf eigene Faust unternehmen sollst? Diesmal wär dein elender Starrsinn beinahe in die Hose gegangen!« Er versuchte, möglichst grimmig auszusehen, aber es gelang ihm nicht ganz zu verbergen, wie erleichtert er war, den alten Herrn wohlauf zu sehen. »Wenn ich nicht aus reiner Menschenliebe in der Wohnung angerufen und von Anna erfahren hätte, dass du dich mit diesem Victor Frankenstein triffst, würdest du jetzt wahrscheinlich mit dem Bauch nach oben im Seehundsbecken treiben. Verflucht, du bist fast siebzig! Willst du nicht langsam mal ein bisschen weiser werden?«

Fiete, dem der Schrecken noch immer tief in den Gliedern steckte, klopfte Freibier auf die Schultern. »Hast ja Recht, Dicker. Aber wenigstens haben wir jetzt den Beweis, dass ich mit meiner Vermutung von Anfang an richtig lag. Außerdem ist ja noch mal alles gut gegangen.«

»Tja.« Freiberg wischte sich mit dem Handrücken den Schweiß von der Stirn und sah zu, wie Paulsen sich abmühte, Lantula mittels einer Rettungsstange aus dem Wasser zu fischen. »Aber nur haarscharf.«

»Die Glücksgöttin liebt mich«, meinte Fiete.

»Ja«, grunzte Freiberg. »Das scheint mir auch so ...«

Fiete nahm Struller auf den Arm und knuddelte ihn, während Paulsen dem völlig durchweichten Lantula Handschellen anlegte und ihn nach einem kurzen Wortwechsel mit dem Hauptkommissar abführte. Der Pensionär schaute ihnen nach, bis der Beamte mit dem gefesselten Arzt in der Menge verschwand, und sah sich dann nach einem Bierstand um; der nächste war bloß ein paar Meter entfernt.

»Eigentlich«, sagte Fiete mit einem verschmitzten Grinsen, »bin ich ja hier hergekommen, um mich ein wenig zu amüsieren. Bis jetzt hatte ich dazu allerdings noch keine nennenswerte Gelegenheit. Und übermorgen fahr ich schon wieder zurück nach Hause. Es wird also langsam Zeit, dass ich mich ins Getümmel stürze.« Er sah seine beiden Begleiter an. »Kommt ihr mit was trinken? Ich schmeiß auch 'ne Runde.«

»Du schmeißt 'ne Runde?«, hakte Freiberg ungläubig nach.

»Naja, für dich nicht«, meinte Fiete. »Immerhin bist du ja im Dienst. Aber mein Freund Hannes hier ...« Mit einer ungewohnt menschlichen Geste, die ihn selbst nicht minder verblüffte als den Rest der Welt, legte er dem jungen Mann die Hand auf die Schulter. »Du wirst doch was mit mir heben, oder?«

»Na, klar«, sagte Hannes, der in Anbetracht der Ereignisse noch immer etwas weiß um die Nase war. »Wenn die da auch was Alkoholfreies haben.«

Fiete starrte Hannes entgeistert an. »Und du willst meine Tochter heiraten?« Dabei hatte er gerade angefangen, Hannes zu mögen ...

»Heiraten?« Der junge Mann wurde schlagartig noch blasser, als er ohnehin schon war. »Wie um alles in der Welt kommen Sie darauf, dass ich und Anna *heiraten* wollen? Ich meine, okay, wir mögen uns sehr, aber *heira-*

ten?« Er schüttelte den Kopf. »Tut mir Leid, Paps, doch ich glaube nicht, dass irgendein Mädchen auf Erden einen Kerl wie mich über längere Zeit ertragen könnte, und falls doch, ging's mit Sicherheit umgekehrt nicht gut. Männer und Frauen passen einfach nicht zusammen – zumindest dann nicht, wenn sie durch irgendein Papier dazu genötigt werden. Liebe ist wie ein Vogel; man darf sie nicht einengen. Tut man es doch, wird sie in ihrem Käfig früher oder später eingehen, bis man eines Tages nicht mehr weiß, weswegen man eigentlich zusammen ist.« Er machte eine kleine Atempause, bevor er schloss: »Das will ich mir und – vor allem – Anna ersparen; dazu liebe ich sie einfach zu sehr.«

Ehe Fiete Gelegenheit hatte, auch nur den Mund zu öffnen, um irgendetwas zu erwidern, kam Freiberg ihm zuvor. »Wohl gesprochen, mein Junge!« Er legte Hannes den fleischigen Arm um die Schultern. »Ein Mann ganz nach meinem Geschmack! Komm, Amigo, leiste mir Gesellschaft, während ich mir einen hinter die Binde gieße, und lass uns ein wenig über das große L philosophieren.« Ohne Fiete noch eines Blickes zu würdigen, schleifte der Kommissar Hannes in Richtung Bierbude davon. »Sag mal, magst du Shakespeare?«

»Ach, dass der Liebesgott, trotz seiner Binden, zu seinem Ziel stets Pfade weiß zu finden«, rezitierte Hannes. »Hass gibt hier viel zu schaffen, Liebe mehr. Du Alles, aus dem Nichts zuerst erschaffen. Schwermüt'ger Leichtsinn! Ernste Tändelei.« Er warf dem Kommissar einen Seitenblick zu. »Ist das Antwort genug?«

Freiberg lachte. »Ich sag's ja: ein Mann ganz nach meinem Geschmack.« Fröhlich zerrte er Hannes weiter.

Fiete stand noch immer am Kai und sah zu, wie Hannes und Freiberg in die Menge eintauchten. Er war völlig sprachlos. Irgendwie konnte er sich des Eindrucks nicht erwehren, dass Anna Recht hatte – er wurde tatsächlich langsam alt. Früher wäre ihm das jedenfalls nicht passiert.

Fiete blieb noch einen Moment, wo er war. Dann schüttelte er lächelnd den Kopf, fasste Struller fester und schloss sich zügigen Schrittes den beiden anderen Männern an. Denn auch wenn er wirklich allmählich in die Jahre kam – für ein kühles *Flens* würde er nie zu alt sein ...

ENDE

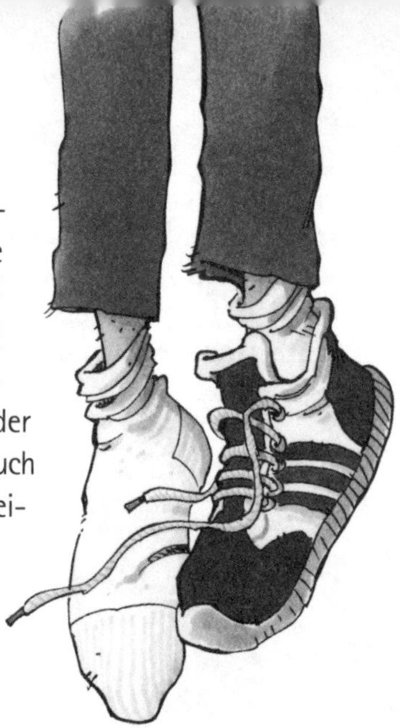

Schwere Zeiten stehen dem Urlaubsparadies Sylt bevor! Erst geben die Wetterfrösche eine Sturmflutwarnung für die gesamte Nordseeküste aus, dann baumelt ein Toter an einem Laternenmast der Westerländer Kurpromenade. Und zuletzt bricht auch noch Hauptkommissar Walther Freiberg, genannt Freibier, über die Insel herein, um dem vermeintlichen Selbstmord des jungen Mannes auf gewohnt unkonventionelle Weise auf den Grund zu gehen.

Matina Bewarder
Andreas Merke

Freibier auf Sylt

(Nordkrimis)
ca. 192 Seiten, gebunden,
(ISBN 3-88042-953-7)

Nordkrimis

Husum